U0928116

老百姓的
中国梦
THE
CHINESE
DREAM
OF ORDINARY PEOPLE

中国发展出版社
CHINA DEVELOPMENT PRESS

卢迈 主编

图书在版编目（CIP）数据

老百姓的中国梦/卢迈主编. —北京：中国发展出版社，2019.5

ISBN 978-7-5177-0992-3

Ⅰ.①老…　Ⅱ.①卢…　Ⅲ.①纪实文学—中国—当代　Ⅳ.①I25

中国版本图书馆 CIP 数据核字（2019）第 072848 号

书　　名：老百姓的中国梦
主　　编：卢　迈
出版发行：中国发展出版社
（北京市西城区百万庄大街 16 号 8 层　100037）
标准书号：ISBN 978-7-5177-0992-3
经 销 者：各地新华书店
印 刷 者：河北鑫兆源印刷有限公司
开　　本：880mm×1230mm　1/32
印　　张：10
字　　数：200 千字
版　　次：2019 年 6 月第 1 版
印　　次：2019 年 6 月第 1 次印刷
定　　价：48.00 元

联系电话：（010）68990642　68990692
购书热线：（010）68990682　68990686
网络订购：http://zgfzcbs.tmall.com//
网购电话：（010）68990639　88333349
本社网址：http://www.develpress.com.cn
电子邮件：fazhanreader@163.com

“老百姓的中国梦”课题组

组　长：

卢　迈　袁　岳

协调人：

赵　晨

成　员：

中国发展研究基金会：

杨修娜　都　静　郭丝露　闫晓旭　王静静

程昭雯　周　想　刘爱民　茹　玉　杨　沫

李林凤　刘宛昀　杨汀娟

零点有数数据科技集团：

张　慧　赵　雷　苟梦宁　刘宇芳　刘慧贤

老百姓的中国梦

卢迈

自从2012年11月29日习近平总书记在参观《复兴之路》展览讲话时首次提出“中国梦”以来，中国梦这一直抵人心的理念，迅速凝聚起广泛共识，激发起全党全社会对“实现中华民族伟大复兴”和“实现人民对美好生活的追求”的干劲和热情。

中国梦体现了中华民族和中国人民的整体利益，是每一个中华儿女的共同期盼。近几年，围绕中国梦的讨论越来越丰富、越来越深入，“百名官员、专家热议中国梦”等报道络绎不绝。

正如习近平总书记所指出的，中国梦是中华民族的梦，也是每一个中国人的梦；实现中国梦，就要让每个人获得发展自我和奉献社会的机会，共同享有人生出彩的机会，共同享有梦想成真的机会。讨论中国梦，不能脱离老百姓的体验和感受，不能脱离这些具体而微的认知和期许。

为了深入学习贯彻习近平新时代中国特色社会主义思想，更好地捕捉中国梦在当下社会个体中的呈现和反馈，2018年底，中国发展研究基金会设立了“老百姓的中国梦”课题。

从老百姓的视角理解中国梦的实践，也是基金会着眼于提升对外沟通交流水平、开展政策研究特别是贫困地区儿童发展试点工作所做的一次探索和尝试。

基金会的工作团队和零点有数科技合作设立课题组，利用春节假期及假期前后的时间做了大量问卷调查和深度访谈，撰写了100多个案例。这些案例生动真实，但限于篇幅，我们从这100多个案例中只挑选了40个具有代表性的典型案例。这些案例涉及不同年代、不同地域、不同职业的人群，覆盖了生于20世纪30年代到“00后”的年龄层，涉及农民工、自主创业者、教师、公司老总、公务员、明星教练等各类群体。他们中有的事业成功、顺风顺水，也有的遇到挫折、感觉迷茫；有的对未来充满期待、力争上游，也有的颇感无助、心灰意懒。这些案例如实、生动地记述了普通百姓的梦想、努力和成效，编者读到这些案例，有时会忍俊不禁，有时会热泪盈眶，有时也会陷入沉思。

一、从理想到梦想

中国梦，作为相对于美国梦、欧洲梦的一个概念，在学术研究中出现得比较早，讨论也比较多。2012年，习总书记提出“中国梦”，把中华民族的伟大复兴与人民的美好生活联结在一起，不仅把历史和现实，过去、现在和未来，中国和世界都联系起来，而且把个人与集体、个人与民族和国家的利益紧密结合在一起，反映了人民的愿望，体现了党的宗旨和初心。

作为一名“40后”，在我的记忆中，那个时代的年轻人很少提“梦想”，我们熟悉的是含有强烈价值取向的“理想”。比如，学校里进行的就是革命理想教育，理想中的职业选择——参军、当教师——也与革命大目标一致。十年动乱时期，这种理想主义走到了脱离实际的极端，出现了“割资本主义尾巴”“宁要社会主义的草，不要资本主义的苗”的荒谬口号。而习总书记提出的“梦想”，给人民群众对未来的期望赋予了更大的空间和想象力，与老百姓的物质利益和自主精神追求有着更加密切的联系。“梦想”都是靠辛勤劳动实现的，亿万人民的努力，推动了经济发展、社会进步和国家走向富强；在这个过程中，个人也获得了发展自我和奉献社会的机会，获得了共同享有人生出彩、梦想成真的机会。把崇高理想落实到人民群众对美好生活的具体而普遍的梦想之中，正是新时代的一个重大特征。民族复兴、国家富强是个人梦想实现的大前提，而个人梦想的实现和为之付出的努力汇聚在一起，又构成了民族复兴和国家富强最广泛、最深厚的基础。

二、梦想的实现

老百姓的中国梦是历史的、现实的，也是未来的。“老百姓的中国梦”课题组访谈了逾百例中国人规划、追求和实现梦想的故事。深度访谈中，研究人员问到访谈对象在个人生命历程的不同阶段怀着什么样的梦想，在实现梦想的过程中有哪些转折性的事件，这些事件造成了什么样的影响。当代中国人实现中国梦的故事，为我们深切理解中国已经或正在发生的深刻变化带来诸多启发。

我们看到，尽管每个人实现梦想的具体路径千差万别，在人生不同阶段追求的梦想也不断发生变化，但人们追梦、圆梦的经历折射出了诸多关于当下中国人梦想的普遍共性。每个受访对象都或多或少实现了自己人生一定阶段的梦想，或正在朝着实现梦想前进。几乎所有案例的主人公都经历了物质生活改善、社会经济地位和需求层次提升的变化。改革开放之初，人们想都未曾想到过的拥有自住房、开上小汽车等梦想，到现在都已不是奢求。代际之间的梦想虽然存在很大差别——如年轻人更多考虑的是入学、就业、创业、收入，中老年人则更多考虑的是健康、安定、子女教育——但实现自我价值已成为许多不同年龄段人们的共同选择。

个体的梦想又无不与国家发展休戚相关。在每个中国人一步步实现梦想的过程中，我们的国家也发生翻天覆地的变化。社会主义市场经济体制逐步确立，经济社会持续发展进步，国家的兴盛为每个中国老百姓实现梦想提供了巨大的空间和可能性。今天，中国人享有在求学、就业、居住、迁徙、创业、出国等一系列行动上的自由权利，已成为理所当然。但回望改革开放前，国家实行单位制，一切都是单位所有，个人隶属于单位，“单位”就个人的住房、工作、教育、福利等做出决定，个人很少拥有选择权。社会主义市场经济赋予中国人更多机会和选择，人们享有更多的自由空间和自主权利。不断健全的中国特色社会主义法制体系使个人对自身行动和努力产生合理预期，使社会运转公正有序；社会基础设施和基本公共服务的发展为个人梦想的实现“保驾护航”，这些都是老百姓梦想实现的最重要的外在基础条件。

通过分析总结上百次深度访谈，我们发现，获得受教育的机会或接受更好的教育，成为绝大多数个体实现梦想路途上的拐点，教育制度为个人改变命运和实现梦想提供了重要基础。其中，国家教育制度的变革对个体命运和社会的纵向流动带来的影响最为突出，比如 1977 年恢复高考、20 世纪 90 年代的中专招生制度等等。即使到现在，高考对许多人而言仍是“一考定终身”。另外，非农务工、向城市流动、自主创业、对外开放等等中国改革进程中的每一项制度改变，都成为老百姓人生发展的重要节点。

我们发现，个人的独立自主、自我意识和努力奋斗，是改变命运和实现梦想的根本内在驱动力。这让我想到农民自主率先突破的农村改革。这场改革之所以能够成功，正是承认并充分保障了农民的自主权，保障农民的物质利益，尊重农民的民主权利，从而激发和调动起了广大农民的积极性和创造性，使改革不断向纵深推进，并实现了改革从局部农村向更广阔的城市和整个社会的扩散。截取任何一个历史断面，我们都可以看到普通中国人身上勤劳奋斗的品质，是“给点阳光就灿烂”的。关键就在于，需要体制机制的创新不断提供实现梦想的机会和空间，肯定和支持老百姓的努力和奋斗，激发和释放老百姓的智慧、热情和创造力。

我们还发现，家庭和社会的支持对实现梦想非常重要。不少人在实现梦想的过程中，得到来自大家庭和亲友的帮助，有的是资金和物质支持，有的是提供信息，还有的是精神的鼓励和安慰，等等。有些帮助甚至改变了一个人梦想发展的方向。中国的传统文化特别重视亲缘和血缘，来自家庭、兄弟姐妹、同乡邻里的互相扶持，为个人发展和实现梦想提供了重要的社会资本。伴随城市化的发展，个人的生活环境逐渐由熟人社会转为陌生人社会，来自家庭和共同体的支持还能不能继续发挥作用？我们认为，要持续发挥这一社会资本优势，必须重视传统家庭的功能、倡导传统美德，同时推进传统社会资本向适应现代社会特点的社会资本的转化。只有这样，我们的传统才能创造性地在未来继续呈现其伟大价值。

访谈中，几位不同层次的受访者均不约而同提到《平凡的世界》这本书，和它对自己的精神世界乃至人生发展的影响。《平凡的世界》描述了城乡变迁背景下，一个农家子弟的勤奋与追求、痛苦与欢乐、选择与命运的故事。我们发现，即便不同个体的梦想和追梦经历差别很大，但老百姓们的中国梦中仍带有一种历史的共同轨迹，这种相似性是个人命运和国家发展的“共振”。这也生动说明，每个人的前途命运都与国家和民族的前途命运紧密相连，国家好、民族好，每个人才会好。

三、两组鼓舞人心的数字

中国梦反映的是人民群众对美好生活的向往，包含了对物质收入的需求、对社会公平的期待及对向上的社会流动的愿望。哈佛大学普特南（Robert D. Putnam）教授在其新著《我们的孩子》（*Our Kids*）中提出，每个人都公平地站在人生起跑线上，这是美国梦的理念。他区分了绝对的社会流动和相对的社会流动。前者是指普遍的代际进步，后者则是指出身底层的孩子，通过自己努力，在社会经济阶梯上实现赶超。而他担心，美国是否已出现了低度的绝对流动和低度的相对流动的叠加。①

改革开放以来，中国经济高速发展，教育不断普及，每一个年龄段的人比起其父母的生活都有了巨大改变，实现了绝对的代际进步。另一方面，虽然社会收入差距迅速扩大，

---

① 罗伯特·普特南（Robert D. Putnam）：《我们的孩子》，中国政法大学出版社2017年版。

但社会流动的通道也在扩展，社会的相对流动也在大范围内展开。在本书的案例中，我们可以看到许多这样的例子。这些案例具有一定的典型性和代表性，但仍需要有来自定量和整体的数据分析做支撑。因此，案例研究之外，基金会研究团队还组织开展了中国居民代际流动的分析研究。

课题组根据1989～2015年中国营养与健康调查数据以及2012年、2013年和2015年的中国综合社会调查数据，对居民代际收入流动性进行分析。居民代际收入流动性，反映的是父代对子代收入的影响，代际收入弹性越高，意味着社会的流动性越差，正所谓“老子英雄儿好汉，老子混账儿混蛋”。数据调查的结果显示，中国居民代际收入弹性在0.3左右①，这一数字好于美国和巴西，约等同日本和英国水平，与澳大利亚、加拿大和北欧国家相比还有较大差距。需要注意的是，2000年至今，中国居民代际收入流动性呈现出上升的良好趋势，且农村家庭的代际收入流动性高于城镇居民家庭。

中国这种代际收入流动性的状况，与改革开放以来中国经济发展、农民工进城务工、基础教育普及和高校扩招、促进创业等一系列制度变化有密切联系。改革开放过程中，国家实现了从计划经济体制向社会主义市场经济体制转变，从

① 杨沫：“中国居民代际流动的现状、趋势以及国际比较分析”，载《中国发展研究基金会研究参考》，2019年第1号（总224号）。

普遍物质匮乏向商品丰富的小康社会发展，人民实现了从普遍贫困向中等收入阶层迈进，中国的体制改革和资源优化都为社会流动、为中国人的梦想实现创造了条件。伴随着社会群体大规模向上流动，中国中等收入群体不断扩大，老百姓的梦想不断地变为现实。

当然，不同社会群体从改革开放中所获得的收益是不同的。农村低收入家庭的父辈有较高的比例把不利的社会经济地位传给下一代，因此，当前中国的脱贫攻坚行动对改善贫困群体的处境、促进社会纵向流动至关重要。

需要指出的是，因为全社会普遍收入增加，贫困人口脱贫意味着不愁温饱，但并不必然意味着他们的弱势地位相应发生改变。从案例中我们看到，农村的孩子很少得到家庭在学习、生活和未来规划等方面的指导，他们受到的足以改变人生的启迪，更多来自书本或旁人偶然的指点。因此，广泛且深入地关注贫困和弱势群体，特别是贫困农村地区的孩子们，对防止贫困代际传递、推动社会纵向流动、更公平地实现老百姓的中国梦，具有非常重要的意义。

总体看来，老百姓对国家的未来充满信心。国务院发展研究中心一项持续开展的中国民生调查研究①自 2011 年启动后，每年都会对 5 万多人的大样本进行主观满意度的抽样调

① 国务院发展研究中心：《中国民生指数研究报告》系列，中国发展出版社。

查。调查数据显示，中国老百姓对未来选择“很有信心”和“比较有信心”的比例基本维持在70%左右，而“比较没有信心”和“很没有信心”的比例不过10%。国外机构的调查结果也显示，中国人对国家现在和未来有信心的比例更高①。也就是说，有近10亿中国人对未来抱有信心，相信明天会更美好。民心是最可宝贵的国家财富，也是中国敢于面对任何困难、任何外部压力的坚实依靠。始终坚持一切为了人民、一切依靠人民，是我们为实现中国梦而奋斗的出发点和落脚点。

四、梦想指引现实

通过访谈，我们深刻地感受到，人民群众对美好生活的憧憬，是中国梦的广泛基础和重要组成部分。中国梦是国家的、民族的，也是所有中国人的，它既是宏大的愿景，也是具体的期待。老百姓期待社会稳定、治理清明，期待自己和后代的生活逐步地改善。

小到个人、家庭，大到政府、国家，要实现中国梦，都必须脚踏实地，从一点一滴做起。政府必须充分地听取老百姓的心声，加大改革力度，克服城乡之间的体制障碍和其他

① 《经济学人》在2018年11月发布的“进步的优先事项：理解公民的声音”调查报告指出，83%受访的中国人认为国家正在朝着更好的方向发展，是50个被调查国家地区中最高的。针对这一问题，美国有38%的受访者认同，意大利有12%，德国12%。91.4%的中国人认为未来10年国家会越来越好，针对这一问题，德国47%的受访者认为会出现最坏变化，日本44%的受访民众认为未来会更糟。

体制性机制性问题。要以城市群为依托，首先解决重点城市群的城乡一体化，再拓展到其他地区，以城市群的开发塑造经济增长极，为老百姓就业创业提供宽广的舞台。要一个一个地解决问题，比如，农民工市民化、保障农民土地权益、脱贫攻坚、蓝天保卫战、青年人就业、老年人养老。正如案例集中收录的某位访谈对象所言，“只要一步步有改善”，老百姓“就是满意的”。

利用教育赋权、赋能，提升个人能力也至关重要。个人的梦想是和个人能力紧密相连的。不同出生年代的人对未来美好生活向往的具体内容不同，但“幸福都是奋斗出来的”，每个人要实现自己的梦想，必须有相应的能力。教育对个人能力的形成和发展至关重要，它能为每一个个体赋能，扩大人们选择的范围和实现梦想的机会。在全球化和知识经济、数字经济的背景下，这种作用更加显著。赋权与赋能，关键在于教育，不仅包括基础教育、高等教育，也包括适应经济社会发展的终身学习和终身教育。

要特别关注弱势群体，尤其是贫困地区儿童发展。哈佛大学普特南（Robert D. Putnam）教授在其书中指出，今天美国青少年机会平等的鸿沟正在日益拉大，不同社会经济背景的青少年难以获得大致相等的人生机会。中国也正面临相似的危险，贫困地区儿童处于特别不利的地位。贫困地区家庭除了收入低，普遍存在父母离异、儿童留守、家庭暴力等大量问题，这些社会问题与贫困问题相互交织，对贫困儿童发展产生严重的不利影响。创造“人人拥有出彩机会”的制度条件，首先要解决的就是机会平等的问题，特别是针对处境不利的儿童，要给他们创造一个阳光起点。对此我们建议，国家和社会力量要更多关注贫困农村地区的孩子们，从小就要启动国家和社会干预，学前教育要进村，早期养育要入户，为更多家庭和个人实现向上流动、实现美好的中国梦，奠定公平发展的社会基础。

最后，还应该指出，这是一项刚刚开启的研究，在案例选择、类型构建和数据分析方面还有进一步完善的空间。更为重要的是，在中华民族伟大复兴进程中，在不同历史时间节点观察和分析老百姓的中国梦，持续思考和解决所面临的具体困难和问题，本身就有重要的价值。我们希望能够继续推进这项研究，也期待得到更多人关心和支持。

过去，40 年的改革开放，给绝大多数中国人的生活带来变化和希冀，老百姓的梦想和愿望已经或正在成为现实。当下，中华民族正处于经济和社会转型的关键时期，一个更加成熟、定型的制度正在形成，许多机会已经萌芽，许多问题也有待解决。未来，心怀梦想的中国人相信，自己的生活和国家的发展都将更加美好。民心可测，民心可恃，民心可依。理解并帮助老百姓实现他们的梦想，才能确保在中华民族伟大复兴的征程中，上下同欲、上下同心，才可以无往而不胜。

目　录

“70 后”

“80 后”

“90后”

“00后”

附录

“30后”

从童养媳到儿孙满堂

化　　名：苏红
职　　业：农民
所 在 地：广西壮族自治区
工作单位：无
年　　龄：83 岁
性　　别：女
民　　族：汉族
受教育程度：识字

苏红自己的工作依然延续着年复一年的农耕劳作和家务。她认真拾掇每一棵禾苗，每一颗白菜，耐心喂养着每一只鸡鸭，日复一日，年复一年，直到 83 岁的时候，她依然养着鸡鸭，并且坚持自己种菜。她把这种循环看作是政府的政策优惠，充满了感激之情。苏红表示，家人健康，衣食丰足就应该感谢政府。

苏红，女，出生于 1936 年，湖广交界偏远山村的一名农妇。

1949 年，由于苏家贫困，13 岁的苏红奉父母之命来到刘家做童养媳，嫁给了小自己 3 个月的刘某。彼时刘家家境尚可，苏红只需做点家务。随着人民公社运动的开展，为挣工分，她开始参加集体劳动，做的事情并不比男人少，但工分却比男人少。对此，她表示并未觉得有不妥，“男人们就应该挣得更多，毕竟他们食量更大”。渐渐地，她成为刘家稳定的上工劳动力，参加生产队大大小小的劳动。干活儿的时候任劳任怨，男人们不愿做的事情她从不挑拣。后来她的丈夫担任了生产队的会计，负责给生产队的农民记工分，可以不下地就挣到工分，日子勉强还过得去。

随后儿女陆续出生，苏红的大女儿肩负起部分照看弟妹的工作，她也能在分娩后迅速参加劳动。苏红的大女儿 1953 年出生，是一名林场工人。大女儿 18 岁出嫁时，苏红刚过 35 岁生日。苏红表示，当时生活困难，女儿出嫁一定程度上减轻了家里的负担。苏红当时并未给大女儿准备什么嫁妆，好在女婿人好，未露出半点不悦之色。

苏红出去干活，家务就交给了日渐成长起来的儿女们，尤其是照看幼儿幼女的任务只能落到二女儿（1959 年出生，农民）及大儿子（1963 年出生，个体户）肩上。这种分工据说让最先出嫁的大女儿心有怨恨，一度认为自己不欠娘家分毫，因为都以带弟弟妹妹的形式还清了。苏红提到，这也是无奈之举。丈夫刘某一直以一家之主自居，几乎不做家务，唯一的贡献是作为会计一天挣一个工分。更加让她不解的是，家庭的子女之间日渐分化，儿女之间竟置于选边站的格局。大儿子最顾全家庭大局，要承受来自父亲刘某的坏脾气，以及两个弟弟

（二儿子 1968 年出生，农民；小儿子 1970 年出生，农民工）的抱团作对。苏红认为，大儿子之所以受排挤，在于全家人都认为他占用了拮据家庭的所有资源读完了高中。他读书多就应该多承担家庭责任。这个阶段苏红只希望家庭少爆发点冲突，能不再出现 1960 年挨饿的悲剧。

大女儿出嫁 5 年后，苏红的二女儿也嫁到另一个自然村，农忙时节会回来帮农。“大锅饭”取消以后，二女儿回娘家时会带上女婿，一般会称上一两斤新鲜的猪肉或是带些自家喂养的鸡鸭上门。大儿子在随后的第三年娶了同村唐家的大女儿。随之而来的是与几个儿子的分家。一开始的分家进行得很彻底，大儿子分了一间偏房做厨房，一间房做卧室，二儿子和小儿子也分到了类似的份额。随着小女儿（1972 年出生，农民）出嫁至湖南的一个山村，这个家最终的格局落定。二儿子与小儿子关系比较好，他们对大儿子日渐变好的生活很不满意，认为都是靠家庭资源多读了书才出现的这种变化。于是撺掇当家的刘某经常“搞事情”。最严重时，在一个大年夜把大儿子和他媳妇儿还有刚刚满岁的孩子赶出过家门。苏红表示，她实在无能为力。看到一家人变成这个样子，除了心痛，她什么也做不了。于是，她更多地做农活儿，做家务，认为一切都会变好的。

苏红的丈夫改革开放后不再担任公社的会计，但仍然负责生产队的一些事务。因此，他依然算是整个大家庭的家长。20 世纪 90 年代，大儿子带着媳妇儿回来，开始筹划自建住宅。

大儿子和他媳妇在县城的另一端承包了一个矿山，积累了十年总算筹集够了资金。在闭塞的山村，兴建新房需要用马从很远的河边将砂石运回做建房材料，建房的砖则需要请泥瓦匠一块块做好最后烧制而成。在当时的交通条件下，整个工程的难度让人望而生畏。但是大儿子带着媳妇说干就干，经过一年半时间夜以继日的劳作，本地第一个平房建造完成。当时苏红也知道大儿子分家的决心，也深深地觉得对不住他，但好在他自己争气，有了别人都羡慕的大房子。当然大儿子一家的努力远未止此：2012 年，他们一家凭借在广东做生意挣的钱在市政府边上买了新房，现在全家都是城里人了。说到这，苏红嘴角泛起难得的微笑。

苏红自己的工作依然延续着年复一年的农耕劳作和家务。她一人负责一亩半地的耕作，同时在后山的菜地种应季的蔬菜自给，家中常年养了两头猪，鸡鸭各数十只。这些劳作内容构成了苏红数十年如一日的日常。她认真拾掇每一棵禾苗，每一棵白菜，耐心喂养着每一只鸡鸭，日复一日，年复一年，直到 83 岁的时候，她依然养着鸡鸭，并且坚持自己种菜。她把这种循环看作是政府的政策优惠，充满了感激之情。苏红表示，家人健康，衣食丰足就应该感谢政府。

苏红认为，“孙子孙女才是家族真正的延续”。三个儿子，两个娶妻，大儿子和媳妇生了两个儿子，小儿子的媳妇生了两个女儿。孙子、孙女们争气，尤其是大孙子从学前班开始就一直考前几名，别的小孩子放学就只知道疯玩，他却到家就开始学习，从小就跟大人说他要考清华大学。爸妈不在身边也很自觉，终于成为刘家第一个大学生，还是名牌大学！“这给后面的弟弟妹妹树立了一个很好的榜样。”苏红表示。算上大孙子在内的两个孙子、一个孙女考上大学，家里的文化程度就上来了。苏红说：“中央的政策好啊，以前要交农业税啊，三提五统，一交完，家里就剩不到整年的粮食了。后来取消了农业税，国家还给我们发低保，生在好时代啦。”

苏红的丈夫后来瘫痪卧床了三年多，她一边照顾一边继续劳动量不减地种菜养鸡鸭，还养了一头过年猪。她认为只有吃着自家的肉，过年时才能有真正幸福的感觉。“城里买的哪有家里养的味道好呢。”苏红说。不幸在一年新春不期而至，苏红的老伴在一个雪夜因为抽烟引发了大火而罹难。“二儿子发现火情的时候已经是熊熊大火了。”苏红说到这里不禁落泪。

大儿子和媳妇很孝顺，两个孙子也是，每年过年都会回来陪她。小儿子在老屋的右侧建起了一个独栋，即便有好吃的（肉类、买的营养品）也从未给过她，倒是需要吃干货的时候会叫孙女拿着碗过来拿。“小儿媳太狠了，没办法，小儿子压不过她，他们一家平安就好。”苏红说，“我也活不了几年了，过几年就下去陪老头。”她每年只盼过年儿孙回家。因为不会用手机，一年也见不到，也打不了电话，就是在生日的时候，大家回来看她，借着他们的手机，来自孙子外孙的生日祝福都会如期而至。其实孙子几年前买过手机给她，但二儿子说她不会用，就扔了。

苏红对未来已经没有许多期待了，她说这辈子生在这么好的时代，吃穿不愁，还有儿孙孝顺，“他们有前途我就很放心”。唯一的期许是孙子们还没有讨到孙媳妇，不知道还能不能抱上曾孙，苏红笑着说道。

“40后”

人生殊途

化　　　名：孙远/孙久
职　　　业：农民/房地产公司董事长
所　在　地：吉林省辽源市农村/北京
工作单位：无/房地产公司
年　　　龄：60岁（2008年去世）/69岁
性　　　别：男
民　　　族：汉族
受教育程度：小学三年级/高中

孙久认为自己不能算成功，如果在50岁的时候他很成功，成功地从底层的农民借着国家改革开放的政策，占尽先机变成富商。但是现在快70岁了，不能算成功了，现在焦虑、压力太大了，“自己一睁眼就是今天欠着银行几百万元的利息，得硬着头皮去还债，几千员工都要吃喝拉撒，养家糊口，如果自己停下来，他们都失业了”。

孙远和孙久是同一个村子里的两户人家，年纪相差两岁。孙远生于1948年，农民；孙久生于1950年，房地产公司董事长。孙远祖籍吉林省辽源市农村，孙久祖籍山东蓬莱农村。

孙远和孙久的父亲是拜把兄弟，两人关系颇有渊源与江湖气。孙久的父亲 1918 年生，本姓李。山东人重男轻女，孙久的奶奶生了 6 个儿子，他的父亲是老大。儿子多了也发愁，家里的开支太大，生活负担很重，于是孙久的奶奶就让孙久的父亲到长春投奔亲戚，到长春那年，父亲 10 岁，已独自闯荡。这个亲戚在长春有一个药铺，也给人看病，孙久的父亲就跟着亲戚当学徒和小跑腿。孙久的父亲念过 4 年私塾，识字，后来还能给人开药方。

1931 年，东北沦陷，长春兵荒马乱，日本兵横行乡里，亲戚家的药铺被日本兵霸占了，亲戚的老婆被日本人杀害，孙久的父亲害怕就跟着人群往深山里面跑。长春的冬天非常冷，孙久的父亲当时衣服并不厚实，跑了大概 3 天 2 夜，实在跑不动了，就晕倒了。

孙久的父亲是被孙远的爷爷和奶奶救回家的。孙久的父亲虽然拣回一条命，但是左胳膊被冻坏了，伸不直了，使不上劲，不能干重活，种地是没指望了。在兵荒马乱的年代，孙久的父亲知道回不了老家了，就在孙远的爷爷家住下。孙远的爷爷和爸爸一直很照顾孙久的父亲，后来孙久的父亲就和孙远的父亲结拜为兄弟，并改姓孙。

孙久的父亲干不了重活，不能种地，为了谋个生计，就在村里做起了赤脚医生。孙久的父亲在 1941 年结婚，母亲是邻村的姑娘，比父亲大 3 岁。母亲家里兄弟姐妹 6 人，母亲排行第三，因为照顾她的大姐、二姐坐月子，又照顾自己的两个弟弟，所以 25 岁才与孙久父亲结婚，在当时绝对是大龄剩女。

孙久有两个姐姐，大姐生于1943年，他的父母说那女孩极聪明，也极漂亮，但是在不到4岁的时候夭折了，是因为冬季风寒，高烧不退，当时没有医疗条件，营养条件也不好，烧了一个多星期就死了。孙久父母很难受，但是母亲说，“那时候见的死人太多了，虽然心疼，但也没办法，就将孩子找个山头埋了。”孙久说：“那时候家里死孩子太正常了，他们村里一户人家，生了10个孩子，死了5个，后来剩下的3个儿子还为争地打得不可开交。”二姐生于1947年，因为前面死了个姐姐，父母本来希望生个儿子以解心头之痛，结果还是个女儿，而且二姐长得没有大姐漂亮，父母觉得也没有大姐聪明，所以对二姐比较冷漠。1950年，孙久出生了，二姐的地位更是江河日下。孙久说：“父母有什么好吃的都只给我吃，不给姐姐吃，有时甚至把二姐骗出去干活，偷着给我吃。”

由于历史渊源，再加上孙远和孙久年纪相近，所以两人从小“很铁”。孙久回忆道：“我和孙远从小一起上山、爬树、下河、撒尿和泥、在泥坑里打滚，光着屁股一起长大。”孙远的父亲一直种地，对念书这件事没概念，孙远小学念了3年就不念了，孙久说：“那时没人管，想念就念，不想念就不念，老师有的时候都不来。”孙远退学后就一直种地，后来政策允许了才养猪。

孙久从小对种地就没有兴趣，家里的地都是母亲和二姐打理，父亲对他的要求是，“如果你想读书，你就读，家里供得起你”。孙久想，读书总比种地省力气，就一直读书。孙久说，“那时读书没有什么好坏，农村人都不读书，所以你去读就很好了。”孙久高中时，正是“文革”水深火热的时候。孙久的父亲也被批斗了，但是并没有城里那么厉害，毕竟民风淳朴，后来也就不了了之。

1966年起，辽源农村来了大量知青，孙久家当时就住着几个知青。孙久喜欢上一个姑娘，对姑娘特别好，家里有什么好吃的都送给姑娘，赶集的时候就给姑娘带点小玩意儿，如头绳之类的。孙久说：“那时候的人都傻，不会表达，和姑娘说个话都脸红，和现在的年轻人不一样，现在的人开放、大胆，什么都敢干，什么都敢说。”孙久并没有向姑娘明确表达，问姑娘是否愿意留在农村，姑娘回答说：“不想一辈子困在农村，要回城市，农村生活太无趣了。”听了这话，孙久的心里就凉了。姑娘1974年回城了。

孙久1975年结婚，娶了邻村的姑娘。孙久媳妇小学二年级就不读书了，人很勤劳，身体很结实，看着很踏实，但孙久并不喜欢。可是孙久的父母喜欢，他们认为孙久媳妇身体好，看着结实能干，能生养。1979年，孙久的儿子出生了。

孙远结婚早，在1968年就结婚了，找了一个同村的姑娘。孙远媳妇是文盲，能干但是蛮横。孙远的第一个孩子1970年出生，女孩；第二孩子1973年出生，男孩。

“文革”后，孙久在村里教书。孙久是高中毕业，是全村学历最高的。1977年恢复高考，孙久打算报名，但是他的父亲极力劝阻，父亲说，“考什么大学，当什么知识分子？再搞一个运动，你这种人肯定被打倒，被批臭。还是做个农民、做个普通人好。”孙久在父亲的劝说下没有参加高考，这是孙久的一大遗憾。

孙久教了 12 年书，转眼时间就来到了 1987 年。孙久听了广播里关于改革开放和沿海地区发展的报道，内心非常憧憬。孙久说：“东北人和南方人不一样，特别念旧恋家，爱喝酒，爱说大话，特别是冬天，没事干的时候，就在炕上喝酒吹牛，感觉这么一大片土地，要啥有啥的感觉。”孙久觉得做这井底之蛙没有出息，太憋屈，他决定辞去农村教师的工作，到外面去闯荡。孙久认为自己骨子里还是山东人，毕竟祖先有闯关东的先例。

1989 年下半年，孙久离开了老家，第一站到了长春。孙久说：“一离开老家，觉得到处都是机会，有工地需要工人，有饭店需要服务员，有店铺需要售货员，有家庭需要保姆。”孙久当时特别兴奋，觉得自己的人生才刚刚开始。他组织了村里的 4 个人，在工地上工作，这 4 个人在村子里常帮别人盖房子，有一点手艺，孙久是包工头。1991 年的时候，孙久赚到了 3 万元，可以说是村里的首富了。跟着他打工的几个人也赚到了钱，大家干劲十足。后来的几年，让孙久最头疼的就是拖欠工程款。孙久承包的主要是政府的工程，多数他不是第一承包商，而是第二承包商，或者子部分承包商，工程干完了，第一承包商经常以质量不合格为由，克扣他们的工程款，克扣了之后有时还不给，写一张条子说到哪里去找谁要钱，去到地方找到人都很难。另外就是政府拖欠他们的工程款，总是说政府的钱还没有到位，没法给他们结算，还说政府又跑不了，让他们别着急。孙久觉得越是和政府、大企业合作越难，他们总是认为有很多更要紧的事去做而忽略为他们服务的小企业。

孙久回忆，当时的人特别闭塞，赚了钱也不知道干什么，自己虽然是包工头，但跟农民工没啥区别，每天住工地的简易房，灰头土脸，有空就回农村，赚了钱给媳妇买点衣服，买了个摩托车骑着回家，没想把全家搬到城里去。

1995 年，房地产如雨后春笋破土而出，遍地开花，孙久看到了机会。1989 ~ 1994 年间，孙久积累了一些人脉关系，尤其是政府资源，孙久打算做地产开发商。1996 年，孙久正式注册了自己的建设公司，通过抵押和政府做担保，向银行贷款 6 亿元，在长春市中心距离约 35 公里的地方买了一块地，约 16 万平方米。孙久一开始打算建商品房，他从一本杂志上看到香港的建筑模式，一二三层是底商，上面是住宅，他决定盖这种楼。房子建成后，在长春受到追捧，其中约有 150 套房子给了地方政府，自己留了 2 套。那时父亲已经去世了，孙久就把母亲接到城里居住，一套他媳妇和儿子住。这是孙久真正意义上的“第一桶金”。之后他又在长春、吉林等市开发了几个地产，生意还算顺利。

由于忙于生意，孙久对自己儿子的关爱不够，尤其是学习方面，儿子的学习成绩很差，根本考不上高中。孙久把全家搬到长春的时候，正好儿子要上高中，他就给了长春一所重点高中一笔钱，让儿子顺利入学了。但由于基础太差，他儿子根本听不懂、学不会，每天就在学校里混日子，老师都知道他的背景，也不管他。最后孙久儿子的高考成绩只有100多分，没有学校录取他，就跟着父亲学习打理生意。

这些年中，孙远一直在农村种地养猪。他们家人口不多，土地种的够吃还能有一些收入。孙远的两个孩子都是小学之后就没有再上学了。孙久在外面做生意，几次让孙远加入做一点工作，挣一些钱，但是孙远都说，家里的地够吃了，自己没啥技术，帮不上忙，外面风餐露宿太苦了，还是“家里老婆孩子热炕头舒服”。1993年，孙远的儿子要结婚，女方家里要5000元聘礼，并让盖两间独院的新房。孙远拿不出钱，也盖不起房。孙远在村子里到处借钱，孙久知道后给了他5000元，并找了物料和人工帮他盖了房。孙久劝孙远：“别让孩子那么早结婚，可以跟着他出去闯一闯，外面的世界大着呢，以后老实做农民是不行的，会跟不上形势。”孙远却不同意，认为家里人都在一起，简单的生活挺好的。孙远的儿子也没有表现出外出的意愿。孙久评价他们一家是，“没有教育基础让他们非常胆小，不懂得竞争”。因为这件事，孙远和孙久有了隔阂，孙远觉得孙久变了，瞧不起他们了。

2000年，孙久来到北京发展，在北京的东四环与东五环之间拿到了一块地，开发了商住两用的全玻璃楼体建筑。当时那片地很荒凉，周边都是黄土，很多人都不看好，认为在这样的地方建这种楼，哪里会有人来。事实证明，孙久赌对了，这是孙久房地产企业的高潮期，这次房地产开发让孙久大赚了一笔，孙久的这6栋楼紧挨着以后的CBD。2002年，孙久在北京东四十条附近买了12户人家的房子，拼凑成了一个占地近700平方米的四合院，经过翻建、装修，成为自有住宅，总造价3000万元。孙久把母亲和媳妇接到了北京，住进了豪华的四合院。孙久住在自己开发的一栋公寓内，儿子也独住。孙久和媳妇的感情趋于疏远，一方面他对媳妇本来感情不深，另一方面他媳妇是农村妇女，在事业上没有助益甚至无法沟通。他们实际上已分居，但媳妇仍然照顾着孙久的母亲，这一点让孙久非常感激。

孙久赚到第一桶金并没有忘了他的村庄，这个村庄救了他父亲的命，让他有快乐的童年。孙久给他们村捐了2000万元，修通了他们村到县城的路并把村里的道路都翻修了。

孙久的儿子并不让孙久满意。儿子学业无成，做事也没有头脑。孙久认为这样不行，自己只有一个儿子，如果不能继承家业，他一辈子的奋斗成果有什么意义？孙久决心让儿子出国学习，去英国。第一步，他给儿子请了两个英语私人教师，一个中国人、一个外国人，对儿子进行封闭训练。第二步，他给儿子找了一个费用颇高的中介，办一个人出国费用大概20万元，好处是，所有学业成绩都可帮助提供。孙久的儿子于2004年出国了，到英国一所名牌大学学习工商管理。孙久儿子在英国一年的支出约200万元，孙久认为虽然花费不低，但还能接受，因为他儿子喜欢看球、跑马、旅行和奢侈品。

比起高消费，还有更糟糕的两件事，一是孙久儿子吸食大麻，虽然大麻没有生理性依赖，但有物理性依赖；二是他儿子挂科太多，无法毕业，在英国混迹三年后，孙久勒令儿子回国。回国后儿子继续在孙久的企业工作，唯一的收获就是儿子的英语确实很有进步。

孙久说，不到北京不知道竞争激烈，不到北京不知道见识浅薄，北京的大地产商太多了，有钱又有关系、能耐的人太多了。2005 年以后，孙久在北京遇到的最大难题是，自己的企业拿不到地，没有地就做不成开发商。2007 年，孙久在经过前期大量准备和各种寻求帮助后，拿到了一块前门附近的地，占地面积 6 万多平方米。但是因为地价太高，房屋建造受到城市规划、环保等多方限制，总体要贷款 300 亿元，可能会造成公司无法承担这样的债务，毕竟自己的公司不是大地产商。孙久思考以后，决定和其他地产商联手开发，或者将土地转让。但是孙久一直没有找到合适的合作伙伴，也没有人愿意收购这块土地，倒是有人愿意收购他的公司。这块地的发展悬而未决。

孙久想，这样不是办法，在北京发展越来越难，因为竞争激烈，根本上是人与人的竞争，他知道自己不如人。于是他把公司总部放在北京，在二、三线城市发展业务，如三亚、杭州、温州、苏州、昆山等，因为在北京能得到消息和资源。直到 2015 年，孙久又回到北京开发搁置了快 8 年的地，这笔生意还是赔了 30 亿元。

孙远在2006年得了严重的心脏病，县医院无法医治，送到辽源市第一人民医院，第一人民医院要做支架手术。当时农村医保体系还不完善，高额的医疗费孙远家无法承担，在辽源这种地方做手术技术上也不成熟，这次愁坏了孙远一家。孙远儿子借了2万元，给父亲做了手术。为了还债，孙远儿子决定离开农村，到城里打工，因为没有学历也没有技术，就在环卫公司扫大街，一个月大概能赚到1000元，他自己花200元，寄回家800元。后来孙久知道了，回村里看了孙远，孙久非常心疼，陪孙远坐了好一会儿，两人一句话都没聊。孙久要走的时候说："哥，你好好养病，咱俩是兄弟，别生分了。"孙远听后，哭了，拉着孙久的手说："能不能帮帮我儿子和孙子，帮我孙子有出息。"

孙久把孙远儿子安排在了一个事业单位的传达室工作，还找人帮他解决了编制。2008年，孙远去世了，因为心脏里的支架松动了，引发心脏猝停。孙久心里特别难受，把孙远儿子一家搬到了辽源市，并让他的孙子进入了最好的初中。孙久说："这就是农民的命，如果没有外界的冲击就是生老病死，外面的世界发展了，你不发展，你就被逼死了。"

孙久认为自己不能算成功，如果在50岁的时候他很成功，成功地从底层的农民借着国家改革开放的政策，占尽先机变成富商。但是现在快70岁了，不能算成功了，现在焦虑、压力太大了，"自己一睁眼就是今天欠着银行几百万元的利息，得硬着头皮去还债，几千员工都要吃喝拉撒，养家糊口，如果自己停下来，他们都失业了。最失败的是自己后继无人，儿子40岁了，没有成家，没有稳定的女朋友，花天酒地”。孙久老了，不指望儿子了，现在他倒是珍惜自己的发妻，原来嫌弃她，现在才发现老伴会体贴照顾他，让他觉得还是家温暖。

时代造就我

化　　名：李梦凡
职　　业：研究员
所 在 地：北京市东城区
工作单位：国家部委（已退休）
年　　龄：75 岁
性　　别：女
民　　族：汉族
受教育程度：硕士

人的一生要做好什么事情，还是要靠天时地利人和。天时就是中国改革开放创造的发展机遇；地利是自己所在平台的包容性和超脱性；人和是大家凝心聚力，互相启发和鼓舞，支持自己在学术道路上持续钻研下去。

李梦凡，1944 年出生于重庆的书香门第，是家中的第五个孩子。她的祖父是清末秀才并曾任湖北省某县教育局局长，外祖父是日本早稻田大学法学博士，父亲是获得美国密歇根大学博士学位的冶金学家和炼铁专家，母亲毕业于南开大学。

李梦凡表示，早期自己在学校并没有很出众。高中阶段，她发现自己对数学有极大的兴趣，因此利用所有的闲余时间，自学下学期课程并不断做题。她表示，哥哥姐姐先后考取中国科技大学、南开大学等知名高校给了她激励，她自己也暗下决心一定要考上好的大学。1962 年，她考取了北京大学数学力学系，而那一年也正是历年高考录取率最低的一年（27.43%）。

本科学习阶段，政治运动接连不断，由于到河北省参加“四清”运动和“文化大革命”，李梦凡的学业被迫中断。在那个时期，她说自己“整天无事可做，也没法上课，大学真正的读书时间只有三年，很多知识总觉得没有学完”。1968 年，李梦凡大学毕业，被分配到吉林省舒兰县解放军农场劳动锻炼一年。李梦凡表示，她很快适应了农场生活，积极参与种地、杀猪等各项农活，当时不觉得苦，还主动尝试了份外的其他劳动。次年，她被分配到沈阳市某普通中学，先后教过数学、物理、化学、政治等多门课程。李梦凡表示，当时生活条件不好，在寒冬腊月抱着几个月大的孩子走几公里路去挤公交车，睡木板床，夫妻同在沈阳却分居两处。但“那时最让我苦恼的是所学知识没有用武之地。”李梦凡说。她当时的梦想就是能回北大再学习，“每天都幻想着校园里读书的美好”。

1978 年，高等院校恢复研究生招生。李梦凡表示，当时觉得“回学校学习”的梦想终于有了实现的可能。虽然已离开大学近 10 年，且孩子不满周岁，家庭生活起居照料异常琐碎，但这些丝毫没有影响她参加考试的决心。教书和带孩子之余，她将所有的闲散时间都充分规划利用起来，自学搁置了

10 年的考试内容。当年 9 月，她成功考取了北大数学系硕士研究生。李梦凡表示，她十分珍惜这个苦等了 10 年的校园生活。1981 年，李梦凡完成了学业。

研究生毕业之际，恰逢国务院某研究中心成立，招收数理背景研究生从事经济政策研究，她成功加入其中。李梦凡表示，当时虽然觉得从纯数学领域转到完全陌生的经济学领域是极大的挑战，但她坚信自己“在应用数学方面还可能有所作为”。凭借着良好的数学功底，她先后获得全国计算机应用展览一等奖、全国科技进步一等奖等。李梦凡觉得自己在经济学知识方面尚有不足，于是决定继续为自己“充电”，她利用晚上或者周末的时间骑自行车去北大旁听经济系课程、其他研究部门的讨论会。

1987 年，李梦凡被单位派到美国城市研究所做访问学者，但是她中学、大学和研究生学的都是俄语，英语只在大学作为第二外语学习，之后的学习和工作也少有接触。李梦凡说，为了攻克语言关，在出国前她每星期都去上英文补习班，戴着耳机随时听广播做练习。到了美国后，她坚持与同事频繁用英语交流并大量阅读报纸和文献。45 岁那年她还参加了 GRE 考试。李梦凡表示，自己还想过赴美国读博士，但后来考虑到家庭放弃了这个想法。

20 世纪 90 年代初，李梦凡开始关注中国中长期发展战略和跨世纪的发展规划问题，并深切意识到定量化模型十分必要，但当时国内在这一领域仍是空白。为此，她奔走于国内外重大研究机构寻求合作，希望能够构建本土化的 CGE 模型。李梦凡表示，经过几番周折，她最终与 OECD、世界银行等多个学术机构建立合作，组建了自己的研究团队。她自己总结说："可能是被家庭环境和北大熏陶出来的，我这个人做什么事情都要和自己较真。我的研究底线就是不能糊弄自己的认识水平。"

李梦凡特别重视在这一领域的学生培养。她在国内高校先后招募数十名有兴趣的研究生参与到项目研究中，也在各大高校讲授相关课程。为了让学生们掌握核心要领，她为学生们创造国内外交流机会，组织讲座、讨论班、研讨小组、国际研讨会等。此外，她还将 20 余年的研究经验和成果精华编纂成系列丛书。她认为，"出了这本书，新来的人进入所需要的成本就低很多。"这也是让她最欣慰的事情。

谈到对孩子的培养，李梦凡和她的先生始终给孩子强化"凡事要靠自己努力，去寻找机会，我们也没有什么可以帮助你的"的观念，并用自己的自立自强和坚持努力去潜移默化地影响着子代的成长。孩子也非常争气，尽管中学没有就读重点学校，但一路靠自己努力，最终于 1995 年考取清华大学材料系。毕业后，李梦凡的儿子成功拿到美国顶尖学校录取通知书，但签证屡屡被拒，无奈去了新加坡攻读硕士。但他依然没有放弃，继续坚持申请，2003 年赴美深造学习的梦想终于实现。毕业后就职于美国一家知名车企，2012 年回国，目前在一家大型车企就职。

回顾自己取得的成绩，李梦凡感慨道："人的一生要做好什么事情，还是要靠天时地利人和。天时就是中国改革开放创造的发展机遇，给有志之人良好的教育机会和基本的生活保障，无论是中国经济体量还是发展速度，给从事研究的人创造了很多发挥才能、认识问题和思考问题的机会；地利是自己所在平台的包容性和超脱性，这个平台关注的问题是综合性、战略性、全局性和长远性的，在这样的平台工作能帮助人拓宽视野和知识面；人和是大家凝心聚力，互相启发和鼓舞，支持自己在学术道路持续钻研下去。"

谈到生活的幸福感，她提到不同阶段的目标和幸福感还是有所不同的。高中期间，正值困难时期，吃的是"双蒸饭"，为了减少消耗学校只上半天课，那个时期的幸福追求就是能吃饱，有块糖吃就特别特别满足；在北大硕士期间，生活条件依然很艰苦，为了省车票钱，每周末都要骑一个小时的车才能从学校回到家，后来受邀给别人补高等数学换来的每月 5 元钱的公交月票、每月发工资"560 大毛"拿到手的一刻，都是特别满足的；访学期间，省吃俭用，攒下的钱回国有指标买"几大件"就很满足；现在退休了，能够坚持做自己喜欢的研究，能够继续工作就是最幸福的。

李梦凡认为，自己取得的成绩是自己"始终保持一颗向前的心，不断挑战自己"的结果。她说："人生短暂，要做最有价值的事情。"

“50后”

退休女兵再就业

化　　　名：王小贤
职　　　业：导游
所　在　地：辽宁省沈阳市
工 作 单 位：旅行社
年　　　龄：64 岁
性　　　别：女
民　　　族：汉族
受教育程度：大专

作为退伍军人自谋职业，王小贤认为，现在对自己来说钱已经不重要了，“就是人家对你的评价，这个（评价好）我就很骄傲”。

王小贤，女，已婚，育有一子。与大多数人不一样的地方是，她退休后找到了一生中最满意的工作，退休后愈加发光发亮。她认为梦想是可以实现的。

王小贤 20 世纪 70 年代中学毕业，响应“四个面向”号召（面向农村、面向工厂、面向边疆、面向基层），1972 ~ 1976 年“优中选优”进入部队学习俄语，后到黑龙江边疆从事翻译工作。1978 年恢复高考，当时她已经在部队工作。王小贤表示，“就是太老实了”，没去参加高考，尽管“原来学习成绩不如我的人高考回来之后也当了大学教授”，但她不后悔。1984 年国家统一授予文凭，王小贤参加南京国际关系学院考试获得大专学历。

在家庭方面，王小贤从小与父母、二弟一妹一起生活。亲生母亲 29 岁去世，当时王小贤 6 岁，后来父亲娶继母。自己和大弟弟是母亲所生，小弟弟和妹妹是继母所生。父亲和继母都是沈阳大学教授。目前大弟弟 59 岁，有下乡经历，回城后在大集体企业做后勤工作；小弟弟 56 岁，1981 年考入部队院校后当兵，后转业到沈阳中石油做书记；妹妹 47 岁，高中毕业后在企业做出纳，王小贤觉得妹妹“混得不好”，离婚，并和她沟通少，因为妹妹出生第二年自己就当兵走了。

王小贤退休时是团级干部，退休金每月五六千元，退休后她遇到了一生中最喜欢的工作：成为一名导游。当时，她朋友找她到北京帮忙接待俄罗斯的旅游团。王小贤接待的外国人旅游团，基本都是政府高官等 VIP 旅游团，她外语好、口碑好，“帮来帮去觉得这个活好，挣钱快，完了心情还高兴”，王小贤说。她认为这份工作给自己带来无穷的新鲜感和期待，每天接待的人都不一样，更重要的是大家对她的服务态度都给予高度的赞扬。王小贤的战友、同学都羡慕她，评价她说：“（退休后）你还能发光，能发热，而且客人写意见单对你评价都认为你是最好的导游。”王小贤表示，现在对自己来说钱已经不重要了，“就是人家对你的评价，这个（评价好）我就很骄傲”。

在北京当导游的15年，王小贤已经将北京的里里外外走了个遍，每天都在看北京的变化。头三年，她觉得北京特别不好，一回沈阳北站觉得喘气都舒服，但2008年北京举办奥运会之后，“北京的市容市貌变好了，人的文明程度提高了”，王小贤说。而且她经常带团去国外，回到北京就感觉特别亲切。有一次王小贤回到沈阳，出租车司机问王小贤是哪里人，她说“我是北京人”。但说到以后的发展，王小贤还是会回沈阳的，她的根在沈阳，她的父母、亲属、朋友、老公都在沈阳。而且她在北京没有买房，她认为这也是她最后悔的一件事，当年没想到自己会一待就是15年，现在两三个月才回沈阳一趟。退休后的“发光发亮”使王小贤对这一生没有什么太大遗憾，除了她儿子的婚姻大事。王小贤的儿子年近40岁，有一名34岁左右的女友，两人不着急结婚，认为不到结婚的时候。如今王小贤对家庭的期待也是儿子结婚，抱孙子，自己不回沈阳的原因之一也是回家没事做。

谈及对国家的看法，王小贤认为社会发展环境对实现国富民强、人民幸福和社会和谐更重要。王小贤带团出国，见识了新加坡对随地扔垃圾和逃税等违法行为的惩治，还见识了俄罗斯较高的国民素质，因此意识到中国人民的文明素质需要提升，才能进一步实现国家发展。

愿尊严养老

化　　名：凌波
职　　业：退休人员——发电厂工人（退休前）
所 在 地：北京市
工作单位：北京电热厂（退休前）
年　　龄：61 岁
性　　别：男
民　　族：汉族
受教育程度：大专

凌波，中老年人，害怕得病。“你得病以后，往床上一躺，那自己都不是自己了。最后说实话，身体没有什么尊严就死了。我的梦想就是自己身体健康，多活两年，死的时候痛痛快快地走。”

凌波，男，已婚，大学学历，认为梦想是“希望”，虽然实现不了，但是可以给自己宽心，最大的梦想是老了能够健康有尊严地活着、有尊严地走，有选择生死的权利。

凌波的父亲是海军，6 岁以前凌波跟着父亲，在浙江省的部队生活，后来父亲转业到北京汽车制造厂，他也跟着回到北京上三年级。他的小学和中学基本都是在“文化大革命”中度过的。他还有两个妹妹，虽然小时候家里经济条件一般，但家人关系很好。在整个成长过程中，父亲对他的影响最大，父亲曾经是党员干部，又是部队军人，严肃但脾气挺好。1975年，凌波高中毕业，被分配到了北京热电厂，从学徒工做到专业发电技术工程师。20世纪90年代的国企改革没有波及发电厂，因此凌波一直工作到退休，退休前每月工资加奖金有六七千元。

凌波现居北京，有房有车，房子是工厂分配的。他认为自己在北京的生活属于中等水平，退休后能继续保持中等即可，不想有提升的空间。近几年他家里最大的变化就是他退休了，孩子结婚了。他的孩子现在是汽车工程师，平时也多电话沟通、周六日走动走动，生活一切正常。

凌波现在经常联系的朋友是小学同学和单位同事，在一起聊天，但不会向对方诉说困难。凌波表示，他属于有困难自己默默承担和消化的类型。他说："现在这个心理，比如说你有病，不能跟人家说，我和同学在一块，我有什么病，不能这么说的，都是自己消化，自己看病。"他自认为现在身体处于亚健康状态，老伴不爱动，身体也不太好。

他对养老的生活规划是退休后，一年能出去玩两三次，平时在家看电视、做饭，每天活动一下。尽管有房有车，也有每月5000元左右的退休金，凌波仍担心生病和养老问题，希望国家能出台照顾老人的政策。他见过几个例子，老人卧病后，花费大量金钱治病，拖累甚至拖垮家庭。这对凌波而言，是毫无尊严地活着，“你得病以后，往床上一躺，那自己都不是自己了。最后说实话，身体没有什么尊严就死了”。他希望国家能出台政策，“如果得病以后，他要是想尽快地结束自己，他应该有这个权利”。除此之外，凌波也想过以后身体状况不太好，孩子压力比较大的话，也愿意到养老院生活，或者家里请保姆照顾，但他表示现在的退休金不够承担这样的生活。“我的梦想就是自己身体健康，多活两年，死的时候痛痛快快地走。”凌波说。要实现这样的梦想，他认为关键在于社会的医疗手段和国家的相关政策等社会层面因素，他表示涨退休金和大病医保这两个手段的作用可能不大。他认可医保的作用，但对医保在大病上的作用表示怀疑。

谈及国家发展，凌波认为国家虽然现在发展很快，但还存在贫富差距。他们厂子里有一些返贫的情况，凌波说：“有的家庭绝对是有了变故以后，或者家庭有什么大事以后，一下子就不如从前了。以前厂子里有得病的人，为了给他看这个病，倾家荡产，卖房子卖地的都有。”他还是希望国家能多给退休老人一些退休金。

国家意味着可靠与稳定

化　　名：金先生
职　　业：公务员
所 在 地：河北省石家庄市
工作单位：中央部委
年　　龄：64 岁
性　　别：男
民　　族：汉族
受教育程度：本科学历

金先生儿子的工作地点主要在上海，因此金先生帮助儿子在上海购置了一套房产，所以他的儿子生活压力比较小，拥有更高的财务自由度。很多“80 后”，读了名牌大学，毕业后努力在一线城市站住脚跟，不希望自己的孩子不如自己，所以，都会拼尽全力拼一套学区房。

金先生，河北石家庄人，1955 年生于农村，家中姐弟四人，一个姐姐，一个弟弟，一个妹妹，父母都是农民，家庭结构稳定。金先生小时候家里很穷，河北的农民都很穷，感觉就是一直在地里种地，主要是种玉米和小麦，种来种去都不够吃，更没有别的收入。

金先生 14 岁的时候，有一次到县城办事，发现农村与城市虽然距离几十公里，但生活截然不同，当时觉得城市生活方便、整洁，人看上去都干干净净，还有报纸可以读。金先生当时就很羡慕，很希望能过城里人的生活。当时的梦想就是做个“城里人”，生活得体面点，不用种地。

农村的生活太枯燥，早上到田里，傍晚回来就无事可做了，很早睡了又很早起床，广播都听不到几声。金先生喜欢读书，因为读书比闲着有意思。以前书籍非常匮乏，他从各家搜罗了几本革命书籍和四大名著，只有这些书可以读，他爱不释手，反反复复读了好多遍，《红楼梦》几乎能够背诵，晚上不睡觉，就点着煤油灯躲在被窝里面看。那时候煤油灯都是奢侈品，家里都舍不得用。

金先生说：“读这些书对我帮助极大，认识了很多字，文字表达水平不知不觉中有了质的飞跃，后来可以帮村里人读信、写信，非常有成就感。”也是因为这个缘故，金先生后来在自己村子里做了老师。

“文革”结束后恢复高考，金先生就参加了高考，考上了河北师范大学语言文学专业。那时候上大学都是求着父母供养的，几乎牺牲了全家人的福利和资源，金先生在学校里也是省吃俭用，勤工俭学，每天就吃两个馒头、喝白开水。毕业后金先生被分配到石家庄市政府，给领导做秘书。金先生说：“我性格独立好强，不爱受约束，其实给领导当秘书不适合，但是我写东西好，也能帮领导分析问题，找解决方法，领导就很重用。我也不用像其他秘书那样一直跟着领导，领导没下班我也可以下班。”“当秘书简单，和领导搞好关系，帮着领导解决问题，自己也别生事就行了。”

有了一份不错的工作后，金先生的最大愿望就是改善家里人的生活，让自己的姐姐、妹妹和弟弟过得好。为了让金先生读书，弟弟读到初中就不读了，金先生工作后就让弟弟继续读书，一直到大学毕业，毕业后弟弟被分配到县政府工作。

姐姐一直是农民，育有一儿一女。姐姐不希望离开农村，姐姐的儿女后来都读了大学，在国有企业上班。妹妹不想留在农村，金先生就帮她找了一个服装厂的工作，20 世纪 80 年代末服装厂倒闭了，金先生又帮她找了一个国有企业工会的工作，直到退休。妹妹一家现住在石家庄，儿子在石家庄水务集团工作。

大概是 1989 年的时候，金先生就到了中央部委，开始也是做秘书，后来转为管干部。金先生说，“我对升官没有太大的欲望，不愿意和人争，做事尽量做到实事求是、公正。在部委做得最多的就是考察干部、任免干部，考察主要是作为参考。世界上的事情本质都差不多，都是领导决策，国外的内阁，也都是领导用自己认为能做事的人。”“在部委的工作就是按部就班，但是结交了很多人，有的人成为很好的朋友，有的人我不愿意接触，有事办事，没事不来往。我觉得我这岗位没那么重要，但是其他人不这么认为，天天来找。我喜欢那种脚踏实地、肯学肯干、不焦虑的人，所以找我也没用。我考察干部的意见没有决定作用，否定的意见还有点用。”

金先生有一个儿子，1984 年出生，从小一直带在身边，学习不算特别突出，但也不差，在英国念了大学。金先生说：“我从小就没有逼着孩子学习，因为成绩不是唯一标准，家庭的支持和人脉再加上个人综合能力才更好，以后不缺有知识的人。”“小时候的营养太重要了，我小时候穷，身高 174 厘米，我儿子从小没受苦，身高 185 厘米。儿子现在工作了，在一家中央企业上班，找了一位‘90 后’太太。”金先生认为与国家挂钩就意味着稳定与发展，特别是在较高层次的职位，外企虽然收入高，但是缺乏归属感，工作的环境与氛围也不适合中国人，所以金先生就让儿子在央企工作，儿子做得也很好。

金先生儿子的工作地点主要在上海，金先生帮助儿子在上海购置了一套房产，所以他儿子的生活压力比较小，拥有更高的财务自由度。金先生儿子的很多同事，虽然和他有相同的收入，但是由于缺少家庭的支持，在上海租房或者贷款买房。贷款买房通常也无法买到地理位置、居住面积、户型都满意的房子，当有了孩子之后，住房往往又成为一个新的问题，那就是“学区房”。很多“80 后”，读了名牌大学，毕业后努力在一线城市站住脚，不会希望自己的孩子不如自己，所以，都会拼尽全力拼一套学区房。

金先生对自己的一生和下一代都比较满意，现在的梦想就是“摄影和有自己的第三代”。摄影对于金先生来说是对生活的另外一种表达，自己喜欢风景与生物，喜欢体会生命在大自然中的美好。“国家公务员的生态圈非常便利，可以让你轻松地结交各种资源，比如可以由全中国最有名的摄影师给你指导，可以去很多密境之地摄影。”金先生说。

教育和学习能力改变了金先生的生活轨迹，是他实现人生梦想的重要基础。学习不仅让金先生有了必需的技能，也刻画了他的能力、性格和为人处世的特点。

“做一个真正的人”

化　　　名：张先生
职　　　业：世界500强高管
所 在 地：北京市
工作单位：加拿大庞巴迪公司
年　　　龄：61岁
性　　　别：男
民　　　族：汉族
受教育程度：博士

张先生进入庞巴迪20周年的那一年，在加拿大蒙特利尔，董事长在一个只有公司高级管理层和董事局成员的晚宴中，专门请张先生到台上，表彰张先生带领庞巴迪中国从单枪匹马到成为中国轨道交通领域最成功的外国公司，并且把一枚服务20周年纪念勋章发给了他。张先生走上台，说了一番话：在这里，你们认为我是中国人，在中国，人们认为我是外国人，但最重要的是，我是一个干活的人。

张先生，现为世界500强企业高管。“时势成人”，是对张先生前半生最好的概括。无论任何时候，“做一个真正的人”都是他的梦想。不过，对张先生来说，何谓“真正的人”

在不同的阶段有迥然的含义。

张先生上高中时正处于“文化大革命”热潮。上山下乡，是当时最时髦的选择。于是张先生响应国家号召，到了山东的某公社。那个时候，他梦想中的“做一个真正的人”是在农村的广阔土地里大显身手，成为一个“又红又专”的人，“毫不利己，专门利人，为人民服务”，这是少年张先生对“真正的人”的理解。进入公社，山东提出干部选拔任用要“老中青三结合”，当时19岁的张先生，被任命为公社党委常委兼团委书记。

一开始，每次开党委会，党委常委争先恐后一个个发言，而张先生大多时候是不知说什么，因为“什么都不懂”。在公社大院里张先生是最年轻的，党委书记于是特意给他送了一顶贝雷帽，又让他开始学抽烟，显得成熟些。这一抽就是40多年，至今没有戒掉。

张先生逐渐成为可以不念讲稿做几个小时报告的“领导”。他可以会前列出几行提纲，就能够慷慨激昂地讲上三四个小时。当然，内容无外乎是党的路线、方针、政策，但他讲起来生动形象，一点也不枯燥。

上山下乡和在公社的历练是张先生青年时代抹不去的症结，至今他仍为自己当年的经历而感慨。

作为公社党委常委兼团委书记，张先生本来是分管教育等，包括推荐工农兵学员，但他从未想过自己去上大学。1978年，“文革”后第一次高考，通知下发到公社。既然是国家的号召，作为团委书记的张先生，为了“以身作则”，他带头参加了全国统考。他当时想，考上了也不会去上。出乎意料的是，他数理化竞考出了平均分 85 分（百分制）以上的好成绩，其中化学考了 93.5（百分制）的高分。由于没准备上大学，他也就没把成绩当回事儿。但当接到天津大学内燃机专业录取通知书的时候，他还是犹豫了一番。在大学工作的父亲的一再劝说下，他最后很不情愿地放弃在公社的“领导职位”而去读书。

进入大学后，张先生连续四年被选为班长，后来兼任学生会主席。大学初期，他依旧秉持着“做个又红又专的人”的梦想，上几百人的基础大课时，作为班长张先生负责在老师进入教室时喊“起立”。喊完“起立”后，张先生直挺挺地坐在位置上，目不转睛地看着老师，旁边的同学议论“你看班长，多认真听讲”。只有张先生自己知道，虽然人在教室，他的心早就飞到了公社的演讲台。老师在台上讲课，他目不转睛地盯着老师，但脑子里想的是“万人大会”上自己在做报告。度过了艰难的第一学期“适应期”，张先生逐渐地进入了大学学习状态。

1982 年，对张先生来说是个转折点。

作为班长，他大学四年一直把三好学生的荣誉让给其他同学，被学校发现后，系里推荐他去参选“校三好学生”“市三好学生”，最后还被评为“全国三好学生”。1982 年 2 月，他赴北京参加了首届“全国三好学生和优秀学生干部表彰大会”，受到国家领导人接见，电视台还专门到学校拍摄他的感人事迹。

此时，正逢张先生面临毕业，中央和天津的政府机构都抢着要他。学校计划把他留校做行政，但张先生坚持留校当教师，以便两年后可以考研究生。张先生戏称自己是一个不轻易改变自己决定的人。原来选择当公社干部，很不情愿去上大学，上了大学，就想一心专注学术，不想改行做行政。最后学校同意，张先生作为教师留校，两年后考研究生，如果考不上研究生，就做行政。

1984 年，张先生如愿以偿地报考了天津大学校长、世界著名内燃机专家史绍熙教授的研究生。但他一直很担心，因为他的总成绩没有名列前茅，他怕自己最后不能被录取。

恰在此时，教育部在天津大学年轻教师中招收管理专业出国研究生，需天津大学在已经参加研究生考试的年轻教师中优先选拔。为了继续学习而不做行政，加上担心自己不被内燃机专业录取研究生，张先生报名参加了管理专业出国研究生选拔，他被录取了。

去加拿大读管理专业研究生（MBA），要求参加加拿大大学专门设置的英语考试。读 MBA，要求读、说、听、写平均 4.5 分（满分 5 分），极少有人能达到平均 4.5 分以上。加拿大大学又提出，凡是考到平均 4 分的可以去加拿大大学做一年访问学者。张先生考了平均 4 分。这对他来说，又是一个新的抉择。他拒绝去加拿大当访问学者，坚持再参加一次英语考试，为读 MBA 做最后的努力。但学校又提出让张先生做行政。

正在他苦恼之际，加拿大大学通知，英语考到平均 4 分的年轻教师可以再学一门法语，通过法语考试后，就可以去加拿大法语大学读 MBA。张先生毫不犹豫地选择了去上海外国语学院出国培训中心学习法语。6 个月后，张先生通过了加拿大蒙特利尔大学高等商学院（HEC）院长亲自主持的法语考试。他如愿以偿，终于可以去读 MBA 了。

1987 年，在大学毕业留校 5 年后，张先生登上了去加拿大求学的飞机。

1990 年，张先生在 MBA 学业的最后一年被多所大学录取攻读管理学博士，同时他也收到了联合国日内瓦总部的工作邀请，他毫不犹豫地选择了读博士。

时间到了 1995 年，在等待博士论文答辩期间，他收到了几个大公司的雇佣邀请，其中包括庞巴迪公司。他毫不犹豫地放弃了，因为他的理想是在大学研究和教学。但他很快认识到，在大公司的实践经验对在大学搞管理学研究和教学十分重要。所以，在庞巴迪公司第二次找他的时候，他接受了。令庞巴迪人事惊讶的是，张先生没有提任何条件，只是说“几个月工作合同也可以”“没有任何其他要求”。张先生当时想的是，在公司干几个月，获得大公司管理经验后就回大学搞研究和教学。

庞巴迪最后给了他一年的工作合同，他接受了。但他在庞巴迪一干就是24年！

进入庞巴迪前三年，他从经理快速升任到总监和副总裁。1999年庞巴迪决定派张先生到中国开发市场。

当时，很多人劝张先生，去哪里都不要去中国："如果去中国，你很难获得信任。公司认为你是中国人，不会对公司忠诚。"

既然是公司决定，只能服从了，尽管不情愿。进入庞巴迪12年后，他成为公司全球高级副总裁，最新的职务之一是庞巴迪中国董事长。现在他的宗旨是让公司和中国一起发展。

要实现这个宗旨并不容易。他有着中西融汇的教育背景，但他骨子里是中国人，言谈举止均深深打上了中国文化的烙印。张先生凭借多年在中外文化碰撞中的历练、"做一个真正的人"的理念和坚韧不拔的毅力，他获得了中外双方的认可和尊重。

张先生曾不止一次因为决策被专门召回总部述职，他解释、争论，说事实、讲道理，把个人得失置之度外。总部CEO和其他高层频繁更换，张先生需要与不同风格的管理层沟通共处。

加入庞巴迪24年，在中国市场高歌前行21年，他用执着的精神、实事求是的态度和诚信守诺的品格赢得了用户和合作伙伴的信任和尊重。对中国经济和文化全面而深刻的洞察了解、处理复杂局面的丰富经验和任劳任怨的主人翁精神，使张先生带领庞巴迪在中国取得了丰硕的成果，并对中国铁路和轨道行业做出了突出的贡献。

张先生进入庞巴迪20周年的那一年，董事长在一个只有公司高级管理层和董事参加的晚宴上，专门提到了张先生对公司的贡献，并且把一枚服务20周年纪念勋章发给了他。张先生走上台，说了一番话：在这里，你们认为我是中国人，在中国，人们认为我是外国人，但最重要的是，我是一个“干活的人”（张先生讨厌夸夸其谈不做事的人）。

落座后，他将勋章放到了桌上。同桌的公司董事会董事问：“张，你为什么不戴上勋章?”张先生说：“还有几个月呢。”（他指的是也许等不到20周年纪念日就被公司解雇了。）

在外企24年的经历，已将张先生塑造成了一个能够在国外高层和中国官员、企业之间游刃有余的人。回顾自己一生，张先生认为自己非常幸运地踩在了每一个时代的节点上。20世纪60年代，“上山下乡”；70年代，参加高考成为“恢复高考”后第二届大学生；80年代，“出国留学”；21世纪，赶上了中国快速发展的机遇期，“海归”回国打拼。

很多人说，如果当时那个年轻的团委书记没有受到“科学技术是第一生产力”的感召，如果那个“全国三好学生”没有选择出国深造，如果那个博士毕业的年轻人没有进入企业而是回国工作，现在的他也许会做更大的官。但他说也许会在监狱中。他常说，不要为自己曾经的辉煌而自以为了不起，也不要以为自己的一时成功而自认为会一直辉煌下去。有时人走入歧途只是一念之差，任何时候都要严于律己，时刻提醒自己，永远保持清醒的头脑，不能超出“一个真正的人”的底线。

他说自己是一个被时代“推着走”的人。但事实上，张先生是一个追着时代走的人。

为国争光

化　　名：郎指导
职　　业：排球教练
所 在 地：北京市
工作单位：国家排球队
年　　龄：59 岁
性　　别：女
民　　族：汉族
受教育程度：研究生

一个冠军，原来不仅仅是金牌的意义，它还象征国家精神，还给各行各业带来这么多的鼓舞。她很欣慰，但同时也觉得压力很大，那是一种“只能上不能下的压力”。

郎指导出生于 1960 年，那是一个物质生活极度匮乏的时代。郎指导小时候的梦想，是能拥有一个皮球，它甚至不需要是皮的，只要有球她就很开心。

她记得自己的家里没有电视，也没有录音机，和外界的接触很少。1973 年 4 月，13 岁的郎指导进入北京工人体育馆少年体校排球班，开始系统练习排球。

因为起步较晚，郎指导大多数时候只能当板凳队员。那个时候，她的梦想就是上场去打主力队员。一个球队一共有 14 个队友，只有 6 名同学可以上去打球。坐在台下，郎指导只有一个想法，就是好好练争取上场打球。

1978 年，郎指导 18 岁。那一年她入选国家队，第一次穿上了印有“中国”二字的队服。拿到队服后，郎指导的第一反应是中国这两个字真大呀，她觉得当时自己就代表了中国，这是一种无上的光荣。

要代表国家得到冠军的梦想，出现在 1978 年郎指导代表中国去参加亚运会对阵日本的比赛中。郎指导上场了，但很遗憾她们输给了日本队。郎指导觉得，输球是因为自己能力不够，很愧疚没有为国家赢得金牌。

从那个时候开始，郎指导就种下了要为国家赢得金牌的梦想。

对郎指导来说，自己就是国家的代表，她时刻告诉自己注意一言一行，小到去食堂吃饭、在街上行走，都是代表国家的形象。

20 世纪 80 年代，国家的经济条件仍然不好，但郎指导作为国家队成员，能够享受比普通人高许多的待遇。郎指导可以看到的就是，训练馆的伙食比外面工作单位的好很多。她认为，作为运动员，国家给予了你那么多支持，就应该义不容辞地做好每一天训练，完成获得冠军的任务。

1981 年，中国女排第一次夺得世界冠军。此时郎指导已经有了一个很清晰的梦想，就是获得奥运冠军。在体育竞技项目当中，郎指导觉得奥运会是知名度最高、最大的赛事，她也希望在这种重要的大型运动会当中，能够实现自己三连冠的梦想。

从 1981 年到 1984 年，每一天训练郎指导都在思考：我能不能实现三连冠，我能不能拿到奥运的冠军？

1984 年，中国女排获得了奥运会冠军。对郎指导来说，这是美梦成真。领到奖牌后，郎指导和队员们还互相掐胳膊，互相问：这是真的吗？随后两天，郎指导在宿舍睡了两天两夜，这是梦想成真后的一次真正的放松。

郎指导对女排精神有自己的理解。她认为，作为团体项目，在比赛以外有很多是大家没有看到的，如球员伤病、技术停滞不前，五花八门的问题每天都能遇到。在每一天的工作和训练当中如何去战胜困难，是最难的。

在郎指导看来，80 年代的排球代表了整体、团队和强烈的集体主义精神。每一个环节的紧密合作，遇到困难不畏难、共渡难关，能够代表体育的团队精神。

在女排获得奥运会冠军的同时，外面的世界也不断变化。80 年代的中国，百废待兴，中国人想急于向世界证明“我们能行的，也许我们经济还不行，但是我们总有一块是可以行的”，刚好中国女排获得冠军，在特定的历史环境中，赋予了女排不同于一般运动项目的影响力。

获得奥运冠军后，郎指导走出首都机场时惊讶地看到了许多接机的群众。据报道，当时女排收到的贺信有 3 万多封，其中3000多封是指明给郎指导的，还有学生送来“振兴中华”的牌匾，也有学生在街上游行。

郎指导这才知道，一个冠军，原来不仅仅是金牌的意义，它还象征国家精神，还给各行各业带来这么多的鼓舞。她很欣慰，但同时也觉得压力很大，那是一种“只能上不能下的压力”。

1986年，郎指导26岁宣布正式退役。这个阶段她的梦想就是出国深造，她认为自己已经在球场上尽了最大的努力，为中国获得了五连冠，是时候开始自己真正的生活了。

郎指导说，当时她的梦想实质上是比较模糊的，她没有选择做教练，只想先学习，学习知识也学习生活，努力适应一个新的社会，再看看能够做什么。

这实质上是家国梦想向个人生活梦想的转变。郎指导希望自己先学会把自己的生活安排得更好。

1994年，中国女排陷入危机。国家体委球类司领导找到了身在国外的郎指导，希望她能接任中国女排主教练。体委一共找了三次，前两次郎指导都拒绝了，因为女儿还小，也因为郎指导觉得自己当时的执教水平，不确定能够带领国家最高水平的球队去比赛。

第三次，经过国家相关方的多方沟通，郎指导接受了这个任务。在她看来，这是一种特别高的一种使命和责任：祖国需要你，国家需要你，不管有什么样的困难，自己都要学会去克服。郎指导说，自己对排球事业始终有很深的感情，在国家需要的时候，她愿意自己的小家做一些牺牲，把自己的小家放下，先来做国家的事情。

90 年代，郎指导正式回国执教。时隔多年回国常住，她感受到了祖国的极大进步。运动员一代一代的交替，对排球有不同的认识、不同的理念，而且排球也在不断地变化和创新。

作为教练，郎指导要求自己不断学习新东西，与时俱进，理解“90 后”运动员的想法。郎指导带领下的女排，摒弃了不能带手机等规定，郎指导希望姑娘们在业余时间看看电影、玩玩游戏，和家人视频，只要能在比赛中保持关注，这些都是正常不过的事情。

现在，郎指导的梦想和当年当运动员的时候一样，就是要获得冠军。她说在排球上，她的梦想从未变过。

今明年两年，郎指导将更多地专注于训练和比赛。2020 年奥运会是她和排球队最大的任务。

而在奥运会之后，郎指导期待能够回归退休生活。她说，自己奋斗了一辈子，想做点自己想做的事，比如说旅游、烹饪、钓鱼，把自己的身体养得好一点。

现在，郎指导的女儿已经长大，虽然在某种程度上缺失了妈妈的照顾，但女儿知道妈妈是个很认真工作的人，也从妈妈身上学会了认真负责的品质。郎指导非常感激女儿对她工作的支持。对女儿的未来，郎指导只希望她能开心、快乐，只要走正道就行了。

"60后"

乡村变化

化　　　名：老王
职　　　业：农民及退休厂长
所　在　地：河南省焦作市武陟县
工作单位：皮革厂
年　　　龄：58 岁
性　　　别：男
民　　　族：回族
受教育程度：初中毕业

老王只想待在农村，以前总羡慕城里人的生活，但现在他觉得农村人的日子也变得非常好了。老王总是跟朋友说现在家乡的变化太大了，人民像是坐上了飞船一样，日子一天比一天好，发展的速度非常地快。

老王今年 58 岁，是河南省焦作市武陟县的农民，是村里的知名人物。在民营企业从小工做到副厂长，自己也曾创业开皮革厂，由于口才很好，人送外号“王铁嘴”，外加和村里做生意的“大佬”都是非常好的朋友，也算是赫赫有名的“风云人物”。

老王的父亲（1921 - 2010）读过几年私塾，文质彬彬，从 14 岁起就开始在大财主家的企业做学徒，做会计，随着中国形势的变化，也换了很多东家，但一直都是会计。父亲写得一手好字，话却很少，是当地有名的“好人”，一辈子连脏话都不会讲。老王的母亲（1916－1998），是二婚改嫁给了老王的父亲，在老王心中，自己在母亲面前就是长不大的孩子，母亲虽然不认字，但什么都会做，一点就通，母亲的逝世对当时已经人到中年的老王来讲依旧是像天塌地陷。父母对老王最大的影响就是，他从父亲那里学到了尊重知识，从母亲那里学到了做生意的头脑。

老王初中开始便辍学回家了。老王虽然脑子聪明，但学习成绩一般。辍学回家之后，老王开始在村里赚工分，那时才 16 岁，因为吃不饱饭，个子很矮，人也很瘦，赚的工分也少，不是一个整劳力的工分，因此家中总是缺粮。老王的好胜心非常强，赚不到钱就会感到自卑，因此他就去了生产队的纸厂帮人家锄草，虽然体力劳动的强度比较大，但是工分也赚得多。纸厂是包工制，干得多赚得也多，自己努力干活，一个月就能赚 200 多工分。没多久，他就可以赚到一个整劳力的工分了，家里也就不再缺粮了，分麦子分菜都正常了。

老王天生就有做生意的头脑，从年轻就开始做点小生意，慢慢地家里的生活水平有了提高。说起老王做副业的经历，那真是多姿多彩。老王开过大车，开过食堂，倒卖过衣服，包过公交车线路，运过煤，种过苹果，养过鸭……虽说都没赚什么大钱，但是生活经历丰富了，也贴补了家用。

老王 21 岁结婚，结婚时家里条件很一般。结婚以后，他一边种地，一边继续搞一些“副业”。那时候农村也没有什么计划生育的意识，传统传宗接代的老思想作祟，老王也不能免俗，所以就生了 4 个孩子——3 个闺女、1 个儿子。有了孩子之后，生活压力就更大了，那时候供孩子上学负担很重，学费几十元钱，对于农民来说是一笔不少的开支，光靠种地是远远不够的，所以就得绞尽脑汁地想办法致富。

老王二十七八岁的时候，进入了清真寺办的中原皮革厂打工，之后厂子又转让给了个人。老王在皮革厂工作了十几年，从铲皮工、洗皮工这种体力工一路做到副厂长，是厂长的左膀右臂。老王的脑子很灵活，知道自己不能只靠卖力气赚钱，在进入皮革厂之后就开始学技术，变成了技术工以后才更加轻松，并能够进入领导层了。说起老王在皮革厂的历史，可以算是他人生最重要的转折点。在这里，他涨了见识，开了眼界，也学到了技术，获得了经验。给老王印象比较深的，便是美国设计师和采购商大卫来皮革厂买羊皮，大卫不会讲中文，带着中文翻译，在皮革厂监工，待了好几个月。厂里的其他员工都不怎么敢和这个“洋人”交流。老王却敢和大卫交流，跟大卫学设计图纸，学画画。大卫非常喜欢这个“学徒”，觉得他聪明又机灵，当时就想把老王带到美国，去自己的公司工作，还给老王派了一个助手丽萨。老王心里虽然也是痒痒的，但是放不下家中的老人和孩子，所以此事最终也就作罢，但从此开始，老王画设计图纸的技术却是扎扎实实地学到手了。老王也越来越受厂长的重用，最后和厂长竟成了无话不谈的兄弟。

在皮革厂的工作以及自己额外还做的一些小生意，让家中的光景渐渐好了起来。老王摸到了门路，先是在家中家庭作坊式的小打小闹，到最后租厂房建厂，再加上羊毛汽车坐垫的生意非常红火，老王的日子是过得越来越好。老王的皮革厂做的是羊毛汽车坐垫的加工生产，先是从澳大利亚进口生羊皮，再经过数十道程序的加工生产，最终做成汽车坐垫。七八年前，国家开始注重环保，县里关停了一大批皮革厂，再加上澳大利亚的羊皮价格迅速下降，替代品增加，羊毛汽车坐垫的需求锐减。老王看准了形势，在环保关停皮革厂的半年前，及时将厂子转让，虽然也损失了很多，但好歹不至于血本无归。

现在的老王对当时国家的环保政策是非常拥护和理解的，之前文化水平低，只是想着赚钱，糊里糊涂的，皮革厂的生产从来没有在乎过化学品，自己也是身体力行地接触这些化学品，现在想起来真是后怕。国家如果不治理本村的皮革厂，将会贻害无穷，子孙后代都要因为他们这代人的过失而受影响。谈起现在的环境，老王认为，真的是比以前有了翻天覆地的变化，也能看见蓝天白云了。只是水质的污染不知道什么时候能够恢复，现在几十米的水，甚至上百米的水都受到了污染。国家出钱在村里打了几口深水井，经过宣传之后，之前是国家强迫搞环保，而现在是人人自愿，社会风气已经大不一样了。

老王的爱好是喜欢打乒乓球、篮球，还喜欢跳广场舞，广场舞跳得好是村里出了名的。他也很喜欢听歌、看球，做得一手好菜。他从小会吹口琴，喜欢画画，向往文艺的生活，只要听过的歌曲，就能活灵活现地吹出来，但是不怎么识谱。

老王膝下有 4 个孩子。大女儿 37 岁，高中没毕业，家里花钱把她送到伊朗学波斯语，大女儿非常顾家，也很有做生意的头脑，十几岁就开始带着小饰品去伊朗卖，给人家做翻译，把赚来的钱都汇给了爸妈，以贴补家用。从伊朗回国之后，大女儿先是在外贸公司工作，24 岁时自己开了公司，目前在广州有车有房，有两个女儿。儿子今年 36 岁，高中时候学习很好，但是当时家庭条件还没有改善，也是送去伊朗学波斯语，目前在伊朗开了公司，做石材的进口，也在广州购置了车、房，有一个女儿、两个儿子。三女儿 33 岁，在大女儿的公司工作，收入也还可以，在广州也买了房。四女儿 26 岁，也是最让老王骄傲的，她考上了国家重点大学，当然这也离不开家庭条件的改善，让老王有能力供女儿在外读私立学校。目前小女儿已经拿到了海外学校的 offer，今年 9 月份将出国读书。

在老王的一生中最有挫败感的莫过于妻子的生病、去世，以及大女儿和儿子婚姻的变故，这些都发生在妻子患病的 4 年间。老王的妻子老买比老王年长 3 岁，是县城里的，家庭环境也比老王优越，从小学习成绩很优秀，高中时成绩在全校都是名列前茅，但由于当时高考并未恢复，所以没有参加高考便订了婚，这也是老买最大的遗憾。如果参加高考了，人生轨迹就会从此改变了。由于是父母指定的婚姻，老买刚结婚时对老王非常厌烦，但是两年后，老买渐渐发现了老王身上的闪光点，这对夫妻就恩恩爱爱了几十年。

老王对于亡妻的感情非常深，谈起亡故的发妻，即使已经过去了4年，依旧是眼泛泪花，老王一路走来能取得的成绩和发妻的知识和见地分不开。妻子是30多岁就发现的糖尿病，总是心疼钱所以不按时吃药打针。2010年妻子第一次脑梗死，视力下降，开始脑萎缩，脾气、性格有了一百八十度的变化。原本温柔贤惠的妻子在脑萎缩后，半身不遂，卧病在床，性格大变，对老王终日辱骂，疑神疑鬼。老王不愿意给在外打拼的子女增加负担，所以卖掉了厂，在家里全职照顾生病的妻子，从什么家务都不会做到能炒一手好菜，扛起了所有的家务活。

妻子刚瘫痪时，老王每天驱车40公里去新乡给妻子做针灸，寻遍了所有的中医西医，并且在家里自做了一套康复工具，每天搀扶着妻子做锻炼，一心盼望着妻子能够恢复。然而奇迹没有发生，在这4年间，老王的妻子被下过三四次病危通知书。2012年老王的妻子在抢救中，医生建议停止治疗，继续治疗的成本实在是太高了，老王对医生说，一定要救，我就是倾家荡产也要救。妻子的病花光了老王的半生积蓄，也拖垮了昼夜照顾妻子的老王。2013年老王突发脑梗死，医院的判断是劳累过度。一生要强的老王依旧不愿意给儿女增加任何负担，自己默默地承受所有的压力。2014年末，老王的妻子病逝。从此老王性情大变，从以往的锋芒毕露到现在的成熟稳重，也完全没有了继续拼搏的欲望，只是靠着手里做生意攒的积蓄生活。

还有就是大女儿和儿子家庭的变故，也是造成老王意志消沉的原因。大女儿的家庭是典型的女强男弱，女儿是公司老总，丈夫则无业在家，结婚7年后离婚，并分走了女儿的大部分财产。儿子和儿媳离婚，离婚之后又结婚，闹得不可开交。这让老王非常心痛。

老王是个爱国者，和村中的大多数人一样，他为国家和家乡的变化感到很开心。他认为老百姓最大的希望就是国泰民安。近些年村里的新农村建设，以及日新月异的变化，让老王应接不暇，他总是自信地带着以前的老朋友和已经远迁的家人去看看新建的体育场，看看新修的路、新装的路灯，像一个滔滔不绝的讲解员。

老王目前最大的希望就是能够把房子拆了再盖一下，以前有经济能力的时候顾不上，之后妻子生病也没有心思，现在老了只想有个舒舒服服的院子，也不枉自己在这世上拼打一回。老王只想待在农村，以前总羡慕城里人的生活，但他现在觉得农村人的日子也变得非常好了。老王总是跟朋友说现在家乡的变化太大了，人民像是坐上了飞船一样，日子一天比一天好，发展的速度非常地快。但是人不服老不行，老王渐渐感到对于一些新技术新科技产品的使用，对于微信视频、手机看视频、发红包，这些之前想都不敢想的新科技，他感到有些吃力了。老王说这都要感谢国家和党，他是发自肺腑讲的。他也算有些文化，每天看新闻，国家的政策是真的好，这届领导人也是真心地为老百姓干实事儿的好领导，这让他对国家的未来充满希望。

老王对国家和中央的政策非常地拥护，对村里的干部也是非常满意。但是当谈到对县里的看法时，老王觉得地方没有好好地贯彻落实中央的指示，让老百姓受了委屈。

第一，土地的灌溉。村里20年前兴修水利，靠着黄河水的灌溉，村里的盐碱地变成了肥沃的土地，从亩产三四百斤，达到七八百斤，翻了一倍，农民别提多高兴了。后来水利年久失修，黄河水到不了地里了。中央和河南省拨了支农款项，县里倒是非常重视农地的灌溉，但是打井、建机井房、铺设管道花掉了好多钱，等上级领导检查过之后，便无人管理了。好好的井，因为缺乏配套设施外加无人管理，就这样让黄沙硬生生地把井口重新堵上，其他的设施也都这样报废了。农民反映上去，却是“踢皮球”，无人管理。老王希望中央下次去检查的时候能够微服私访找农民了解情况，否则浪费了国家的资源，地方不作为，老百姓既心疼又心痛。村官更不好做，村长想为人民牟利，但他有这个心却没这个权力，村长为了美丽乡村做了很多贡献，包括去外面参观学习，都是自掏“腰包”，村民们很感激他。

第二，便是医疗保险。老王之前就为妻子购买过商业保险，但是真正要用的时候，报销的比例连本钱都达不到，这让老王非常失望。国家的医保原本也是好的，但是当地的转诊制度却非常严苛，除非人已经快要死了，否则是不会给办转诊的。老人们在外地陪伴孩子时犯病，在当地的治疗不能报销，因为没有办法转诊。

总体而言，老王对于家乡和近些年经济环境的改善还是非常满意的，他衷心地希望国家能够越来越好，也觉得一切的困难都是暂时的。目前老王所在的村正在进行美丽乡村建设，使农民看到了希望，农民扬眉吐气。

老王说，现在人生的目标就是将身体养好，不连累子女，给孩子减轻负担。孩子们都大了，唯一的焦虑就是小女儿还在努力学习，没有对象，也没有一个稳定的职业。老人们最大的希望就是子女平安，没有其他的奢望，不拖累子女就是最大的希望。

老王有两个哥哥，大哥 75 岁，二哥 67 岁，都在郑州工作，兄弟三人年龄差别比较大。大哥在国家邮电部设计院，当过兵，过去搞行政，又管后勤，后来又在单位管房，做到科长退休，退休了十几年了，退休工资是 4000 元，加上妻子 2000 元的退休工资，目前老两口每月有 6000 元的收入。二哥也退休 10 年了，现在有 3000 元退休工资，自己还在外面给政府看一下大门，可能有额外 2000 元的收入。老王很羡慕哥哥们的生活，现在农村的退休工资是 100 多元，真的是天差地别，他觉得国家应该想办法把农民的退休工资涨到五六百元，这样才能勉强维持老人的生活。

电费目前是老王最大的支出，每个月能有 200 多元，如果夏天和冬天开上空调，每个月开支就能达到 1000 元，费用相当大。每年家庭的支出大概要 5 万元，才能维持生活。由于美国制裁伊朗，孩子们的外贸生意都不好做，小女儿学业未成，还要出国读书，目前是家庭经济压力最大的时候。但是老王依旧对未来充满了希望。老王的梦想就是国家能够越来越富强，孩子们平平安安，自己的身体健健康康。

疲于生计的“孩子梦”

化　　　名：于先生
职　　　业：无稳定职业
所　在　地：辽宁省大连市
工 作 单 位：无
年　　　龄：58 岁
性　　　别：男
民　　　族：汉族
受教育程度：小学学历

于先生不知道什么是梦想，因为自己一直浑浑噩噩地活到今天，总是被动接受。现在，他看着自己的女儿每天努力学习，充满了对上大学的渴望，他自己也有了梦想，梦想一是孩子能够上大学，有个好未来；梦想二是于先生的父亲已经年过 90 岁，他希望父亲百年之后，能够顺利继承现在和父亲共住的房子。

于先生，大连人，生于 1960 年，家中有 6 个兄弟姐妹，3 个哥哥，2 个姐姐，他最小。家庭结构稳定。

父母新中国成立前从山东到大连闯关东、投奔亲戚，后来就扎根大连了。于先生的父亲没上过两年私塾，没什么文化，人很老实，能忍耐，但心里极明白。母亲没念过书，不会写字也不认字，人很精明算计。大连有工业基础，于先生的父亲在起重机厂上班，母亲无业打零工，什么脏活、累活都干过，如到码头卸货抬大框、背麻袋、扫大街、烧锅炉、织手套等都干过。那时候工资少，家里孩子多，生活捉襟见肘。好在有亲戚接济，勉强能够度日，吃不饱、衣服短缺、没钱上学都是常态。

于先生小学毕业就赶上“文化大革命”，没再正经上过学。于先生说，那时候人没有什么自我意识，别人干啥就跟着干，广播里说啥好就干啥。后来当了两年兵，复员回来应该是他的人生转折点，但是他的选择注定了他坎坷的一生。于先生复原时有两个选择，一个是到警察局当警察，一个是“接班”，到他父亲的厂子工作。于先生想了想，和家人一商量，统一认为，当警察太危险，还是当工人好，当工人光荣还稳定。于是于先生就到父亲所在的厂子上班了。

开始的时候还有工资，自给自足的生活还可以。但是20世纪80年代末期，厂子基本没有效益了，每月都拖欠工资，生活变得非常拮据。那时也正好到了于先生谈婚论嫁的年纪，当时还多是“父母之命、媒妁之言”，但由于于先生经济条件不好，家庭居住条件拥挤，且当时于先生的三哥也未婚娶，都挤在两居室的家中，因此一直没有人看上他。

日子越过越糟，于先生所在的厂子倒闭了，他没有工作了。于先生当时非常苦闷，不知道将来要怎么过，都30岁了，还没有结婚，这不是要成“老光棍”了嘛！后来亲戚朋友一直给于先生介绍打零工，维持生活。一年后，有人给于先生介绍了一个来自山东沂蒙地区的农村姑娘，说姑娘长得虽然不好看，但是人很朴实、勤劳，能操持家务，能吃苦，是过日子的人。姑娘年纪不大，就是想离开沂蒙地区，离开农村。于先生当时 31 岁，见了姑娘，长相确实不满意，但是于先生想了想，还是与这位姑娘结了婚。

1992 年，于先生有了自己的女儿。

后来于先生进入了大连机车厂工作，做车工。没过多久，不幸的事情发生了，于先生在操作机床时不小心将手指切掉了两根，因为送医不及时，医疗条件也不够好，手指最终没有接上。经过医学认定，于先生的伤情属于二级残废，可以领取社会保障。机车厂的效益本来不好，于先生被买断工龄又失业了。

之后于先生再没有进入工厂工作过，就做临时工，如给学校看宿舍、给企业打更，现在是小区保安，每月 2500 元左右的收入。于先生一开始没有社保，后来听亲戚说，如果自己不交社保，将来老了就没有工资可以领了，如果每月交最低的社保，60 岁后就可以在街道领工资了。于先生算了算，自己已经快有 10 年没有交社保了，如果一次补齐，要 1 万多元，家里拿不出这些钱。于先生和他的三哥都是这种情况，三哥决定不交，说老了靠孩子。于先生也不打算交。但是亲戚一直说服于先生，于先生最终补齐了社保。

于先生的妻子，由于来自农村，没有文化，一直都是做临时工，如酒店服务员、写字楼保洁员等，什么都肯干。

于先生的女儿现在读高三，学习还不错，在一个二等重点高中名列前茅，考取二本应该没问题。于先生的女儿不算聪明，但是受够了这个家庭给她带来的诸多不便和歧视，她清楚地知道读书才是她唯一的出路。孩子回家基本不说话，就是写字、吃饭、睡觉。孩子也从来不向父母提要求，因为她知道提要求父母也无法满足。孩子的衣服都是亲戚接济的，很少买新衣服。于先生两口子不知道孩子在学校过得好不好，有没有朋友，会不会被同学欺负，老师每次开家长会也就一句话："孩子挺努力的，冲一冲考个一本也有可能，二本肯定没问题。"

于先生的哥哥在电力国企上班，为了孩子将来有好的就业，他们商量让孩子去学电力工程方向的专业，毕业后能进入国企。

2019 年初，于先生的三哥死了。三哥早年下岗，家里太穷，没有社保，有病没钱治，自己从湖南农村找来的老婆也跑了。孩子念了职高，考试成绩挺好的，但是不会报志愿，父母也不知道怎么填，分数够了，但没有被合适的大专录取。三哥总是难受，但不知道自己得了什么病，因为好几天联系不上，家里亲戚破门而入，发现三哥已经死在家里，全身全脸都是血。经法医鉴定，三哥肝硬化晚期，直接死因是咳出来的血回流至气管窒息而死。三哥死了，于先生觉得还好自己有社保，有病了还可以有保障，2020 年自己 60 岁了，就可以领养老金了，大概有2200元，再打点工，生活就能更好了。

于先生不知道什么是梦想，因为自己一直浑浑噩噩地活到今天，总是被动接受。现在，他看着自己的女儿每天努力学习，充满了对上大学的渴望，他自己也有了梦想，梦想一是孩子能够上大学，有个好未来；梦想二是于先生的父亲已经年过90岁，他希望父亲百年之后，能够顺利继承现在和父亲共住的房子。因为于先生兄弟姐妹6人，父亲只有这一套房产，他自己没有住房，如果大家争房产，他就有可能要露宿街头了。父亲的意思是将房子传给于先生，但是于先生的哥哥不同意。于先生自己没有梦想，为了孩子有了“孩子梦、房子梦”。

驶向幸福

化　　　名：杨先生
职　　　业：驾驶员
所　在　地：河南省新乡市新乡县
工作单位：一家私营运输公司的驾驶员
年　　　龄：55 岁
性　　　别：男
民　　　族：汉族
受教育程度：高中

过去各方面的物资很短缺，记得二哥当时的一块手表就让自己羡慕得不得了，觉得很高级。能穿上三哥的旧衣服自己都觉得很开心。小时候的梦想是长大后能开汽车、开火车、开飞机，那时真没想到现在就能拥有属于自己的汽车。

杨先生，男，55 岁，河南省新乡市新乡县人，高中学历，现在是一名当地私营运输公司的驾驶员。月收入 1 万元左右，期待自己的收入将来能翻一番。

杨先生的父亲曾是国家邮政系统的老干部，现在已经去世。母亲是一名普通的家庭主妇，2019 年已经 96 岁。由于杨先生兄弟姐妹多，家务繁重，母亲就一直没有出去工作。因他在7个兄弟姐妹中排行老小，所以从小也是父母、哥哥和姐姐溺爱的对象，没怎么吃过苦。现在，杨先生有自己的小家庭，妻子是新乡市一所小学的数学老师，儿子在上海读大学。

杨先生回忆说，小时候自己比较贪玩调皮，不好好学习，小学、初中、高中时的学习成绩都一般。临近毕业时，在邮政部门工作的父亲正好退休，所以自己高中一毕业就“接父亲的班”去邮政部门工作了。那个年代，父亲退休后，可以将自己的工作“传”给儿子。没想到工作几年后单位就倒闭了，然后杨先生就从体系里出来，靠自己的一技之长做了一名驾驶员。

杨先生还回忆说，小时候日子过得比较清苦。记得有一次自己偷吃白馍（馒头），就被妈妈狠狠打了一顿。当时，农村土地还没有分包到各户，还是生产队集体经营。在生产队那会儿，自己的思想比较单纯，无论干什么都干劲儿十足，都很积极，自己也比较追求进步。虽然生活过得比较清苦，但很快乐很幸福。过去各方面的物资很短缺，记得二哥当时有一块手表，让自己羡慕得不得了，觉得很高级。能穿上三哥的旧衣服自己都觉得很开心。小时候的梦想是长大后能开汽车、开火车、开飞机，那时真没想到现在就能拥有属于自己的汽车。

说实话，过去虽然人们生活不富裕，但人们很单纯，过得很快乐，思想觉悟很高。现在，虽然人们不愁吃不愁穿，想买什么就可以买到什么，但总觉得人们的思想没有过去人的思想境界高。

杨先生说到，过去老一辈人，比如自己父亲那一代人，他们出生在民国时期，一生中经历了抗日战争、解放战争，亲眼看到新中国成立，后来还经历了“文革”、经历了三年自然灾害，基本上把能吃的苦都吃了。但他们一点都不追求自己的个人利益，心中最大的梦想就是为国家作贡献，而且做了贡献、做了好事还隐姓埋名，不图名不图利。真的是像雷锋那样，从来不考虑自己，自己只要有吃有喝顾着最基本的温饱就行。

到了自己这一代人，好像缺了父辈那一代人的那种家国情怀和经邦济世的雄心，而更多的是希望自己的小日子能过得幸福一些。

自己现在已经50多岁，已经到了知天命的年纪，很多事情都已经看开了。自己现在最大的梦想，就是希望孩子能够学业有成，做一个对国家有用的人才，将来能孝顺父母。也希望自己的母亲能够身体健康，晚年幸福。说起老母亲，杨先生特别引以为豪。杨先生说，现在自己的老母亲已经96岁高龄了，但每天还坚持拿着放大镜一般的老花镜看一会儿书，耳不聋、眼不花。“俗话说，‘家有一老，如有一宝’，我的这位老母亲就是我们家最大的宝贝。”杨先生特别开心地说道。

另外，关于自己，杨先生说希望自己能身体健康，老有所养；尽自己最大的努力把小孩教育好，把老人赡养好；对身边的人友善，给人以温暖，让人觉得自己是个善良的人就很知足了。虽然现在自己不像那些富翁们有钱，但自己的小日子过得还算幸福。期待着儿子将来大学毕业后找个女朋友，然后结婚生子，自己这一生的任务就算完成了，就可以真正地安享晚年了。

大到国家，杨先生真心地希望我们国家能够繁荣富强，不受外国人的欺负。他平时也喜欢看新闻联播，了解国家大事，现在国家一天比一天强大，自己也由衷地感到高兴。

杨先生觉得，最近几年中央抓贪官反腐败，还是很有必要的。确实应该培养一些微服私访的人，真正了解民情，让地方上当官的人也有所畏惧，接受监督，真正为老百姓做实事。

另外，他希望政府在制定相关政策的时候，能够更亲民、更人性化、更实事求是一些。杨先生讲了一件自己经历的事情。政府近几年为了治理雾霾、改善空气质量，采取了一系列的环保措施，其中包括在公路的好多路段设立限高杆，不让拉送货物的大卡车进城。但很多送货的目的地又经常是在城里，大卡车不得不进城。所以，很多送货的大卡车司机为了在规定时间内将货物运送到客户要求的目的地，要绕开政府设立的公路限高杆，不得不多绕 20 多公里的路。本来十多分钟的路程，因为要绕开公路上的限高杆，最后却要耗费三四个小时才能到目的地。这一措施不仅没有起到限制大卡车的作用，而且还浪费了卡车司机的时间和精力，浪费了更多的燃油，从而带来更多的空气污染，既不经济也不效率，既没有达到治理雾霾的初衷，反而因燃烧了更多的汽油而带来更多的空气污染源。所以他希望政府日后在制定类似政策的时候，能够全方位考虑，希望更亲民一些。

再者，他希望政府的政策能够更加体现公平，希望每个居民都能享受到最基本的福利和待遇。比如，现在的国有企事业单位的退休老干部的退休金很高，他们本身已经有房有车，没什么太多的消费，而且看病能报销；而普通老百姓却享受不到什么福利，活到老干到老。

杨先生最后说到，整体来讲，现在我们国家国泰民安，人们生活比过去富裕很多，社会一直在进步，相信我们国家将来会越来越好的。

从乡村到深圳

化　　名：张女士
职　　业：幼儿园合伙人
所 在 地：深圳市
工作单位：幼儿园
年　　龄：52 岁
性　　别：女
民　　族：苗族
受教育程度：大专

从乡村教师到在一线城市拥有 12 家幼儿园，张女士在深耕幼儿教育行业的几十年中，体味人情冷暖，因此也对社会拥有更多的人情味充满了期待。她认为，自己对梦想的追逐，是一个不断变化，并随着自身实力增强而不断向上流动的过程。从“想成为城里人”，到“不想过穷日子”，再到“反哺家乡的幼教事业”，张女士自身的奋斗与行动，是在回馈时代给予她的机遇，也是在守护社会的人情味。

张女士，1967 年生于湖南省江永县农村，苗族。丈夫张先生，1966 年生，同县人，苗族。只有一个孩子，男孩，1993 年出生。家庭结构稳定。张女士是师范大专毕业，学的是幼教专业；她先生是中专毕业。两人是在工作中认识、恋爱并结婚的。

张女士现在在深圳有12家幼儿园，其中6家是自己独资创办的，6家是和朋友合伙创办的。

张女士1995年从湖南农村闯深圳。她说："我闯深圳不辛苦，我先生辛苦。他是1991年到深圳的。"张女士的丈夫原来是一名农村小学校长，学校有60多个孩子，当时农村教育很不好干，校长要帮教育部门做很多事情，但是工资又经常拖着不发。张女士回忆说："最久的时候，有将近两年没有发过工资，家里生活很困难。"当时，张女士是一个镇政府办的幼儿园的老师，工资也不稳定，因为镇政府经常说没有钱发工资。

张先生觉得这种工作太没有意思了，决定辞职到深圳发展。刚到深圳时，她丈夫发展很不顺利，不知道要找什么工作，先是在一个超市里打工，也没有地方住，就住在超市里。因为湖南人到深圳的特别多，湖南人又有很强的同乡意识，他很快地找到了同乡组织。同乡听说张先生是校长，就介绍他到打工子弟学校教书，张先生教得好，又有学校管理经验，后来就成了打工子弟学校校长，每个月有800多元的收入。张先生租了一个10平方米的房子，生活相对稳定了，就让张女士过来。

张女士当时最纠结的就是要不要把儿子带过来，儿子当时才2岁，留在家里让老人照顾，自己和丈夫是轻松了，但是孩子肯定要受苦了。张女士自己就是学幼教的，知道孩子早期教育的重要性，于是决定将孩子带到深圳。1995 年，张女士全家到了深圳，挤住在 10 平方米的出租屋里。

张女士找了一个民办幼儿园做老师，把儿子也带到了幼儿园。期间他们搬过两次家，一次是为了改善居住条件，居住面积大了一些；一次是为了儿子上学，希望儿子去一个好一点的学校。

2003 年初，张女士工作的幼儿园的老板不想干了，想把幼儿园转让出去，转让费大概要 50 万元。张女士自己拿了 20 万元，借了 30 万元，接手了幼儿园，自此张女士做起了园长，当起了老板。张女士介绍，“深圳市外来人口多且人口职业组成复杂，有高端技术人才，也有很多农民工，我算是有点技术，但也算是从农村来深圳闯荡的。”深圳市以前是个小渔村，1995 年时有 400 多万人，到 2017 年常住人口突破 1200 万。深圳市的基础公共服务并没有为人口的剧增做好准备，全市公办幼儿园不到 200 所，而实际需求大概 1200 所，因此，民办幼儿园有了巨大的市场。

深圳市政府对于教育和公共服务很重视，支持民办幼儿园发展，扶持民办幼儿园向普惠性幼儿园发展。从 2015 年开始，深圳市政府加大了对学龄前儿童的补助和民办幼儿园的补助。一般的补助标准是，每个班补助 6 万 ~ 8 万元，并允许民办幼儿园按照深圳市的学前教育机构收费标准收费。一个有 12 个班的幼儿园，政府一年的补助就是 72 万 ~ 96 万元，每个孩子每月再收 800 ~ 2000 元，一个幼儿园一年的收入就是 400 万 ~

500 万元，扣除所有的成本，一年可以净赚 150 万元左右。深圳市还给户籍人口家庭和贫困人口家庭发学前教育儿童补助，大概是 800 ~ 1200 元/人 · 月。

张女士热爱幼教专业，也有经济头脑，2010 年开始，她开始扩张幼儿园。由于她在教师培训、园所布置、人员培养、教学安排等方面都很专业，每年大概招 100 个儿童，报名的有 300 ~ 400 人。张女士说她做幼儿园不光是为了赚钱，也是为了解决儿童学前教育的问题，所以她的幼儿园不是连锁的，而是根据地域实际需求来做，有在中高档小区的中高档幼儿园，有在城乡接合部服务于农民工子女的幼儿园，有在工业区服务于工人的幼儿园。在城乡接合部服务于农民工子女的幼儿园，收费就便宜一些，不超过 800 元。张女士说："农民工的孩子挺可怜的，越是没有文化的人越忙碌辛苦，身心俱疲，尤其是心理状态易怒，也没有时间照顾孩子、和孩子玩。如果我不去办个幼儿园，那些孩子就在泥坑边从早玩到晚，深圳市也发生多起儿童拐卖案件，就是这样的小孩子，很容易就丢了。"在幼儿园管理与收益方面，张女士介绍，"有两点特别重要，一点是人情味，一点是平衡。人情味就是对幼教老师的关爱和培养，激发他们对孩子的爱心，让他们不断学习成长，这样做，人才培养成本会有一点，但是工资就可以不用付那么高，比同类幼儿园工资低 1000 ~ 2000 元，老师也都愿意留下来，因为他们觉得快乐、充实。办幼儿园要盈利，做的时候要灵活一点，有点弹性，比如班额和师生比的问题，要比上限稍微高一点，在缴税方面也要想办法节省，这样成本就有相当的节省，这就是要平衡，保证质量和安全的基础上，尽量盈利。”

张女士介绍，“在任何地方生存都有它的规则，以前在湖南的时候，觉得生活在一个人情社会，办什么事情都要求人，发工资求人、换工作求人、交地租也求人。现在在深圳，虽然也有人情的成分，但是感觉这是一个有人情味的社会。政府官员虽然是管理者，但也会为你着想，对你利好的政策或者对这个城市利好的事情，他会和你沟通，和你商量，会帮你促成。”2018 年，张女士和几个合伙人把幼儿园开到北京了，收购了一个企业。

张女士说，“梦想”这个词她没好好想过，一开始就是想成为城里人，后来不想过穷日子，因为太穷了，孩子的发展会受到严重影响。张女士说，她就是对幼儿教育有兴趣，所以一直做这一行。张女士当时背井离乡，在深圳和先生苦苦打拼，赚到了一些钱，但这并没有给她很大的成就感，因为虽然有这么多幼儿园，但是压力也很大，一个家长关系没有处理好，可能自己就被起诉了。带给她最大成就感的是她的儿子，她和张先生在孩子教育方面观念一致，赋予孩子自由选择权，尊重他独立自主发展。张女士的儿子就读的学校都是深圳比较好的，他的成绩在班级也是中上等。在高中二年级的时候，儿子突然提出要出国读大学，要去美国。张女士和先生商量后同意他的想法，儿子后来顺利进入了美国南加州大学学习传媒。2013 年，张女士由于疲劳过度，大病一场。因为儿子在美国读书，她去美国治病、休养、陪读，身体也恢复了。

2016 年，儿子又被哈佛大学教育学院录取，学国际教育咨询专业。现在儿子在深圳创业了，建立了一个团队，做教育质量研究。这个团队每年支出 80 万～100 万元，费用由张女士支持。张女士说，这点钱不多，创业都需要前期投资，希望儿子做专业人士。

张女士的下一个计划就是从深圳反哺她的家乡湖南农村。深圳市的学前教育发展得很快，很成熟，现在的政策很稳定，保障了张女士的收入与生活，但是湖南农村的学前教育还处于停滞，甚至很多地方还没有幼儿园，而深圳和湖南的人口素质可能相差 20 年。张女士举了一个例子，深圳的一个教育局的处长可能是 20 多岁的名校硕士毕业，而老家县城的一个局长基本是 50 多岁的中专生，这样怎么创新发展呢？张女士觉得自己有了经验、技术、一定的资金，应该回去建设家乡的学前教育。张女士正在为此做计划，她认为计划实施的第一阻力来自当地政府，要在县里获得准许，可能要“剥掉一大层皮，那样就可能做不成了”。张女士又重复了那句话：“要有人情味的社会，而不是人情社会。”

胡同里的艰难梦想

化　　　名：许宁
职　　　业：空调公司退休职员
所　在　地：北京市
工作单位：空调公司
年　　　龄：55 岁
性　　　别：男
民　　　族：汉族
受教育程度：大专

谈及梦想，许宁认为挣钱成家这件事没有可行性。他认为自己很优秀，了解不同文化，文理皆能，但目前的社会环境使其难以实现梦想，在过去十年中，没有实现任何梦想。

许宁自小在胡同长大，小平房里潮湿阴暗，他经常感冒。房子出门右边是厕所，前面是煤库，左边是小水道，旁边是小商店。在自家屋里出点事情，对面就听见了。他现在 50 多岁了还住在这里，他觉得这里是“胡同里的最底层”。

许宁的父母都是初中老师，老师教人育子本应为人称道，许宁却表示跟父母关系一般，“他们祖祖辈辈辛辛苦苦地工作生活基本上都为学生，很少顾及我们，搞得我们特别失败，我和我姐都没考上大学，特别悲惨”。许宁1981年高中毕业，连考了四年大学都没成功，当时特别努力想要往上念书，认为“只有考大学才有出路”，但他并不认可中国的教育体制，“背书、做题，你觉得能教出优秀的精英来吗?”高考失败后许宁在家待业，直到1985年才去上中专，学了两年机械。

1987~1990年，许宁自费考上了大专，在广播学院学新闻，很失败，发现从事新闻业的人自己说话自己都不信。1991年起，许宁在北京外国语大学的歌德学院学习了两三年初级德语，基本达到能交流的水平，“学完之后才知道什么叫真正的生活，什么叫世界列强，什么叫国际主流的东西”。毕业后许宁进入海淀新技术研究所工作、学习，逐渐进入外资圈子。1996年，许宁到一家德国公司卖空调，其间公司组织到德国考察一个月，西方的高铁、地铁、汽车等都极大地震撼了许宁。说到这里，许宁连用了三个“特震撼”，他说：“最震撼的就是感觉那会儿中国特渺小。”许宁一直抱有学习的态度，说应该“活到老学到老”，想学习计算机和大数据，觉得未来社会很多方面都会过渡到无人化管理。

作为北京人，许宁在北京没房没车，至今还与妈妈同住在西四的平房里，房子在母亲名下，不足10平方米。许宁居住的地方暂时没有拆迁的机会。虽然居住环境不如人意，但他不愿意迁到其他地方，“北京人就该住在城里”。他说他1996年考了私家车驾照，每年需要交年费挂靠费，因自己三个月没缴费，驾照就被吊销了。许宁对北京的评价是“不适合普通人，不宜居，总体制度设计很差劲”。尽管如此，他也没考虑去别的地方生活，“我生在这儿，我肯定得在这儿生活，但是以后若有机会也会到别的地儿看看去，或者说万一别的地方有什么发展机会，去看看合作什么的，也会去那儿看看，这个是有可能的”。许宁说截至目前自己没有去过国内其他地方。

许宁年轻时买过彩票，但从没中奖。自己不常上网，只通过微信偶尔和同学联系，年底或过节的时候会跟同学聚会，聊聊近况，但“人家都有家有孩子，很多事儿跟你说不到一块去”。他现在的爱好是运动、游泳、跑步，小时候是运动员，现在一般会去生态公园运动。他自己的身体特别好，近些年没有去过医院，也没有体检，但有些同学“佝偻着腰，脸色发青、发黄，营养不良，有时候中国人就是这样”。他也指点同学们应多健身运动，生活才有奔头，他认为欧洲健身的人很多，身体也强壮很多。

在许宁的同学里，有些家庭背景好的现在就生活得挺好，但绝大多数都出生于普通家庭，四五十岁就下岗了，“胡同是胡同，大院是大院，就是两个阶级，我们那一胡同好儿百人全下岗了，我们没有感觉到社会的温暖”。工作期间，许宁考过了高级技师，但对当年的工资和现在的退休工资都没有任何影响，工资和退休工资没有提高一分钱。

许宁没有偶像，他认为自己的生活很不体面，像偶像这些虚无缥缈的东西没有意义。谈及梦想，许宁说：“一家人在一起，养育一个孩子，然后去世界各地转转，看不同的文化，这就挺好。”但他认为挣钱成家这件事没有可行性，“北京这个地方，你自己的住房都解决不了，找一个公司，自己找一个摊子很困难”。他认为自己很优秀，了解不同文化，文理皆能，“自己做公司、做产品，我觉得这些我都没有问题，我比他们任何一个流水线挑出来的人强多了”。相比于个人条件，许宁认为社会环境很重要，但目前的社会环境使其难以实现梦想，在过去十年中，没有实现任何梦想。

在感情方面，许宁至今未婚，人到中年后相亲经历丰富，“我相亲的时候去了 5 个电视台，见过最少 5000 个女的”，但都没有成功，因为对方要求有车有房、出国旅游，“她们觉得自己镶了金边儿似的，没有摆正自己的位置”。在家庭方面，父亲过世，家里还有母亲和姐姐。他跟姐姐关系还行，逢年过节走动聊天，但跟父母关系一般，他按照父母的教育“对人要和善”在社会走动，但这很失败。

许宁的姐姐已经退休，住在小西天。老公已经去世，经济状况勉强维持生活，“自己能顾上自己就不错了”。姐姐年轻的时候上了毛纺的中专，后来学英文想要进外企，三次都失败了，“都被人替了，第一次被一个推头的给替下去了，最后又被出租车司机的孩子给顶了。没有什么渠道，就是人情社会，我们普通人资源少，穷人很难有机会，基本上很难有那种发达的机会”。

许宁每月的退休工资有 3000 多元。他现在仍在一家私人空调公司上班，自己跟公司的关系很松散，就是分包的形式卖空调，没有培训，收入也不太稳定，有时候有4000多元，有时候只有3000元，“夏天有点活儿，冬天淡季一点，在维持，有时候结款都结不来。就是实体经济运行不良，没有任何的资源可以调动，贷出去的款回不来”。从20世纪90年代开始，许宁就自己交社保，没有住房公积金。他对现在及未来的工作发展都持悲观态度，认为现在社会资源分配不均，发展机会少，“你绝对没有机会，你不是大院的，你没有血缘关系，你永远是最底层人士”。

许宁说他没有什么后悔的事情，他认为自己的生活不尽如人意，甚至是在水深火热之中，没有任何有成就感的事情，“希望这个情况有所改变，不让人家感觉到那么失败”。

“70后”

平凡也可以优秀

化　　　名：柏一
职　　　业：国企一线生产工人
所 在 地：吉林省长春市汽车产业开发区
工作单位：中国第一汽车集团公司（第一汽车制造厂）
年　　　龄：47 岁
性　　　别：男
民　　　族：汉族
受教育程度：本科

我刚刚开始工作时的梦想包括升职加薪，希望能够超过别人；成为高级技师后还希望能够成为工人专家。现在对这方面的期待有所减少，更多的是希望家人身体健康。

柏一，男，1972 年生，大学本科学历（工作后读的大学），国企一线生产工人。妻子经国企改制而下岗，现在一家二手车交易公司工作。家庭年收入超过 10 万元。

柏一出生于吉林省长春市的一个小镇，和爷爷、奶奶、爸爸、妈妈、哥哥、妹妹一起生活。爸爸是国企一线工人，妈妈是一名校办集体企业工人。

柏一上小学时，他们搬离爷爷奶奶家，一家五口共同生活。这时，父亲由于工伤伤到了眼睛，开始休病假，拿病假工资，全家的生活靠母亲一个人的工资支撑，生活由此陷入困境。用柏一自己的话讲，全家“吃了上顿没下顿”。由于居住在郊区，母亲每天不到五点就起床给一家人做饭，然后赶早六点的火车通勤上班；下班赶晚六点的火车回家给一家人做晚饭。母亲每月从单位借钱，发工资还，然后马上再借下个月的钱。但这并没有影响三个孩子的学业，一方面家长坚持再难也不能让孩子放弃学业，另一方面老师将这个家庭的情况上报，三个孩子得到了免学费的政策，由此得以继续学业。柏一表示，这虽没有影响自己上学，但在心里产生了极大影响，看到家庭生活条件好的同学，他常常有一种自卑感。但他也认识到母亲的不容易，也从母亲身上学到了坚韧不拔的精神。

柏一8周岁开始上小学，之前也没有受过学前教育。柏一表示，在小镇没有上幼儿园的意识。谈及上小学前的日子，“不过是一群小伙伴在一起傻玩儿”，柏一表示。上小学后，柏一的成绩一直还不错。当时的政策是五年级末进行考试，考得好的直接小学毕业升初中，考得不好的再读六年级然后升初中。柏一顺利通过了五年级末的考试，升入初中读书。上了初中后，柏一表示自己也很努力学习，但就是学不会了，尤其是外语。班里80%的学生都学不会，大概10%的学生由于贫困而辍学。班里有个别打架的情况，但也有学习好的同学。

在兄妹三人的教育方面，父母会督促写作业，嘱咐上课认真听讲。父母曾表示，“只要你们能考上大学，砸锅卖铁我们也供”。但仍免不了不学习就打，却没有研究过孩子哪里不会，如何提高成绩。这可能也受到父母本身受教育程度的影响，柏一的父亲读到小学五年级后由于家庭条件不好而辍学。柏一的亲生父母离异，继母不关心他的学业而未让他读书。柏一也表示，当时身边的教育风气就是这样，身边的同学没有几个学习好的，也没有补课的。老师不会歧视学生，不管学生家庭条件如何，但总体而言，班里同学的贫富差距不大。老师也比较负责，有学生问问题就给辅导，认为学生能考好而没考好就会打学生。“当时老师打学生是很正常的，家长也支持老师打学生。”柏一说。

柏一从小就表现出对小物件的创造能力，可以自制很多玩具。因为淘气，他也会挨打，被父亲“关拘留”，就是关在小棚子里，不让吃饭。

初中毕业后，柏一没能考上高中。他说，这是对他影响最大的一件事，当时他很失落，尤其是看到有些同学找到了比较好的工作。他此时的梦想，就是能在国企找到一份稳定的工作。此后，他在家卖了几个月豆腐串。家长觉得这不是长久之计，柏一自己也觉得不能没有工作。此时刚好赶上技校招生，但当时的政策规定，镇上的户口不能读技校。为了柏一能够拿到城市户口读技校，同时妹妹能在市里上学，全家到城市租房。此后，柏一顺利来到长春市某机械学校学习一年，在校期间，柏一门门课程成绩数一数二，毕业后分配到长春某电机厂工作。5 年后，大概是 1995 年，长春第一汽车制造厂招聘技术工人，在亲属（也是汽车厂工人）的内部推荐下，柏一调到了汽车厂工作，当时只是一名普通职工，但他认真工作，努力跟老师傅学习技术。

1996 年，柏一的儿子松子出生，这更坚定了他要努力工作的信念。为了自己更好的职业发展，也为了拿到更多的补助改善生活，柏一自主学习参加考试，逐步拿到了中级工、高级工、技师、高级技师的资质。2011 年开始，柏一拿到了三个国家认证的专利证书，这是他最骄傲的事情。

柏一表示，上了技校之后，他就开始自己做决定。调工作时也没能得到家里的支持，尤其是经济支持，毕竟家里条件也不好。

柏一从不吝惜在孩子身上的投入。儿子松子 17 个月时，由于柏一和妻子工作忙，就把孩子送到了托儿所。这是一家个人开的托儿所，一个阿姨照看十几个孩子，这些孩子 17 个月至 7 周岁不等，松子年纪最小。松子 3 岁时，柏一将他转入了汽车厂正规幼儿园。为了让孩子接受更好的学前教育，柏一在这期间搬过两次家，每次都转向更好的幼儿园，最后一次则搬到松子即将入学的小学附近。松子很淘气，柏一和妻子没少揍他。据松子自己回忆，爸妈每次都是先讲道理，然后挨打，然后再讲道理。

为了松子能够上好一点的小学和初中，并进入实验班，柏一没少托关系花钱。松子从 4 岁开始学画画，5 岁半开始学英语，6 岁开始学软笔书法，7 岁开始学硬笔书法。上小学期间的松子依旧很淘气，老师几乎每周找一次家长，家长每次都按时到学校跟老师沟通。

上了初中，松子更是九门课程同步学，九门课程同步补。但松子的成绩依旧不是特别理想，只考上了普通高中，但柏一还是为了孩子能进普通高中的实验班而奔走。上了高中，松子照样是门门补课，课时的价格也越来越高。松子的妈妈下班后就去陪松子上课，然后陪孩子学习到凌晨一两点，第二天继续上班，周末接着陪孩子上课。松子的妈妈表示，从孩子上学以来，补课方面的支出一直超过家庭总支出的一半。

松子的小学中学时代就是这样在不断补课中度过的，没什么特别的课外活动和体育运动，但也参加过学校的春游，偶尔和父母一起出去旅游。

柏一和妻子了解孩子的朋友，这些孩子品行不坏，但学习成绩都一般，除一个考上了二本，其余都只考上了三本。松子表示，他们班只有 4 个考上了二本。学校里也有打架的风气，但松子从不打架，属于“军师”型，松子的老师说他“极具号召力”。后来松子考上一所二本大学，现在读大四，专业是城市给水工程，2019 年 7 月毕业，目前还没有拿到 offer，这也是柏一最近最焦虑的一件事。

说到家里的其他成员，柏一有一个哥哥、一个妹妹。哥哥由于小学时生病住院耽误了学习，成绩一直不理想。据柏一回忆，当时哥哥学习不好，淘气，没少挨打，但父母只知道问“你咋不好好学习”，却没有意识到去给孩子补课，把哥哥住院时落下的课程补上。柏一表示，当时也没有补课的风气。在柏一眼中，哥哥是一个极其负责的人，包括自己读技校、妹妹的转学手续都是哥哥操办的；在感情、家庭的决策方面也都会给自己建议。

在柏一看来，妹妹则永远都是需要家里人照顾的小孩。妹妹初中毕业后读了技校，之后到吉林省建筑机械公司工作。上班没几年，就赶上单位效益不好，先是下岗，然后买断工龄。之后妹妹做过小买卖，卖服装百货，结婚有了孩子就做了全职家庭主妇。

柏一没什么特别的爱好，会收藏一些酒瓶，在这方面投入也不多，多是别人送的酒，喝完之后酒瓶收藏。对柏一影响最大的一本书是《秘密》，一本心灵励志书籍，在柏一人生低谷或遇到困难的时候给予他信念上的支持。

柏一有很多梦想，包括：不管做什么，都要做到最优秀、最出色；也希望通过自己的努力和外界的机会，赚大钱，发大财，拥有自己想要的物质基础，实现物质上的满足；他也提出希望子女能有出息；能够不断充实自己、开阔视野；能够凭借自己的能力到处走一走，走遍中国，周游世界；可以按照自己的意愿追求更有品质的生活；用自己的力量去帮助需要帮助的人。

柏一刚刚开始工作时的梦想包括升职加薪，希望能够超过别人；成为高级技师后还希望能够成为工人专家。现在对这方面的期待有所减少，更多的是希望家人身体健康，希望孩子未来面临的压力能够比自己小。但他认为孩子的压力最终会比自己这一代人大，这主要还是受社会环境的影响。他认为自古机会就是不均等的，下一代人面临的机会可能会比自己这一代人不均等。

谈及父辈的理想，他认为父母年轻时的理想就是实现温饱，让孩子们都能吃上细粮。自己的理想和父辈的理想不太一样，这主要是经济的发展，人民已经丰衣足食。

谈到朋友，柏一认为要诚实守信，孝敬父母，勤奋努力。他现在的朋友包括驾校教练、工厂工人、做买卖的自由职业者。他偶尔和朋友们一起喝酒聊天，聊得最多的是子女教育和子女工作。

三代接力上大学

化　　　名：老杨
职　　　业：管理人员
所　在　地：河南省平顶山市新城区
工作单位：市烟草局
年　　　龄：46 岁
性　　　别：男
民　　　族：汉族
受教育程度：大专

三代人接力完成大学梦想，第一条要感谢的还是高考政策，没有公平的高考政策，就不能实现农村孩子的大学梦想。环境、格局、努力，是支撑人生梦想的基点。

老杨是 1973 年人，中师毕业，自考大专，河南省宝丰县人，国企管理人员，年收入 10 万～12 万元。妻子在国企工作，女儿读北京大学国际关系学院，老父亲卧病在床，生活不能自理。在本地有两套住房，是最主要的家庭财产。

老杨生于长于河南农村，父亲是煤矿工人，母亲在家务农。当地习惯把这种安家在农村、一人上班、一人务农的家庭称为“一头沉”，主要是指与城市双职工家庭相比较，家庭中农村的一方拖累了家庭生活水平的提高，但也能稍高于一般农村家庭的生活水准。

老杨从小读书很好，家庭对读书也很支持。老杨印象最深的一件事，是小学三年级时一次考试没考好，语文考了 89 分，数学 93 分，据父母要求的“双百”有差距，以至于自己偷偷把通知书撕掉，长时间不敢向父母报告成绩。后来在父母的再三追问下，流着泪说了实情。然而并没有想象中的受到批评。

五年级的时候，老杨去县城新华书店买了一本《有棱有角者的生活》，这应该是当时的老杨除了连环画、童话故事、电影电视（当时很少能看电视）外，第一次读懂一本社会科学方面的书。由此，打开了老杨观察身边社会的大门，逐渐建立了思考的习惯，并自认为受益终身。

关于中国梦，老杨选择了两件事，来说明他对中国梦的感悟。

第一件事：四次办户口折射时代进步。

第一次办理户口是 1986 年，老杨的姐姐接班去煤矿上班，需要到乡派出所把户口迁出。老杨的父亲大雪天步行到乡派出所，问了几处地方，找到了办理户口的人。“那时候没有专门的户籍室，一看就能找到的。”老杨表示。老杨听父亲叙述，那个工作人员懒洋洋地问了为啥迁户口，看了煤矿的相关手续，手续也是齐全的。随口一句话就出来了：“迁户口的迁移证用完了。”老杨父亲问“怎么办”，说“要到县公安局领取”。又问“什么时候去领”，回答说“不知道，反正最近不去，去了也不一定领到”。

出了派出所的门，老杨的父亲蹲在地上好久，忽然想起村上一个人在县公安局上班，他决定去找找看，“怎么也不能耽误了孩子接班的事”，老杨的父亲表示。大雪天步行来回30多公里，终于在快下班的时候拿回了一张户口迁移证。办户口的那个工作人员吃惊地看着老杨的父亲，问清了原委，给老杨的父亲办理了户口。在他拉开抽屉拿公章的时候，老杨的父亲真切地看到，公章旁边厚厚的一沓子户口迁移证，跟自己奔波了快一天拿回来的迁移证一模一样，分外刺眼。但办理户口的人面无其事。

第二次办理户口是1989年，老杨本人考上了中等师范学校，要把户口迁到学校。老杨跟着父亲去了乡派出所。上次办理户口的工作人员已经换了。找到了新的户籍办理人员，缴清了需要办理的证明手续，没想到拒绝办理的理由却是同一个理由——迁移证用完了。这次，真不好办了，村里在公安局上班的人已经退休去外地了。老杨和父亲默默地回到了家。眼看离开学没剩几天了，却一点办法都没有，母亲抹过几次泪，生怕上学的事黄了。

那时候，上学这样的事，即便是分数高，也有太多的理由随随便便就把一个农家的孩子拒之门外。比如身高体重偏低，再比如不认识乐谱等等，就跟办理户口迁移证用完了的理由一样，甚至不需要理由。老杨家里一个亲戚，分数挺高的，却没有被中专学校录取。也只知道这个结果，始终不知道没有录取的原因。“那时候，中专、中师都是决定农村孩子一生命运道路的。”老杨说。所幸的是，老杨的老师知道了办理户口的事，托人帮忙办理了迁出手续。

第三次办理户口是2015年，老杨和妻子、女儿一家三口办理跨区迁出迁入。手续齐全之后，半天办理完，基本顺利。

第四次办理户口是2016年，老杨的女儿考上大学户口迁出，不到半个小时就办好了。老杨知道，这次办理户口如此顺利，不是因为女儿是高考状元考入北京大学，而是因为办理户口的环境、制度、监督都发生了很大变化，同去办理户口的人都是很快就办好了。

说起这四次办理户口的事，老杨说，要跟女儿解释好久，她才能理解事情的经过和思想感受，毕竟她没有经历过过去的艰难，现在的年轻人也没有经历过。而只有从艰难黯淡逐渐走入光明的人，才更能感觉到变化，生出信心。

第二件事：三代接力实现了大学梦想。

老杨的父母亲都只有小学文化，但对于老杨的学习给予了尽力的支持。从小学到初中毕业，老杨先后在五个学校上学，三个小学两个初中，都是父母听人说那里学校好后的选择，尽管这三个学校都是农村的小学、乡镇的初级中学。但这在周围同龄孩子中已经很不容易了。

父母支持老杨上学的意愿很强烈，但显然有点力不从心，因为不知道如何更好地帮助孩子顺利解决问题。有一个时期，老杨在学校感染了传染性皮肤病疥疮。由于治疗条件简陋，用农村的土法子治疗，老杨在两年时间内春季都反反复复发作感染疥疮，住校后皮肤痒得整夜整夜不能入睡。每一次治疗好转都需要两个月，不得不休学两次，这都是在初三年级。后来，老杨下了决心，又复读一年初三，一直不住校，每天晚上十点钟下晚自习，他一个人从乡镇中学跑步回八里之外的家里睡觉，早上四点四十准时起床跑到学校上早自习。八里的距离放在城市可能不是多大问题，但空旷漆黑的农村田野里，一个十四五岁的孩子要穿过庄稼地、坟地、河谷、火车道，特别是冬天的时候，北风呼呼，旷无一人。那年下了场大雪，只能穿深到膝盖的胶鞋，跑到学校一看，脚上磨出的血把袜子染红了半截，也没办法处理，学校连热水都不好找。晚上回到家用了半个多小时才把袜子脱下来。即便这样，老杨也没耽误过上课。所幸的是，那一年疥疮没再找上老杨，老杨以乡第三名、比县第一高中录取分数线高出 41 分的中考成绩，考取了一所中等师范学校。

然而，最扎心的事发生在上师范之后。近一个月的军训结束后，老杨突然明白了考上师范到底意味着什么——以后可能终生要做一名小学教师了。这也许是一次觉醒，以前面对的都是学习、成绩，这一次老杨真正明白了面对的是社会和自己终生的道路。经过两个星期的心理挣扎，老杨背着被子回到了家。他要跟父母商量，从师范退学到高中读书，要上大学。他不想让自己的人生轨道沿着师范生——小学教师——退休这条路走下去。然而，父母这次给他的不是支持，而是无休无止的劝解，“回师范继续上学吧，马上就能有个工作了。”“吃粮本、穿皮鞋，脱离农门，这是父母的梦想。”老杨表示。也是天意，正在这时候，老杨的父亲在工作中出了事故，一条胳膊严重骨折。这对于要靠体力劳动养家的工人来说，无疑是个沉重打击。老杨继续回到师范学校读书，两年多时间，心情一直灰暗无比。后来回忆这段时光，老杨一直认为天意如此。如果能再早觉醒一个月，如果不是父亲恰恰那时候发生意外事故，也许他就上了高中，一切都会不一样的，老杨表示。大学梦止于中师，一代对一代的支持，终究脱不了时代和自身格局的限制。

多年后，老杨有了自己的女儿。他将她视作掌上明珠，并下定决心，一定给女儿一个安稳的生活，让她的学业一定接近梦想。为了营造一个没有负能量的环境，在女儿三岁那年，老杨毅然改掉了爱打两把牌的小赌毛病，一次也没再摸牌。老杨用了很多的精力，思考孩子教育的问题，直到女儿上大学。同许多家长一样，老杨的女儿读的学校也是在辖区范围内最好的小学、中学，中学之后，女儿几乎不用闹钟，每每都是老杨夫妻先起床，再轻轻唤醒女儿起床上学，为的是避免闹钟惊醒后的一阵子紧张。老杨能够完全像朋友那样跟孩子一起探讨遇到的问题，二十年如一日。2016 年，孩子如愿考取北京大学。

说起三代人接力完成的大学梦想，老杨说第一条要感谢的还是高考政策，没有公平的高考政策，就不能实现农村孩子的大学梦想。环境、格局、努力，是支撑人生梦想的基点。

现在的老杨，生活、工作都是从容而淡定。谈起人生目标，老杨觉得就是把该干的事干好，把该扮演的角色扮演好，不至于在社会当中角色错位太大。归结起来大概就是安稳和顺利吧。老杨会兢兢业业地把每一件事做好，会认认真真地对待身边的每一个人，就是为了营造一个比较融洽的周边环境。“否则，环境不融洽，大家都不顺利，自己也了无趣味。这叫‘不激不厉，风规自远’。”老杨说。

说到苦恼和焦虑，老杨说主要有三个方面。一个是老父亲的养老问题。老父亲已经 80 岁了，6 年脑出血后遗症，左半边不遂，生活不能自理，需要 24 小时照顾。老杨表示，因工作的原因自己没有办法去照顾，雇人照顾也经常寻不来合适人选。现在经常需要对老父亲的养老问题做出一些应急安排，有时会手足无措。目前，相对于他给父亲养老的实际要求，养老院要么是条件太差，要么是服务很差，要么是人满为患进不去，很难找到合适的养老的地方。这算是一个后顾之忧。

第二个焦虑是社会层面上。现在有些人倾尽全力进行自我利益保护和争取，把事情本身的意义以及伦理道德放到后面，致使有一种戾气存在。偶然有突发性社会事件，老杨也经常感到很忧虑。“这也是目前社会失序的一个原因。”老杨表示。他认为，不论是中国以往传下来的传统，还是从世界上的情况来看，社会的发展，远远不仅仅是经济的发展。

第三点是自己的养老问题。现在都是独生子女，孩子如何安家落户的问题，以及如何与子女在同一个城市养老的问题，也是老杨经常焦虑的。“因为现在毕竟房价太高。”老杨表示。

谈到自己的中国梦，老杨沉思了好久，说：“梦想人人都有。在中国怎样才能生活得更好，我现在的感受，一是在路上——没错，是这么一条路；二是渐行渐近，但不能急，不能慢，要从容。”提到对未来与梦想的要求，他用一句话做了概括：“比现在好一点就行，要持续地好下去。”

农民依恋土地

化　　名：李升
职　　业：农民及务工人员
所 在 地：河南省焦作市武陟县
工作单位：皮革厂（民企）体力工
年　　龄：42 岁
性　　别：男
民　　族：回族
受教育程度：小学毕业

李升虽外出务工多年，但坦言“说起来有地是要比城市里好一些。农村人说到底还是对土地有感情，把地包出去实在是生活所迫，如果将来国家政策有变化，种地也可以致富，还是愿意回去种地”。

李升 1977 年出生在河南省焦作市武陟县的一个农村，小学毕业，目前在本地的皮革厂打工（无“五险一金”），月薪 3000 元左右。他目前正处于上有老下有小的阶段，他的收入是全家的主要经济来源。李升家中有 69 岁的母亲、72 岁的父亲，妻子与他年纪相仿，还有 20 岁的儿子以及 10 岁的女儿。

李升从小学习成绩很一般，经常会被请家长。他的父母也都没怎么上过学，也就认得些字，确实不能给他学习上什么指导。他小学毕业就辍学的原因，一方面是学习不是很好，另一方面是家里条件不允许继续上学——家里欠有外债，所以他很小的时候就意识到必须出去赚钱还账。现在想来，李升还是羡慕那些有学历的人，能够当白领，不用当农民，不用在厂子里卖力气。

18 岁以前，李升的家庭收入主要是父亲干农活，放羊。现在家庭经济来源是自己和妻子打工的收入，主要是李升。父亲在清真寺里打扫卫生，每月有五六百元的收入。

李升表示童年是美好的，再穷的人童年也是美好的。“最美好的就是在苹果园里偷苹果”，提起这个李升哈哈大笑起来。他表示，从小家里就穷，总是出去借钱，小学毕业就辍学也是知道家里有外债，觉得应该担起一份责任。李升 12 岁就开始在各种地方打小工，给皮革厂钉过羊皮，在纸厂、食堂都打过工，还当过几个月的铲车司机。

1996 年开始李升在皮革厂工作，至今已经做了 20 多年了。七八年前，县里开始重视环保，村里大部分皮革厂被关闭，自己所在的皮革厂的生意也不好做，厂子里的工人收入都受到影响。李升表示，他上有老下有小，真正是家中的中流砥柱，一天不干活就受不了，现在的收入太低了，他也在努力提高自己，希望能掌握一项技能，提高收入。

李升目前正瞒着家人考 B1 大车证，希望通过开大车来增加收入。但是开大车的风险非常高，因为经常要夜间出车，容易出交通事故。村中的传统是家中独子（儿子）都不会让去开大车，虽然开大车的收入很可观，一个月能有一万元，但基本都是拿命在拼。村中每年都有开大车出事儿的人。李升表示，到了他这个年纪，没有一技之长是不行的。他现在也没有什么太多想法，在择业方面也不考虑兴趣爱好，最大的希望就是能在遵纪守法的基础上多赚点钱。但他的这个想法父母是不同意的，父母更多的是希望他平平安安，所以只能偷偷去练车。一边工作一边考证，不敢把工作停了，就得想办法抽空学门技术，现阶段压力有点大。

讲到家中的地，李升说几年前将家中的地（二三亩）包了出去，包地的农户每季都会给他粮食，这些粮食刚刚够一家人的口粮。“说起来有地是要比城市里好一些。”李升表示，农村人说到底还是对土地有感情，把地包出去实在是生活所迫，如果将来国家政策有变化，种地也可以致富，他还是愿意回去种地。问到预期收入，李升表示一年能有七八万元就会很开心，如果只有四五万元，除去一家人的吃喝，攒不下什么钱。尤其是今年肉、鸡蛋和菜都涨价了，各种日用品价格都在涨，就是工资不涨，厂子里效益不好。现在只要能赚钱不违法就是最大的希望，不管干什么都可以，一家人总得生活。李升的个人财产基本就是刚刚建的房和攒了半辈子的十几万元存款，房子和存款是儿子结婚必需的，可能还差一个车。于结婚而言，存款也还有缺口，这也是目前李升拼命赚钱的奋斗目标。

对于李升来说结婚是人生最重要的转折点，他 1998 年初结的婚，年末就有了儿子，这之后就觉得肩上的担子更重了，要为这一家人努力奋斗。目前李升最苦恼和焦虑的是儿子结婚的事儿。“孩子年纪也大了。”他说。

谈到爱好，李升最喜欢的是打乒乓球。“打得不好，但就是爱玩。”李升说。他也爱好野游，跟着登山的人，一年总要出去两三回，去各地未开发的景点走走，不久前还去了嵩山。李升表示，其实他最大的梦想是当大车司机，其中一个原因是司机能天南地北到处转转。其他爱好没有了，喜欢打球和野游主要是因为这两样花钱少。旁边的老母亲插话说：“他还爱好买彩票。”这使得李升有点尴尬，他说道发财的梦想大家都有，也就是个幻想。李升十五六岁时特别喜欢读金庸的书，其他的书倒是没怎么读过。

李升对村里的美丽乡村建设很满意。“路也通了、路灯也明了，村里打了井，也建了体育场，现在可以打打乒乓球、可以散步，村里人能过成这样已经非常好了。”他表示。以前的村委没有什么大作为，有时还乌烟瘴气。现在完全不一样了，风气好了很多，也做了很多实事儿。老百姓最大的希望是政府不要跟老百姓要钱，给农民多些实惠。

李升是个非常坚定的爱国者，从小就非常爱国，现在也认为应该拥护共产党，集体利益就应该高于个人利益。共产党带领人民吃饱穿暖还能安安稳稳的赚钱，还是非常感谢共产党的，尤其是跟过去的社会对比，“过去人连狗都不如，俗语是

‘能做太平狗不为乱世人’”。国家层面而言，李升是非常满意的，公粮也不交了，政府对种地也有补贴，日子跟以前相比已经好很多了，农村 60 岁以上的老人现在每月也有 90 多元的养老金。虽然不多，但是证明政府还是在乎农民的。他对合作医疗评价倒是一般，认为虽然报销力度大，但是规矩太多。

李升未来最希望的还是生活在农村，因为有宅基地，有小院子，有稳定的工作，收入也能顾着一家人生活。一夜暴富的梦也只能是做梦。小时候上学时的梦想是楼上楼下，电灯电话，现在都实现了，还有大彩电。小时候总想吃到黑馍馍，高粱面、玉米面，现在吃的都是白面。对于未来，李升表示："老农民看不到那么远，只是希望生活越来越好。"他最期待的是能够提高老人的养老金。"如果能免费医疗和免费教育就是最好不过了，别的不想太多。"他表示。

李升不喜欢去城市打工，因为他觉得城里人总是从门缝里看人，会让人不舒服。李升表示没把握住的机遇还是很多的，前几年羊皮汽车坐垫生意好的时候，也曾心动过自己去做羊皮生意，但最终还是胆子小，把羊皮卖掉了。当然也不后悔，因为行情也就持续了一年，之后这个生意就不好做了。自从国家开始治理污染之后，村里经济就不好了，羊毛坐垫生产的越来越少了。小时候一心想做个司机，但是也没有干成，家庭条件不允许，那时候司机工资太低，一个月才 200 元。现在的人生目标是在不犯法的前提下尽可能地赚钱，之后能给孩子更好的出路。对未来的憧憬是平平安安、平平淡淡，子女们能孝顺。

对李升而言，人生中最骄傲的事儿是把家里的房盖起来了，因为孩子结婚最关键的是房子。

李升的好朋友都和他差不多，都是上班的，坐一起谈得最多的便是工作。

现在虽然生活变好了，但李升认为自己还是不敢消费。他最怕的便是生病，小病还好，一旦有个大病，一辈子就完了。“辛辛苦苦几十年，一病回到解放前。”他表示，一旦生病出个事儿，这一大家子人谁来照顾。现在的家庭支出还是挺大的，一年的支出要 3 万多元。父母的身体一日不如一日了，孩子也一年比一年大，孩子没结婚，心里的石头就落不下来。“自己真的病不起。”他说。

谈起父母，李升说父亲之前一直抽烟，最近几年戒烟了，但是留下支气管炎的毛病，终日咳嗽，心脑血管多多少少都有点问题，也是要靠吃药维持。母亲也将近 70 岁了，走路是跛行，风湿病有点严重，胃也不是很好，也是要靠吃药的。小时候觉得父母特别不容易，很伟大，长大后有了孩子更知道天下所有父母都是殚精竭虑为子女。他的家里是典型的慈母严父，父母会逼着自己赚钱，跟父母的相处模式非常传统。他不怎么跟父亲沟通，感觉两个男人没有那么多话讲，现在自己和儿子也差不多。他和母亲的沟通虽然比父亲多，但是他年纪也不小了，现在的烦恼还是藏在心里的多。

说到儿女的学业，李升笑着说：“儿子女儿学习都一般，但孩子们学习不好的原因就是天生的，也不能说他不尽心。”在和孩子们的交流上，儿子跟妻子、女儿交流得多，和自己说的比较少。女儿跟自己更亲近一点。“女儿就是会比较黏爸爸。”他表示。儿子的兴趣爱好就是打游戏，女儿喜欢画画。儿子内向，女儿外向，他们兄妹两个性格天差地别。

李升之前送儿子去伊朗学过一年语言，想着学门波斯语，让他去广州外贸公司打工。但受美国制裁伊朗的影响，中国对波斯的出口锐减，对伊朗的外贸公司倒闭了一大批，也不招人了，儿子在广州待业半年，花了 5000 元，还是回家了。现在儿子在学修车。

目前儿子玩得好的朋友都是男孩，还是很希望他交个女朋友，这样就不用为他的婚事太操心了。在子女教育上，李升是不怎么打他们的，除了幼儿园打过一次儿子，再也没打过，女儿自出生就没打过。儿子说之前上高中时，学校存在校园霸凌的现象，但是不在自己身上，自己也不会惹事儿。李升对两个孩子最大的期待就是他们都能有个稳定的工作。

李升所在的圪当店村是武陟县非常富庶的村子，过去几十年村子里靠着羊剪绒汽车坐垫的生意，好多人都发了家。

李升称自己是“打不死的小强”，是非常乐观的一个人，现在最大的梦想是做大车司机。但能从中看出很多无奈，李升的压力是非常大的。父母年纪都大了，身体也都不好，再加上小女儿还在上学，家务要靠妻子操持，因此妻子只能找些零活，收入非常有限。一家老小的生计压力都放在工资 3000 元左右的李升身上，整个访谈中，李升七八次谈到，他现在就想赚钱，最怕的就是病倒。

大田致富

化　　　名： 永润
职　　　业： 大田农业
所　在　地： 河南省安阳市滑县
工 作 单 位： 农业机械合作社和种植专业合作社
年　　　龄： 45 岁
性　　　别： 男
民　　　族： 汉族
受教育程度： 初中

永润觉得，自己这个人是个“骑驴去找马”的人，“永远都不满足，有机会就去发展”。他说，自己近期的目标是，盖一个办公楼，建一个农耕文化馆，展示滑县新中国成立以来，从传统农业到现代农业的建设发展过程。远大目标是，实现大田农业的现代化发展，实现国家的粮食安全，也实现农民的发家致富梦。

永润，1974 年出生在河南省滑县万古镇一个普通农民家庭。他有三个哥哥和一个姐姐，都在村里务农。永润现在是种植专业合作社和农机服务专业合作社的负责人。他说，自己的梦想是，发展大田农业（主要种小麦、玉米等粮食作物），探索农业智能化和机械化的道路，解决“全民皆兵”的农业生产模式，让大田农业也能有经济效益，能增收致富。他觉得，只有这样，中国农业才有出路、才有奔头。

1988 年，永润初中辍学，因为兄弟姐妹多，家里太穷供不起，几个孩子都只能辍学务农，打工补贴家里。他说，这辈子最遗憾的事情，就是因为没钱而辍学。那时候，上学都得自己带着口粮。农村春季经常青黄不接，没有粮、没有钱，饭都吃不饱，更没有上学的口粮。辍学之后，班主任还来了家里两趟，劝家里人供永润去念书。

永润从小喜欢学习新东西。他喜欢写诗，是自学成才。他一直没有放弃学习，通过自学农业专业，2013 年获得了自考的中专文凭。县里有关于农业的培训项目，他都会积极找门路去学习。他说，毛主席以前说过“三天不学习，赶不上刘少奇”，这么伟大的人物，都一直保持学习，“我们新时代的农民，不学习肯定不行”。他还说，学习强国这个软件很好，能学到很多东西，他最感兴趣的是与“三农”有关的视频，经常看。

永润辍学务农的时候，就在想自己以后要干什么。开始，他想去当兵。1991 年，永润参加了镇里的民兵训练。他觉得，自己比别人笨，就要比别人多付出十倍、百倍的努力才行。他干活总是抢着干，从不会偷奸耍滑。训练结束后，永润受到嘉奖，被推选为优秀民兵训练奖。但是，因为父亲去世，家里没办法找当兵的路子，而且当三年兵回来，自己的人生还是难以获得根本性地改观。最后，永润放弃了当兵的想法，选择了外出打工。1992 年，永润和表哥一起北上，去天津打工，在建筑工地做抹灰工。

对永润人生影响非常大的一件事，是他小学同学的经历。在车站等去天津打工的长途汽车时，永润碰到了自己的小学同学。两人见面聊起来，同学说，在这里给别人当汽车修理工，别人不给付工钱，每个月自己还要给别人 200 元学费。当时，永润觉得很不可思议，因为，他去天津打工，一个月才挣 200 元。但是，10 年之后，这个小学同学已经成了一个小老板。永润说，这个事情深深刺激了他，让他感受到技术的重要性，后来一直保持着学习的意识。

十六七岁时，永润就和表哥一起打工赚钱。在建筑工地上，他从毫无经验的零起点开始，先学“抹灰”手艺，之后短短三年就做到了建筑行业的八级工。八级工的概念相当于装修行业的每个工种都会，都做得很好。他说，自己在建筑工地上，是一个“能干、会干”的人，“很讨老板喜欢”。那时候，农民外出打工欠薪是很常见的。他说，迄今，包工头还欠了他 1000 多元的工钱。

1998 年，永润 22 岁。他迎来了人生的又一次转折——“成家”。打工那几年的积蓄都用在了娶媳妇上。结婚之后，永润就下定决心，不再出去打工了，要在家干，他不信自己在家乡没有立足之地。

一开始，村里的包工头来找永润，开的工钱是一天 7.5

元。这个时候如果去天津打工，他一天能挣到35元。永润想，光靠在老家的包工队挣钱肯定不行，“方法不行，来钱慢”。媳妇很支持他，把结婚之前自己攒的几千元都给了永润。两口子买了一个三轮车，种地之外，兼做粮食贸易——在田间地头收粮食，再运输卖给粮仓，挣个运费，一年能有3万多元的收入。

2000年左右，永润承包了生产队6亩地，加上自家本来的地，一共种了10多亩。2002年，永润自己组织了一个装修队，从一些简单的粉刷工作做起。2004年，永润攒了些钱之后，在周边第一个购买了搅拌机。周围的人不理解，觉得他是胡搞，觉得“只有城里才用这东西，农村没见过谁搞”。永润有了搅拌机，大大提高了效率，节省了人力，开始承揽一些小工程，比如小规模的水泥地面硬化。别人看到了甜头，短短三年时间，周边到处都是搅拌机。

2006年、2007年，永润入手了更大的搅拌机。他觉得，要重新算账，不能算搅拌机花了多少钱，应该算它节省了多少人工和时间，这个思维要转变。而且，自己不用的时候还可以租给别人，有租赁费。有了大的搅拌机，永润的建筑队开始承揽比较大的村庄水泥路修建的工程。永润又买了装载机，改装的装载机一天能顶5个男劳动力。

2008~2011年，永润的建筑队不干装修的工作了，专门修路。修了大量的道路，基本上每年收入能达到30万元。

2012年，村“两委”换届选举，永润以最高票数当选为村长。当选村长之后，永润去镇里开关于“三农”的村干部会议。他了解到国家正在提倡土地流转，决定响应国家号召，流转更多的土地。当时，他靠修路一年就有 30 多万元的稳定收入，所以家里没有人同意。但是，永润想，既然国家提倡，自己就应该早早尝试，积累经验，以后能够更主动地发展。他说，“有钱人不想干、没钱人干不动的，我来干”，而且，农民如果有一片自己的土地，就一定会有未来的一片天地。

2012 年秋，永润流转了 900 多亩。买了两台小拖拉机，还有一台小四轮，秋播种小麦。他说，以前两三天就能把几亩地的麦子种完，流转的第一年，花了 22 天的时间才把庄稼种上。因为对大马力机械的性能还没有完全掌握，播种的质量不行，亩产只达到 700 多斤（现在一亩基本在 1000 斤以上）。当时，也不了解本地农业大规模生产的特点，听别人说喷灌好用，他也买了 20 多万元的喷灌设备。但他没有想到，当地多风而且风向多变，机井出水量不足，带不动喷头的出水压力，灌溉的时候，风一吹有的地涝、有的地旱，没法均匀浇水。最后，这些设备只能打水漂了。第一年虽然亏了不少钱，但是他并没有灰心，后面边干边学，不断改良技术、积累经验。

2013 年，永润又买了一台小麦收割机。收割麦子的时候，注意观察人家的麦子，哪块地好、哪块地不好。邻村有一个种植大户，200 多亩小麦长势特别好，他就学习人家管理的经验，安排了 3 个种地队长，每个人负责 300 亩地，浇水、施肥。这一年，实现了盈利。

后来的几年，永润一有钱就投入到农业机械化上。他的农机合作社不断发展壮大，现在已经成为“省级农机示范社”。社里有联合收割机 7 台，大型拖拉机 29 台，小型拖拉机 14 台，播种机 15 台，喷雾机 5 台，植保无人机 3 台，旋耕机 15 台，翻转机 15 台，平地仪 1 台，玉米烘干设备 3 台。农机合作社里的每一种农机永润都会开，对它们的性能、作业特点、优劣，如数家珍。

永润坚信，大田农业是“稳”的，通过技术改进和机械化，种粮食也能提高收入，能致富。现在，永润的合作社流转了 2000 亩地，一年种两季，一季全种麦子，一季 1700 亩种玉米、300 亩种经济作物（100 亩套种辣椒，200 亩套种花生）。因为是种植大户，永润的种子化肥都比普通小农户便宜，比如，玉米种子每亩能比市场价便宜 15 元，化肥每亩也能节省 20 元。

永润算了一笔账，这 2000 亩地，种子、化肥、农机和人工，一年一亩地的种地人工总投入大约 1000 元，加上流转土地每亩 800 元，一亩地的总成本 1800 元（前两年种地人工总投入 800 ~900 元，流转土地费用 1000 元；这两年人工总投入涨了，流转的价格相对降了些，两相抵消，总成本还是 1800 元左右）。永润种的小麦亩产在 1000 ~1200 斤，是订单农业，种子生产企业会统一回收，价格在 1.3 ~1.36 元/斤，比市面上一般麦子的价格贵 0.1 ~0.2 元。他种的玉米亩产在 1300 ~1500 斤，即使现在普通农民卖玉米的市价是 0.8 元/斤，他也能卖到0.9~0.95元/斤。原因是，他有3台大型玉米烘干机，玉米收下来以后，能够迅速烘干，在普通农户的玉米还在晾晒的时候，他的玉米就可以抢先上市。这个季节往往是饲料加工企业缺原材料的时候，市场价格会上升。当大量玉米上市、价格开始下跌的时候，他的玉米又可以在自己粮仓里储存一段时间，等待价格回升稳定之后再出售。烘干机和粮仓让永润的玉米保持在比较稳定的价格上，避免了市场波动带来的损失。一般年景的情况下，一亩地的麦子和玉米出售之后的收入是2400元左右，减去1800元的成本，净利润能达到600元左右。再加上套种的300亩辣椒和花生，他说，只要依靠规模化和机械化，2000亩地的大田农业一年收入上百万元也不是神话。

永润的种植合作社现在由3个生产队长专门负责种植管理，每个队长每月有2800元的工资。此外，他的农机合作社有作业队长，每个队长的工资更高一些。他还专门聘请了一位有农机资格的职业经理人，加强农机合作社的整体管理。种粮食基本实现了全机械化，有少部分务工的，主要是浇地，以六七十岁的老人为主，一天80元。种经济作物的劳工需要量大一些，比如，辣椒的亩产大约5000斤，在辣椒采摘季节，采摘一斤给人工费0.3元，带动了不少村民就业。采摘工人基本都是附近的老头老太太，最年轻的也有50多岁。

除了自己承包的2000多亩地，永润的农机合作社还服务周边39000多亩耕地，1000多农户。他觉得，“管理单元化、经营多元化”是未来农业的发展方向。

作为村长，永润觉得自己在村里并没有干过轰轰烈烈的事，也就是小事上出出力。比如，村里2018年修路，他带头捐了1.5万元；2014年、2015年，村里办秧歌队，他捐了2万元；2013年，村里贫困户治病，支援了5000元。再比如，土地流转的时候，如果是其他村的，就要连片的；如果是本村的，就是有一块算一块；村里人用化肥和种子都按合作社社员的价格，种子一亩地能省10元，化肥每袋也能便宜10元。还比如，农忙收割的时候尽量配足本村村民的农机需求。他记得，2015年秋收的时候天气不好，那时候他的3台大型收割机，自己承包地留了1台，另2台都先紧着村民用。雨来的时候，村民700～800亩地基本收完了，只剩下30多亩；自己流转的地，还有近700亩没收完，每亩至少少收入400元。

永润有一个儿子、一个女儿。儿子已经上了高中，儿子的理想是做职业农民，但是儿子也有一种担心，就是“现在在家包地，如果不让包地了，我们做什么”。女儿今年已经上小学二年级了，在县城里最好的小学。因为夫妻两个一直在忙着创业，女儿2岁半的时候就被送去了全托幼儿园，小学是住在城里的全托院，全托院一个季度收费5000元。他觉得很对不起孩子，忙着事业，对孩子的未来没有好好考虑，他希望两个孩子能好好上学，多学知识。未来，无论孩子学习还是创业，都会全力支持。

现在，永润的总资产有近1000万元，都是各种大型农机具。但农业是一个长周期、大投入的事，他手头的流动资金才有 10 多万元。他觉得，自己这个人是个“骑驴去找马”的人，“永远都不满足，有机会就去发展”。他说，自己近期的目标是，盖一个办公楼，建一个农耕文化馆，展示滑县新中国成立以来，从传统农业到现代农业的建设发展过程。远大目标是，实现大田农业的现代化发展，实现国家的粮食安全，也实现农民的发家致富梦。

成为自己想成为的人

化　　名：蔡老师
职　　业：大学教师、兼职“创业者”
所 在 地：湖南省宁乡市
工作单位：国内重点高校商学院
年　　龄：41 岁
性　　别：男
民　　族：汉族
受教育程度：博士

边当大学教师，边创业，蔡老师说：“自己现在生活的意义在于‘自由去追求想成为的人’，而自己正在‘成为自己想成为的人的路上’，还在不断前行着。”

蔡老师，男，出生于 1977 年。目前在一所国内重点高校商学院任教，同时还是一个兼职“创业者”，名下有三个小微型创业公司。

蔡老师出生在 N 县一个小村庄，该县地处湘中偏北的洞庭湖南缘地区，是鱼米之乡，也是全国经济百强县之一。小学开始在村里上，后来到乡中心小学，离家有三四里路，三年级之后就骑自行车上学了。初中也是在乡里中学上。那时候乡里的学生多，一个年级有 3 个班，每个班都有 40 ~ 50 个学生。蔡老师的成绩很好，基本上是年级前五名，是班上的学习委员。当时，全县的一中和四中是重点中学（高中）。蔡老师学习好，通过提前选拔直接上了四中（这是四中第一届“择优班”）。高中进校的时候，蔡老师排名第 9。因为数学跟不上，进校之后，落在了 20 名之后。蔡老师一年之内通过努力学习赶了上来，他回忆当时每逢课间，同学们都在玩的时候，自己总在做数学题。数学赶上来之后，蔡老师的学习成绩一直很好，基本在年级前五名。在四中的时候，蔡老师担任了学生会主席和班长。

大学是蔡老师人生中的一次重要选择。这次选择全部来自自己的思考，父母和老师并没有影响。大学志愿的一个考虑因素是，蔡老师当时一直有从政的情怀和理想，所以选择文科院校。学习成绩好，所以就选了当时最好的文科院校。另一个因素是，在高二的时候，学校会让尖子生提前参加高考，练练手，蔡老师当时提前考理科试水，成绩并不是特别理想。从高中综合排名看自己是前五名，理科排名是前十名，文科排名则可能是第一，所以更坚定了文科的选择。高考第一志愿是国际政治，第二志愿是社会学。成为社会活动家的理想，是受到了罗曼·罗兰的影响，这两个志愿是自己选择的，反映了自己当时的志向。

在学习生涯中，父母在乡下务农，并没有特别的指导和帮助。自己是家里唯一的男孩子，是父母生了三个姐姐之后，年过四十才得的儿子。所以，小时候，蔡老师很受父母、三个姐姐和叔叔伯伯们的照顾。但是，在蔡老师小时候父母没有特别的望子成龙，读书和学习纯粹出于一种自觉，从来不让父母操心。

小时候的游戏很简单，都是就地取材。比如，在山上和其他小伙伴玩“打仗”“跳房子”“攻城”等游戏，都是乡下男孩子们经常玩的游戏。蔡老师印象最深刻的是，自己喜欢演戏，曾经自己做了皮影，表演给叔叔伯伯们看。

上初中的时候，三姐在深圳打工，带回来一本书，对自己影响很大。这本书讲普通老百姓的故事，描述的都是小人物的命运。通过阅读，蔡老师获得了另一种人生的体验，这种体验是个人经验之外的，反映的是个人命运与大时代之间的碰撞。蔡老师的中学同学家开小卖部，同时还经营租书，那时候他经常找同学看书，所以能读到很多书，像王朔的书、金庸的小说等等。书里的主人公反映出的是超越个体经验之外的人生经历，这些开启了一个新的世界。

蔡老师自己的读书和职业选择一直是勤奋努力和向着梦想前行的体验。小时候家里很穷，主要收入来自父母养猪。父亲60岁的时候送自己上大学，在父母和三个姐姐的支持下，蔡老师读完大学，研究生的时候蔡老师开始自己打工赚钱。2008年，蔡老师刚毕业没几年，就攒了10万元给父母在农村盖了新房子。蔡老师选择回长沙，一方面是为了年迈的父母，父母已经80多岁，辛苦了一辈子，现在蔡老师坚持每星期回老家看一次父母，向父母尽孝心。另一方面也是儿子上学，在长沙能上最好的中学，更自由宽松一些。

蔡老师本科毕业后考取了社会学硕士。硕士毕业之后，在一家国企工作两年，跳槽去了一家跨国公司，在外企做到总监之后，又在某大学经管学院攻读经济学博士。博士期间开始创业。博士毕业之后，在高校任教，同时，继续创业。蔡老师说，创业的环境还是北京更好一些，机会更多，市场环境也更好，所以经常两地奔波。

父母对自己的最大影响，蔡老师认为是父母的“小农意识”，即努力勤奋，同时又理性地规划自己的人生。父亲是一个特别老实的人，特别善于规划和节俭。母亲是一个幽默而乐观的人，为了生存，也有自己的小聪明和小心眼。

蔡老师把自己的朋友分为两类，一类是各种“朋友”，主要是业务方面的合作者。一类是“兄弟”，有思想交流，无论距离的远近和联系时间的多少，都没有隔阂，可以很深入地交流。

谈及现在，蔡老师说在北京和长沙各有一套房产，儿子小蔡今年 12 岁，正在念初中，在长沙最好的中学之一读书。小蔡的好朋友有三四个，在长沙主要是同班同学，在北京是邻居小伙伴。小蔡的妈妈管孩子多一些，三年级之前在北京，上过的早教班包括游泳、羽毛球、黑管、奥数和英语。前面三种是孩子的兴趣，后面两种是有助于学习的。蔡老师觉得年轻的时候，对儿子照顾的不够，那时候忙于工作和事业上的奋斗，现在和儿子有一些代沟。他尽可能地为儿子奋斗，但是也尊重儿子未来的独立发展。他说，他能留给儿子的也就是北京和长沙的房产，剩下的就是儿子自己的成长和发展了。他对儿子的唯一担心是怕他身体不健康，或发生意外，他希望儿子能够自由成长，成为自己想成为的人。

蔡老师回忆自己的经历，对现在的状态还是满意的，他说，现在短期的梦想是自己创业成功，通过投资能够帮助和鼓励更多人创业成功，蔡老师觉得实现这个梦想的方向和路径是清晰的。对于更长远的梦想，蔡老师自己概括为“三个一”：办一所优质的高中、办一个慈善基金、办一个思想性的刊物。这个梦想的基础是有雄厚的经济实力，创业成功才可能实现。他“希望自己成为对他人有影响力的社会活动家”，这也是他返回高校从教的重要原因。对于如何评价现在的自己，蔡老师觉得，自己现在生活的意义在于“自由去追求想成为的人”，而自己正在“成为自己想成为的人的路上”，还在不断前行着。

蔡老师觉得自己出生的年代是一个充满机遇的时代，不管身处什么初始条件，从事什么职业，一个人即使无依无靠，凭借自己的努力和勤奋，就能够生存下来，获得体面的生活，并且有机会实现自己的梦想。但是，他觉得现在这样实现个人价值的可能性越来越远了，年轻人面临的困难更大。他说，在大城市，越来越多的年轻人要依靠父母“拼爹”，而小城市的环境则更为艰难，是依靠家族或者关系。

时代变迁中的我

化　　名：响哥
职　　业：主持人
所 在 地：江苏省南京市
工作单位：电视台
年　　龄：40 岁
性　　别：男
民　　族：汉族
受教育程度：本科

作为知名主持人，他说："我们依然知道媒体的责任是什么。就像有'两会'代表呼吁说，每位公民要善用好自己手中的终端，用好自媒体，不要散播虚假新闻。这其实就是当初我们上大学时老师们的叮嘱。所以说我的梦想没有变，依然是要做一个有良知、有责任感的媒体人。"

响哥出生于 20 世纪 70 年代的济南，从幼儿园到高中，他都很少离开这个城市。

他的爸爸在媒体行业工作，妈妈在高校做行政工作，爸爸妈妈一直在体制内，家庭风格严肃、严谨。

响哥是"70 末"的一代人，一只脚踩在"80 后"的门槛上。他有着和“70 后”“80 后”共同的记忆。他还清楚地记得，家里放着一沓沓全国通行的粮票；也记得自己小时候，从电视里看到了美洲杯、欧洲杯的直播。

童年时期，响哥和身边孩子们的梦想都很不切实际，但是很宏大、辽远。“我们要做英雄、军人、飞行员、科学家。”响哥懵懂地记得自己好像也曾经想过做科学家，但是上学后发现科学家需要很努力地读书，就作罢了。

80 年代，中国改革开放全面启动。对普通人来说，1984 年洛杉矶奥运会是一个重要节点，对中国人来说意义非凡。

中国重返奥林匹克大家庭并荣得 15 枚金牌，重新站上国际舞台。奥运会引发举国观看体育赛事的热潮，也在响哥心里埋下了成为职业运动员的梦想。

三四年级起，响哥就立志要做运动员，一是为国争光，二是天天可以打球踢球。因为妈妈认识很多体育系老师，响哥从三年级到小学毕业，寒暑假期一直在学校学乒乓球。

乒乓球训练极其枯燥。在一个大仓库一样的空间里，有几十张球桌，每张桌子都有运动员在训练。夏天，响哥每天能穿湿两双鞋。后来，响哥就练篮球、足球，进校队。但是因为身体条件的制约，只能在同龄人中玩得不错，离专业运动员的差距越来越大。

这时候，响哥已经面临高考。专业运动员的路走不通，他开始陷入迷茫：自己究竟能干什么呢？

一个可能的选择，就是走爸爸的老路，进入传媒行业。高三那年，响哥拼命学习，在 1996 年考上浙江传媒学院。

从那时的阴差阳错一路走到今天，响哥在媒体行业已经待了 24 年。

他说自己这一代赶上了一些迫不得已的时代安排，但也赶上了一些好时候。

响哥是幸运的，因为他赶上了我国传媒行业发展的黄金时期。80 年代中国电视新闻传播内容极其单一，90 年代开始出现了模拟信号，但跟欧美、日韩相比差距仍然很大。2000 年响哥毕业的时候，我国的媒体已经可以直播，记者甚至可以与主播远程连线。

响哥认为，中国相当于用 5 年的时间，走完了发达国家 20 年的路。

大学时期，响哥对未来梦想还处于懵懂状态，直到快毕业的时候才开始很严肃地考虑未来，才开始认真地看待我们国家的媒体环境。

2000 年，响哥进入湖南台，从体育节目做起，在 2004 年遇到“超级女声”。刚工作时，他的梦想就是“留下来”。每天干完主持人的活，他还会跟着摄像师去拍片子，回来再剪片子。

响哥说，时代赋予了他很强的危机感。他是我国计划生育政策实施后的第一代，也是我国大学毕业生分配制度取消后的第一届，还是中国广电系统取消大学毕业生编制之后的第一批入职员工。

在他看来，也许只有这个时代，中国人才能有勇气做出这样的改变。父母一辈的人，大多数从开始工作到退休都在一个单位里。“下海”这个词，很潮，但是也很冷酷。对那个时代的中国人来说，辞职是一件很可怕的事情，丢掉救生圈跳进海里，可能会淹死人的。

但响哥这一代人不这么看。他认为，时代给他的更多是机会。看到有兄弟姐妹的人他不羡慕，因为自己得到了父母全部的爱；看到毕业包分配的人他不羡慕，因为他更愿意凭借自己的采访闯一闯；看到有编制的人他也并不那么羡慕，因为对他而言变化意味着机会。

几年来，响哥在湖南广电系统不断尝试各种新的节目，在危机感的驱使下不断求变。在这个过程中，他的梦想也逐渐清晰，那就是成为一名有社会责任感的媒体人。

他刚入行时，正值媒体发展的黄金年代。公众对媒体工作越来越了解，社会尊重感也越来越强。2008 年北京奥运会前后，电视媒体和出版物更是迎来了巅峰时期。

但盛极则衰。2008 年过后，在互联网的冲击下，传统媒体开始走下坡路。2010 年，响哥离开湖南卫视，本想离开镜头前，去做传播方面的工作，最后阴差阳错又进入了江苏卫视。

不过，现在回想起来，他认为 2008 年以来互联网的冲击，和 20 世纪 90 年代西方点视生产方式的冲击是一脉相承的。

在新事物到来的时候，当然会带来恐慌，这时候一部分人会大肆宣扬这种恐慌，另一部分人会主张拥抱新事物。但无论如何，都不会改变新旧替换的节奏。

如果说1995年以来中国广播电视的革新将响哥推向了台前，那么他认为2010年以后互联网的到来，正在给他第二次机会。

今天，面对新一轮的变化浪潮，响哥还是在强调自己年轻时的愿望，自己最初进入这个行业时的梦想——媒体的责任感。

“我们依然知道媒体的责任是什么。就像有‘两会’代表呼吁说，每位公民要善用好自己手中的终端，用好自媒体，不要散播虚假新闻。这其实就是当初我们进入高校时老师们的叮嘱。所以说我的梦想没有变，依然是要做一个有良知、有责任感的媒体人。”

响哥经常跟年轻人交流，告诉他们做一个媒体人其实是很荣耀的，可以忠实地记录时代变迁，也可以通过媒体推动时代的发展、国民素质的提高。每天的工作都会形成作品，及时反映在终端、屏幕上，形成社会影响——这种成就感是别的工作所无法比拟的。

最近几年，响哥开始找到自己职业上的方向。2010年，他开始做一档职场节目主持人，一做就是10年。他找到了自己的情怀所在，那就是在媒体平台上可以实实在在帮到很多人，给一些有职业梦想的年轻人改变命运的机会。这种机会，不仅是职场类媒体平台所能提供的机会，更是一个大时代能提供给每个人的机会。

对于年轻人，响哥也有自己的建议，就是要建立几个信心：一是要对自己有信心，二是要对行业有信心，三是要对国家有信心。

关于自己的未来，他也有骨子里一贯的执念。他说要继续做职场节目、做职场服务类的工作，结合一些科技化的手段，帮助有职场需求的人。

不管什么时代，梦想要落到实处，都需要踏实、执着的付出。就像响哥说的：“每天一点一滴的工作，都会是我们实现梦想的一步又一步。”

“80后”

用教育摆脱贫困

化　　　名：王主任
职　　　业：县城公务员
所 在 地：贵州省毕节市
工作单位：毕节市深度贫困县扶贫办
年　　　龄：36 岁
性　　　别：男
民　　　族：汉族
受教育程度：本科学历

王主任微胖，用贵州普通话说："以前农村孩子都不读书，如果你认准读书这条路就能有出路，但是，现在农村孩子没有那么好的运气了，各种竞争都地区化了，甚至全省、全国化了。你在贫困农村就是最底层了，好像生下来就比别人笨。"

王主任 1982 年出生在毕节市深度贫困县的一个村庄，家里兄弟姐妹 4 人，父母都是农民，家庭结构稳定。两个姐姐都是农民，他和弟弟努力读书考上了大学。

王主任曾经的梦想就是不再做农民，做一名老师，受人尊敬，能够吃饱饭而且吃得好一点。王主任回忆童年经历，第一印象就是干农活太苦太累，第二就是总是很饿地跑回家吃饭，但总是吃一些粥糊糊或者是菜粥，觉得吃得不好，也吃不饱。

王主任一开始并没有努力学习，但是想到如果不读书就要在农村种地，他就开始努力学习，每天晚上都在看书。后来，王主任考入了贵州民族大学经济学院，毕业后服从分配，第一份工作是在一个乡镇上的兽医站当兽医。当时兽医站只有一个老兽医，工作很忙，老兽医非常高兴有个大学生来帮忙。王主任当时就感到奇怪，为什么安排一个学经济的大学生到兽医站当兽医，但他当时并没有太多的不愉快或者郁闷。他觉得自己已经离开农村，并开始吃“皇粮”，自己已经觉得很满足。

在兽医站工作了一个多月，王主任被调离至乡镇政府办公室工作，之后当了乡长，再后来被调至县政府办公室，从县政府办公室再到县扶贫办做分管扶贫项目的副主任，每年经手的扶贫资金 2 亿 ~3 亿元。王主任认为自己没有任何的关系和后台，能有现在的职位和工作，主要是因为自己知足常乐，珍惜得到的一切，并为之全力以赴。

王主任的太太是他的大学同学，现在是一名县高中老师。王主任说，他一直想做一名教师，但是一直没有实现愿望，既然自己没有当成老师，就找一名老师做老婆吧。王主任的太太从贵阳毕业后，在深圳打过工，卖过保险，做过销售，虽然有一些收入，但是没有稳定感和安全感，觉得不是长远之计，且父亲过世，家里需要照顾，于是就回来了。

王主任现在工作压力很大，几乎全年无休，因为扶贫资金是烫手山芋，容易出问题，如果扶贫项目出了问题，自己的工作也保不住了，严重的还会被判刑。扶贫资金的使用比例大概是5∶2∶1∶1∶1，50%是产业扶贫资金，20%是农村小型基础设施建设，10%是以工代赈（农户贷款贴息），10%用于农民培训，10%的其他支出。产业扶贫资金的监管任务最重，产业扶贫引来了大量企业到贫困地区农村发展，主要是农业产业方面，能否成功，企业能否健康运行等，都在王主任的监管职责内。因此，他几乎每天都到各个村区看项目进展，一旦发现不好的苗头迹象，就及时上报，及时说明情况与问题。进行产业扶贫的企业，很多都是大型集团企业，由于其他业务板块的影响，一些企业出现经营不善的情况，导致在贫困县的扶贫业务无法正常运行，最后只能由地方政府接手。为了保证产业扶贫的效果，各县成立了一些平台公司，发展一、二、三产业的相关业务。目前，这些平台公司运行得都不错。

王主任有一个上小学二年级的女儿，他主张孩子快乐成长，他太太主张孩子多学习，除了学校学习，还要参加课外班，练钢琴、画画等。王主任现在的梦想就是平安地做好扶贫工作，让深度贫困县在2020年顺利脱贫，女儿健康快乐地成长。

王主任离开农村的梦想实现了，但是当老师的梦想没有实现。虽然他现在的工作在世人眼里好于当老师，但是，王主任也确实体会到了压力与风险。他的个人品质与对工作的认识，让他在工作中顺利前行。王主任说："以前农村孩子都不读书，如果你认准读书这条路就能有出路。但是，现在农村孩子没有那么好的运气了，各种竞争都地区化了，甚至全省、全国化了。你在贫困农村就是最底层了，好像生下来就比别人笨。”王主任大姐的儿子和女儿，在王主任的帮助下到城里读初中，但是怎么读也读不进去。王主任认为他们的小学教育和学前教育就已经落后太多，到了初中更加跟不上了。

美国梦

化　　　名：蔡女士
职　　　业：自由职业者
所 在 地：辽宁省大连市
工作单位：自由职业
年　　　龄：35 岁
性　　　别：女
民　　　族：汉族
受教育程度：大专学历

时髦的蔡女士的梦想就是赚钱，住大房子、开好车，她认为她在中国或者说在大连没有发展前途，因为房子太贵、挣钱太难，也不自由，想干什么事情都很难，她做小生意，也没人会看得起她。因此，她想去美国，成为美国人。

蔡女士，大连人，1983 年出生，家中独女，已婚，有个 7 岁的儿子。

蔡女士从小居住在一个大杂院社区中，蔡女士家所在的社区，从地理位置来看，位于市中心与市中心食物供给的连接线上，向东 5 公里就是市政府，向西就是蔬菜、粮食、小商品批发市场。因此，这个社区里的人鱼龙混杂，但多属于“看不上”人群。

蔡女士一直到初中时，家都住在一栋“日本小楼”里，2间屋子。“日本小楼”是大连特有的说法，因为日本人曾经侵略过大连，并对大连进行了城市建设，在市中心盖了很多2～3层的日本式建筑，供日本军官和他们的家人居住，后来日本撤退了，这些房子就成了大连的特色之一，后来还有很多开发商模仿建造这些小楼。蔡女士的母亲在她初中时下岗了，之后没有再就业，父亲是一名贸易业务员，搞推销，经常出差。

由于住在大杂院，家又挨着批发市场，加上女人成群结队逛街的天性，蔡女士从小对逛街的爱好就得到了很好的释放和开发。小时候，妈妈带着她和众多阿姨去逛街，小学高年级以后她自己和小伙伴去逛，这也练就了她爱说、爱笑、沟通能力强、花钱大手大脚的习惯。蔡女士一直被人认为是聪明的孩子，但是由于生活环境的原因，行为动作上比较开放、不注意小节，也遭到很多人的诟病，特别是学校老师。

蔡女士的小学是大连市教育质量比较差的，蔡女士聪明，性格好，人缘好，是学校的大队长。那是小学最出名、最受瞩目的人，家长和老师都对她寄予厚望。那时，义务教育阶段就有择校的问题，但是不能买卖学区房，因为还没有商品房。因此，学校质量与家庭住址、家庭经济社会地位的关系就更紧密一些，有好的职业就住在好的地段，就有好的学校。比如赵女士的姥爷是新中国第一批开大轮船的，就住在市中心的山上，山下就是全市最好的小学，山侧面就是最好的初中。蔡女士的家都是工人，住在大杂院，就对口比较差的小学和初中。蔡女士的爸爸觉得不能去那样的初中，不然孩子就只能读职高了，于是她爸爸花了钱、找了人，让蔡女士进入了最好的初中。

蔡女士进入初中第一天，老师就对她有歧视，这其实是对她毕业的小学和家庭的歧视，因为那样的小学注定蔡女士家不是富贵家庭。老师认为她有不好的行为习惯，学习成绩也注定好不了，来这样的初中会影响其他学生的学习。那时候，老师多数都是势力的，教什么样的学生就意味着他们能得到什么水平的物质。和蔡女士同班的同学中，行为问题、成绩差、影响学校秩序的大有人在，但是他们的家庭背景好，父母都是官员或者商人，都能为老师和学校办事，因此老师觉得他们是可爱的，还把这样的学生和学习好的学生安排同桌，帮助他们学习。因此，蔡女士在学校里根本没有学习兴趣，和老师成了“仇敌”，学习成绩只有中等，肯定考不上重点高中了。

蔡女士初中就恋爱了，幸运的是，初中的对象就是她现在的丈夫，虽然在结婚前她换了 5 个男朋友。蔡女士丈夫家条件较好，公公是公安局退休干部，婆婆以前是工人，先生在银行工作，家里有两套房子。公公嗜酒成性，脾气不好。结婚后蔡女士和老公一直独立生活，每天下班后不是看电影就是和朋友聚会，生活挺美好的。蔡女士不愿意受约束，有时找个工作上班，比如移动通信公司行政、卖保险等，但经常没过多久就辞职了。蔡女士在以前她家附近的批发市场租了一个小摊位，卖韩国女装，说是韩国的，其实就是浙江、广州、福建等地产的样式比较新潮的服装，雇了一个人卖衣服，自己有时跑跑韩国、日本，做做代购，收入还算可以。

蔡女士的梦想就是赚钱、住大房子、开好车，她认为她在中国或者说在大连没有发展前途，因为房子太贵、挣钱太难，也不自由，想干什么事情都很难，她做小生意，也没人会看得起她。因此，她想去美国，成为美国人。

蔡女士怀孕 6 个月的时候，和她先生飞去了美国，住在三藩市的姨妈家。蔡女士的目的就是在美国生产，让孩子成为美国人，之后自己再成为美国人。蔡女士在美国顺利产子，给孩子娶了一个美国名字，满月后全家回国了。她认为美国的生活质量真是好，中国所谓的进口食品在美国司空见惯，自己最爱的奢侈品，在美国至少便宜 1/3 的价格，还有很多大型的奥特莱斯。她产前的几个月几乎天天都逛街，买自己喜欢的东西，以至于回国时 4 个大号旅行箱都装不下。蔡女士说："我最喜欢奢侈品，香奈儿、LV、Prada 之类的，我有一个原则，就是包和鞋子必须是一线品牌，衣服什么的可以是低一点的，但必须都是知名品牌。"这些外物对她来说是一种身份的象征，证明我过得不错，回头率也大大增加了她的满足感与荣誉感。

蔡女士生下孩子后，家庭矛盾出现了，因为自己生性爱玩，将孩子送给婆婆带，但是婆婆和公公对孩子一味溺爱，导致孩子因零食和糖分摄入过多，健康状况不佳，经常生病。蔡女士一管教孩子，最终就会升级为家庭战争，全家大吵大闹，不欢而散。现在，蔡女士只周末带孩子出去玩，平时不太管。

因为孩子在美国出生，按照美国的规定必须按时到美国报到，还要通过一些英语考试，所以每两年，孩子就要去美国一趟。现在孩子 7 岁，已经去过美国 4 次，每次花费大概 15 万元人民币，给她的家庭造成不小的负担。孩子到 14 岁，完成所有“规定动作”后才能获得美国身份，因此，这种状态还要持续。

蔡女士一直努力让自己也变成“美国人”。她找了一家专门做美国移民生意的中介公司，该公司可以以劳务派遣的名义将人办到美国，再在美国通过中介做材料获得美国身份。2016 年以前，这个生意非常好做，成功率很高。蔡女士经朋友介绍，就和这家中介公司签订了协议并开始准备各种材料。中介的费用很高，并明确说明，如果移民失败，只退回 40% 的费用。蔡女士办了 2 年多就交了 50 多万元的费用，因为总是缺少材料，还没有办好。2016 年下半年，特朗普成为总统以后，办美国移民越来越难了，这种派遣的形式几乎行不通，蔡女士至今还没有实现她的“美国人”梦想，前期的投资也成了泡影。如果你和她说美国的经济下滑严重，去了之后可能生活更艰难，她还是会坚持，“我在美国可以住大房子，家门前有草坪的那种，打打零工做点小生意就有不错的收入，孩子长大了也没有压力”。

蔡女士的梦想就是“美国梦”，她的成长与生活环境让她觉得没有成就感、没有被尊重，甚至带有一种先入为主的“阶层感受”，她希望彻底地改变环境来改变自己的社会地位与感受。

做一名好医生

化　　名：赵大夫
职　　业：医生
所 在 地：福建省泉州市
工作单位：泉州市妇产医院医务科
年　　龄：35 岁
性　　别：女
民　　族：汉族
受教育程度：硕士学历

赵大夫从妇产科医生转到医务科做管理后说："虽然曾经因现实压力暂时放下做医生的梦想，但我从来都没有真的放弃，现在我的生活越来越稳定，越来越好了，我还是希望回到一线去工作，去做一个真正的医生。"

赵大夫，泉州人，生于 1983 年，家中独女。父亲以前是军人，后来到了国有企业做管理工作，再后来企业改制下岗了，自己从事服装生意。母亲很早就不工作了，家庭主妇，爱好走亲戚、打麻将。赵大夫已婚，丈夫 1986 年生于福州农村，两人育有一女，现在 3 岁。

赵大夫从小家庭生活条件优渥，学习成绩名列前茅，进入了全市最好的高中。进入高中后成绩属于中上等，高考时以600多分的成绩进入了山东大学医学部，本硕连读。这些对于赵大夫来说都是十拿九稳的事情。赵大夫从小的梦想就是当一名医生，救死扶伤，学医实现了赵大夫的愿望。

赵大夫从小到大没有受过什么挫折，心里最放不下的就是初中时的一次暗恋。那个男孩是班长，赵大夫是学习委员，两人关系不错，也经常一起参加活动，她对男生有好感，男生对她也没有排斥，很关心，但是由于年纪、学校规定、家庭教育，两人都没有直接地表达。后来两个人都考上了最好的高中，但是没有在同一个班级，没多久，男孩有了自己的女朋友，赵大夫和男孩的接触不多了，关系也不亲密了。这件事情一直影响赵大夫到31岁，她一直都觉得自己找不到心动的人，因为她心里总有一个比较标准。

2009年，大学毕业后，赵大夫顺利地进入了泉州市妇产医院。泉州作为一个二线城市，医疗资源和医疗水平都不算高，泉州市妇产医院是市里最权威的妇产医院，可以说全泉州市的适龄妇女都希望到这里生孩子，所以医院人满为患，大夫忙得团团转。

赵大夫学历不错，人也非常实在宽和，直接进入了临床科室，要手术、要进病房、要值夜班、要做检查。3年之后赵大夫决定不做临床了，转行政或者辞职。原因包括，上夜班太累了，只要是夜班就全夜无休，不是这个孕妇叫，就是那个产妇叫，患者与家属一点点事情就喊大夫，赵大夫因为值夜班，30

岁头发就白了，睡觉总做噩梦；医患关系的风险太大了，现在生孩子都是天大的事情，一点点小状况，家属的情绪马上就起来了，有的甚至辱骂大夫，对大夫不信任也不尊重，大夫从办公室走到病房家属都嫌走得太慢了，不关心患者，大夫的态度还不能差，不然就是违规了，工作失职，要被处理；灰色地带太多，几乎每个患者都给大夫塞红包，赵大夫的原则是坚决不要，这违反了她作为医生的原则，但老大夫们基本都收，老大夫就会觉得自己是异类，异类就像炸弹，患者和家属也想这大夫可能不会给他们好好看病或者治疗，心理压力极大；看不到未来，医生是一个活到老必须学到老的职业，作为医生就必须学习，读博或者是经验交流、出国会议等，但是泉州的医院里，都是老大夫，都是自认为有经验、倚老卖老型的，几乎没有学习创新的氛围，年轻人没有充足的学习空间，论资排辈的熬年头，关系也不容易相处，赵大夫认为一潭死水；医院管理不规范，医闹职业化，家政人员直接进入产房，有人生孩子就主动上前服务做月嫂等，这些都一定程度地造成了医院氛围乌烟瘴气。

2013 年，由于种种原因，赵大夫找到了医院领导，提出自己的要求与想法，医院再三考虑后，将其从临床调至医务科，从事医务管理工作。赵大夫说，年少时的美丽梦想，在现实面前显得那么无助，自己有点害怕坚持梦想，觉得自己还是没有办法做好自我调节并承受压力。

2015 年，赵大夫和医院工会的男同事结婚了。现在他们有了一个女儿，3 岁了。赵大夫的丈夫家是福州农村的，家庭条件不好，家里还有两个姐姐，父母都是老实的农民。赵大夫丈夫是全家人的希望，他的两个姐姐都是小学毕业就不念书了，在家里帮忙。大姐和他的母亲在乡镇集市上摆早点摊，挣的钱都供赵大夫丈夫上学，就是希望他能考上一个大学，找一个稳定的工作，不再回农村种地。赵大夫丈夫第一次高考失利，分数没有够二本录取分数线，原因是农村教育质量太差了。赵大夫丈夫从小就在农村学校上学，初中是在镇上读的，拼尽全力考了全校的第 5 名，但也只考上了县里排名第 3 的高中，这就意味着想考入好大学是不可能的，甚至想考入一本都很难。高考失利后，赵大夫丈夫想工作，但是全家极力反对，希望他再拼一把，一定要有知识，有个好工作。2001 年，全家凑了 2 万元，把赵大夫丈夫送入了全县最好的高考补习班。第二次，赵大夫丈夫考入了福建医科大学，他认为医生是个铁饭碗，收入好，社会地位好。但是，赵大夫丈夫的分数仍然不能被临床医学专业录取，只能去人文学院学习。

大学期间，学费成了赵大夫丈夫最大的问题，一年学费大概是 6000 元，加上生活费，一年要 10000 多元的支出。他的父母、大姐家、二姐家都对他有资助。赵大夫丈夫自己也打零工，做移动的校园代理，紧张地读完了大学四年。

2007 年毕业后，赵大夫丈夫通过考试进入了泉州市妇产医院的工会工作。

他们结婚时，赵大夫 32 岁，是标准的大龄剩女。因为婚姻问题，赵大夫与母亲三天一小吵，五天一大吵，原因就是择偶标准、什么时候结婚之类的问题。那段时间，赵大夫心情糟糕，每天无精打采，赵大夫丈夫对她很关心，两人很聊得来。赵大夫说："虽然他长得黑又有点土，家庭条件不好，但是我和他一起没有压力，感觉踏实、舒服，就在一起了。"

结婚后，赵大夫与母亲的矛盾缓和的程度不大，因为母亲不喜欢赵大夫的丈夫，认为赵大夫丈夫无论是长相、学历、家庭条件、职位都比不上自己的女儿。赵大夫的女儿出生后，赵大夫与母亲之间又因为孩子教育方式的问题而矛盾加深。赵大夫丈夫憨厚老实，每日回家后主动承担家务，不多说话，就是希望家里不要吵架，能够平静地过日子。赵大夫丈夫说："其实自己心里很内疚，很自卑，家里是农村的，父母没有离开过县城，现在自己有了孩子，但是还没有属于自己的房子，父母不能过来帮忙一起生活，父母也不敢来，怕儿媳妇和亲家嫌弃。"赵大夫说："父母这一辈真的让人难以沟通，似乎子女做什么他们都有不满意的地方，我们的一切他们都想操纵。结不结婚有问题，和谁结婚有问题，生不生孩子有问题，生了孩子还有问题。"父母的挑剔也许是对自己的不满意和不满足。

2017 年，赵大夫和丈夫在市中心贷款买了一套 3 居室，希望自己能够独立生活，能够为女儿接受好的教育打好基础。

2018 年，对于赵大夫是充满希望的一年。赵大夫的丈夫由于工作成绩突出，吃苦耐劳，被调入市卫生局工会工作。泉州市妇产医院做出了一些整治与改革，建了新的医院大楼，一些不合规的操作得到了整治与处理，比如驻院家政公司、医托、灰色收入等问题。赵大夫认为医院的管理、就医环境、从业环境都会越来越好。随着医院里老大夫的不断退休和退居二线，医院也吸收了很多新鲜的血液。

赵大夫说："虽然曾经暂时放下做医生的梦想，但我从来没有真的放弃，现在我的生活越来越稳定，越来越好了，我还是希望回到一线去工作，去做一个真正的医生。""女儿 3 岁了，我希望和女儿一起成长，我可能会去读一个博士，为自己回到一线岗位做好准备。我也可能会去国外读一个博士，让女儿有一个不一样的成长环境。医生就应该不断学习，与国际接轨，做一个真正的专业人士。""我相信医务行业以后会越来越规范、越来越专业、越来越有活力，而我自己有了孩子之后，也觉得心态成熟了，敢于面对压力，也许这个年纪才最适合做大夫。"

赵大夫的丈夫认为，自己有了老婆和女儿就很知足了，自己会尽自己最大的努力让这个家庭美满幸福。如果赵大夫去读博士，他会努力带好孩子。如果赵大夫出国读博士，自己会一起去国外，打零工或者找几个兼职，为赵大夫和女儿做好生活保障。

双城记

化　　　名：秦沫
职　　　业：外企股票衍生品分析员
所　在　地：上海市浦东区
工作单位：外资投资银行
年　　　龄：30 岁
性　　　别：男
民　　　族：汉族
受教育程度：硕士研究生

无论是工作，还是生活，都是秦沫比较喜欢的状态。他的压力主要来源于大的社会环境。具体一点的，就是他作为一个非上海本地人，已经完成了能立足上海的梦想。但一线大城市的生活成本也让他这样的年轻人有切切实实地体会。

秦沫，男，30 岁，汉族，未婚，硕士研究生学历，海归，在上海一家外资投行做股票衍生品分析员。目前居住地为上海，年收入超过 30 万元，与自己预期相仿。在上海无住房，但在西安有 2 ~ 3 套住房。

据秦沫讲，自己还没有在上海买房主要是由于户口限制购房。回国后第一份工作在广州，后来才到上海，因此没能落户，没有购房资格。目前只能通过积累社保年限等购房资格，或者同有上海户口的女生结婚，才能购房。个人资产还有一些股票和基金投资收入。

秦沫出生在西安，20 岁之前一直生活在西安，全家三口人。父亲 60 岁，学历为名誉博士（实际学历为硕士研究生），音乐学院教授。母亲 55 岁，博士学历（已完成博士后），“985”“双一流”教授。秦沫不太确定父母的收入，据他估计，父亲每月收入五六万元，收入来源除了日常教学工资之外，还有乐团管理和校外代课。母亲收入为每月一两万元，其他收入不清楚。18 岁之前的家庭结构和现在一样，不同的是家庭主要经济来源除了父母的收入，现在还多了自己的收入。家庭支出主要是日常消费。现在的家庭生活状况和之前比，区别就在于他和父母在不同的城市，但也会经常见面，每周都会打电话。

秦沫从小到大由父母抚养，父母很严厉，高要求。父母养育秦沫成人，他表示很感激。秦沫童年时期是个活泼、聪明、爱捣蛋的孩子，父母和老师对他又爱又恨。他一直觉得自己有很多“小运气”，但毫无“大运气”——比如中考、高考时，作文都跑题，导致升学考试成绩不佳。初中时早恋，但他觉得对他有很多正向影响。他的早恋对象，是全校被选中前往美国进行交换的 8 个人之一。而他却落选了。早恋在一定程度上影响了他的学习态度，使他督促自己在学习成绩上努力接近初恋对象。

秦沐在读书期间，属于成绩较好的学生。学习经历虽略有波折，但也属于同龄人中的佼佼者。他自认为从小学到大学，学习成绩中游偏上。据他讲，小学学校一般，没有参加小学毕业考试，升入了高新一中读初中。高新一中属于西安排名第二的初中。初中成绩不错，但中考发挥失常。秦沐说那个时候，中考后学校选 8 个人去美国做一年交换生，他没能入选，因此觉得有些“羞愤”，也因此没有在高新一中继续读高中。高中就读于西北工业大学附属中学，是西安最好的高中。高中成绩一般，位于中游水平，学习压力较大，同学间竞争激烈。高中期间还有些叛逆，和父母有些冲突。高考并没有取得最好的成绩，没能考入目标大学——上海交通大学，最后选择了入读西安交大。

进入大学后，秦沐说自己不怎么学习，经常参加各种文体活动，打篮球、文艺汇演等，优哉游哉，父母很是着急。恰逢母亲当时在美国工作，于是帮秦沐申请了大三转学到美国排名前 50 的公立大学就读。据秦沐讲，转学到美国是他人生的重要转折点，对之后的生活产生了非常大的影响，心智和学习态度发生了特别大的变化，在大学开始奋发图强，本科期间 GPA（平均学分绩点）保持在很高的水平，准备 GRE（美国研究生入学考试）成绩也不错。在美国读大学期间，学会了做饭、修车等各种生活技能。学习上也很拼，大部分同学一般每个学期修 12 个学分即可，他每个学期修 18 ~ 21 学分，课排得满满的，甚至暑期也排满课，几乎没有什么业余生活。出国这段经历导致了他人生轨迹的变化。

秦沫说自己在学生时期，努力学习的动力基本都是外在的。最主要的，是来自父母的严格要求。父母自身都是高校教授，母亲是生物遗传研究的博士后，父亲从事音乐教育工作，都非常重视孩子的教育。据秦沫讲，读书期间父母对他的学习情况“过分关注”，时时刻刻都在关心。他的成绩单就是他们家的晴雨表。在面临学校的选择、需要学习方面的指导时，父母给予了非常大的帮助。父母对他最大的一笔经济投入就是送他出国读书近 4 年。其次，学习的动力还来源于同辈的压力，即在校期间同学之间的竞争与对比。从小到大，秦沫一直在教育质量、排名很高的学校就读，他认为自己取得的成绩和学校的环境相关性很大，周围同学都很聪明，出路都很好，无形之中也给自己进取的压力。说到人生中最骄傲的一件事，秦沫说还是读书期间，小学考初中，考了全市第 8 名。

秦沫跟父母的关系在高中三年比较紧张，父亲属于严父，要求很高，当时很怕父亲。去美国读书之后，更能理解父母。母亲属于事无巨细都要管的类型，对他的期望很高，很上心。秦沫回忆起来觉得父母挺不容易。现在跟父母的关系不错，经常打电话，沟通也会互相讲道理。父母不会用权威压制他，能够平等沟通，“可以聊”。

秦沫的第一份工作是在纽约做交易员。初中的时候，秦沫就对股票相关领域很感兴趣，辗转多年之后也做了和股票相关的工作。回国的原因是没有获得工作签证。回国后第一份工作在广州，后来决定去上海工作是由于个人原因——前女友变动了工作地点。目前，前女友已经结婚。但他因为工作、生活状态都不错，选择了继续留在上海。

秦沫对现在的工作非常满意。同事之间，公司管理架构都很好。秦沫对老板表示很敬佩，说老板“很像老板”，很有领导者的风采。公司大环境很好，不像其他美资公司一样push（有压迫感），属于投资银行里节奏稍慢一点的，员工也可以因此平衡工作和个人生活。工作内容方面，业务相当丰富。

秦沫对现在的生活环境也很满意。秦沫认为北上广深几个大城市中，上海无论是气候还是工作机会，都很不错。他对生活城市、交际圈也很满意，认为“贵不是上海的毛病，是自己的问题”。目前工作地点位于浦东的陆家嘴，生活便利，交通发达，饮食众多。如果想要享受文化生活，很容易就可以到达黄浦或者浦西，欣赏各种艺术展和演出等。

秦沫说自己现在的状态和曾经的预想差不多，甚至比预想的好一些。他曾在高压之下有些抑郁，脾气也不太好，现在反而性格更自由、乐天，更酷一点。业余时间爱好很广泛，他说基本上年轻人喜欢的活动，他都喜欢，运动、唱歌、看新闻。比较特别的是，在金钱和时间上都有投入的是音乐。他会在闲暇时间录歌、录音轨，拟合音频等。

秦沫在工作、生活中朋友不少。他对朋友的定义是多维度的。有困难的时候帮你的是朋友，无聊的时候陪你的是朋友。

也有朋友在你伤心的时候听你吐槽，工作出问题，有的朋友会提供实际帮助。这些朋友功能往往有交叉，关系有轻有重。关系轻主要是指距离比较远。秦沫的朋友散布在各行各业——金融、艺术、广告、IT 等。多数朋友还是以一起吃喝玩乐、放松为主。他认为跟朋友一起做事情、做生意不是很好。和朋友在一起的时候，他们会讨论工作，也会讨论家庭、恋爱等，还有日常生活——健身、音乐、吃喝，这些 free chat（闲聊）比较多。

秦沫目前的苦恼和很多未婚年轻人一样，就是结婚。跟谁结，怎么结，双方付出多少，这些都是问题。秦沫表示他自己其实不着急结婚，但是父母会催。他也一直在努力说服父母、自己，希望自己能找到合适的女生再结婚。秦沫觉得找女朋友、选择结婚对象，比选工作、选居住地点更难，但同时又影响更大。这是个很实际的问题，但做选择的时候又不能那么实际。总之，很难。

秦沫认为到目前为止，自己人生做出的重大选择主要是学习、工作、生活地点的 relocate（迁移）——包括出国、回国、来上海。做选择考虑的几个方面主要是工作机会、男女朋友、个人考虑等。

说起人生的榜样，秦沫认为是自己的舅舅。他说这是离他最近的榜样，是他们家第一个走出去，并留在外面的。舅舅是 20 世纪 90 年代第一批出国，做 IT 领域工作。现在工作顺利，家庭甜美、幸福，也是他生活的榜样。回忆起最有成就感的事，秦沐觉得还是上学那会儿。初一时他 12 岁，上台演讲。那是他第一次演讲，内容是背诗歌。站在大家面前，流利大方地背诵，记忆犹新。最有挫败感的事是在美国工作的时候 H1B（工作签证）抽签没抽到。

当询问秦沐曾经或者现在最想做的事情时，秦沐很轻松地说学跳舞，街舞、爵士那类。后来进一步询问，是否有更“大”一点想做的事情，或者说梦想的时候，秦沐说希望财富自由，建立自己的家庭。财富自由之后，没有想过做什么，可能会制作自己的音乐专辑。

他认为梦想是有一定的实现难度，但又是可能实现、需要实现的事。梦想比现在所拥有的更好，梦想更脱离现实，但又来自现实。他觉得现在社会上不同的人梦想不一样。比如说拼多多的成功，就是一部分人梦想的实现。梦想既广泛，又具体。不同的人所处的社会层级不一样，梦想也不一样。

秦沐说，他现在已经完成的最大的梦想就是留在上海。目前最大的梦想是找个合适的人，在上海建立家庭。他希望自己的孩子有很好的成长环境，受到很好的教育。这个想法是去年左右产生的。他觉得这是每个人生活中最实际的东西，都会遇到的。随着每天遇到的人、事情的增多，年龄的增长，会产生这种想法。

秦沐目前的目标就是工作更好一些。另外，他幽默地表示，希望自己再瘦一点，希望自己未来更健康、更富有，生活更丰富、稳定。无论是精神方面，像爱好这些，还是身体。这些也是实现人生目标的方式。要实现未来，就要做好现在每一步的事情。

秦沫认为实现梦想，国家政策更重要。国家政策方向，是最大的实现机会。要想实现梦想，一定要跟着党走。每天晚上新闻联播一定要看。秦沫所处的社会环境和他个人条件对实现梦想也都有一些优势。社会环境方面，他身处上海，有更广阔的朋友关系，能获得更多的信息，合适的机会和时机。工作行业比较接近金融本身，更能获得 insight（有洞察力）的一些东西。但是身处一线大城市，对他生活也带来了压力。上海是消费型城市，无论是时间还是金钱，消耗都很多，生活、谈女朋友、结婚都会消耗。谈及建立家庭，秦沫认为自己的个人优势，或者说在婚恋市场上的竞争力，主要是外形有优势（他第一反应是笑着调侃自己个子比较高），兴趣较广泛，擅于言辞，学历、生活等也都还不错。

为了实现自己的梦想，秦沫已经做出了不少努力。现在秦沫为了能找到女朋友，努力去健身。工作方面，换了几份工作。目前工作内容更偏向业务内容，更有发展前景。秦沫觉得大环境无法改变，作为个人，只能去 accommodate（适应环境）、compromise（做出让步），not change（而不是改变环境）。在实现梦想的过程中，秦沫遇到的困难主要来源于自己：工作的收入和最优秀的同行同龄人有一定的差距，主要是他在工作早期没有找到合适的业务线，略有波折。他认为男生的收入水平高更 attractive（有吸引力），也更 ready for family

（能为建立家庭做好经济准备）。至于下一步如何做，才能实现自己的梦想，秦沫说，为了能财富自由，在工作上，抓到周期，及时出击。至于建立家庭，秦沫有些俏皮地说，要多接触女孩子。

秦沫认为，父辈的梦想和他的梦想不一样。两代人所处的时代环境不同了。父辈那一代吃的是“大锅饭”，国家分配工作。父辈的梦想往往也更朴实、更简单。与父辈相比，秦沫认为他实现梦想更难。无论是从时间成本，还是资金成本上。当然，现在不存在社会动荡问题，这对梦想的实现也有帮助。

访谈最后，秦沫有些犹豫地表示，已经说的都是自己个人的梦想。除此之外，其实也有更大的梦想，但他觉得太遥远，自己也无法主导。秦沫认为现在中国发展得不错，经济在转型，科技领域飞速变化。在民生领域，他认为政府做得相当不错了，但还有不少问题亟待解决。比如社会资源分配问题——住房资源、孩子教育资源等。还有养老问题。由于缺少资源，年轻人不愿意生小孩儿，新生儿少，老年人口多。

秦沫对现在的工作和生活比较满意。无论是工作，还是生活，都是秦沫比较喜欢的状态。他的压力主要来源于大的社会环境。具体一点的，就是他作为一个非上海本地人，已经完成了能立足上海的梦想。但一线大城市的生活成本也让他这样的年轻人有切切实实地体会。

秦沫的梦想包括个人的梦想，也包括他对社会的期许。作为一个 30 岁的年轻人，秦沐短期内希望工作能更进一步，并希望在两年之内建立自己的家庭。长期来讲，秦沐希望能实现财富自由。秦沐每天都看新闻联播，时刻关注国家和各行各业的动态，也希望很多社会问题能有所改善，比如养老、医疗、教育问题等。

祖国发展让我想回国

化　　　名：Eason
职　　　业：建筑质量测评公司创始人
所　在　地：加拿大
工 作 单 位：建筑公司
年　　　龄：36 岁
性　　　别：男
民　　　族：汉
受教育程度：本科学历

2016 年第二个孩子出生没多久，他们全家移民成功，都拿到了加拿大护照，从此不再是中国公民了。接到通知那天，Eason 和父亲的心情有点难过，“好像自己父母去世一般若有所失”，对自己几十年的身份认同一下子消失了，很不适应。问题在于“生活安全感”的缺失，Eason 说，“有时也想回国了，加拿大现在整体环境不安定。”

Eason，1983 年出生于大连，独生子女家庭，家庭结构稳定，2006 年毕业于北京科技大学。父亲生于 1956 年，大学毕业，是一名国企中层管理人员，母亲生于 1956 年，大学毕业，大连广播电视大学英语教师。

Eason 非常聪明，智商 135，如果按照现在的标准，属于超常儿童。他从小学习成绩很好，但是非常叛逆，愿意挑战权威，比如挑战老师，经常上课不听讲、不完成作业，喜欢打游戏、看闲书，还喜欢谈恋爱，所以他不是传统意义上的好学生，经常被老师叫家长。Eason 回忆说，只要老师找家长，他妈一定会收拾他。所以在初中有段时间，他妈一用眼睛瞪他，他就想自杀。虽然 Eason 每次考试的成绩都在班级名列前茅，但老师从来没有表扬过他，他妈也从来没有正面肯定过他。Eason 从那时起就认为，中国的教育是错误的，不尊重学生，不尊重智力。

Eason 与父亲的关系很好，因为父亲很聪明，愿意动手做一些给生活带来便利的小发明，让 Eason 觉得很新奇。Eason 的父亲性格也很好，幽默、随和、有耐心，在学习方面对他也没有硬性要求，成绩过得去就好，也支持他的兴趣发展。Eason 喜欢研究物理原理，喜欢做实验，他就和 Eason 一起做。母亲“收拾”Eason 的时候，他也帮助 Eason，然后和 Eason 一起被“收拾”。Eason 说他感觉他和父亲更像是一对难兄难弟。Eason 说父亲其实对中国社会有很多无奈，以前爷爷奶奶都是知识分子，“文革”的时候被打压、批斗，差点丧命，父亲一直想不通“一个社会的人怎么能全部都丧失理智与是非标准”。父亲认为教育很重要，但他认为中国的学校教育不是真正的教育。父亲鼓励 Eason 有机会出国看看，找到适合他的生活方式。

Eason 轻松地考入重点大学，家人希望他在大连上大学，他却坚持到北京，不是因为北京是首都，而是要离开母亲的管辖范围。Eason 的大学生活很充实，最重要的就是旅游，去了全国的大部分省份，包括新疆、西藏，还去了美国和加拿大。美国和加拿大的旅行坚定了他出国的决心，他说："出国后发现，那里的大学充满了探索、争优、创新的味道，和中国大学方方块块的教学楼、窄小的桌椅板凳完全不同。"从大三起，Eason 准备托福、GRE 考试，最终以优异的成绩去了多伦多大学念工程硕士。他说："我当时超开心，因为这次离我妈更远了。"

从多伦多大学毕业后，Eason 决定不回国了。他说当时的原因，"一方面是中国社会限制太多，没有自由；二是回国没有公平竞争，你有学历、高智商，都不是决定因素，'关系'和认识什么人太重要了；三是国外的资源更丰富，不用什么事情都争、都挤，坐地铁、公交就是一个例子，也不用和别人攀比，就算你是个乞丐，大家都能聊两句"。Eason 找到了一份建筑公司的工作，做工程标准和质量管理，收入、生活都很好。Eason 说："那时候的梦想基本实现了，出国、离开我妈的管束，有自由。"

2013 年，Eason 结婚了，太太是初中同学。太太在法国留学，学习医学，没获得学位，就混了几年，因为法语太难，法国的医学难学也难毕业。太太申请休学来到了加拿大。Eason 和太太有时争吵，他嫌太太懒，不会收拾家，也不想工作。

Eason 说："我怀疑结婚是一个错误决定，一结婚人就世俗了。第一件事情就是买房子，结婚了就必须买房子，第二件事是买车子，没有车子将来有孩子不方便。"2014 年，Eason 双方父母支持，在多伦多郊区买了一栋占地面积约 200 平方米的独栋别墅，一共 3 层，花了人民币约 120 万元，贷款约 100 万元人民币。他们又租了一辆不错的车，每月大概支付 150 加元。Eason 说："我特别不愿意向我妈张口，我一张口她就数落个没完。"

2014 年，Eason 太太怀孕了，生了一个男孩，孩子不是中国人了，是加拿大人。孩子出生后，Eason 开始焦虑了，因为他太太不会照顾小孩子，要还房贷没钱请保姆，因此需要 Eason 的母亲来加拿大照顾，"这样我又回到我妈的管控了，生活不得安宁"。2014 年，Eason 也建立了自己的公司，主要做房屋建筑、装修质量验收，公司就他一个人，办公地点就是他家。Eason 说："在加拿大建立公司很容易，1 元钱就能注册，如果在国内，打通关系就要多少钱?"Eason 的生意不算红火，但是每月都能有几千加元的收入，生活过得去。2014 年底，Eason 的父母到了加拿大，Eason 说："噩梦来了，他和母亲三天一小吵，五天一大吵，都是一些带孩子、家庭生活的琐事，这样倒是显得婆媳关系不错。"

2015 年，Eason 太太再次怀孕。这样 Eason 的母亲一段时间走不了了。Eason 母亲是教英语的，对西方生活本来就向往，语言也不是问题，提出全家移民。Eason 父亲不是很积极，但也不能反对她。Eason 觉得移民也可以，毕竟自己还没有打算回国，在异国还是有种“陌生感”，但是如果移民了，以后回国就很麻烦了。Eason 的太太主张移民，因为回国生活成本更高，她也一事无成。在全家没有一致同意的情况下，Eason 母亲提出先去申请，申请时间很久，也未必能通过。Eason 就开始申请了，意料之外，2016 年第二个孩子出生没多久，他们全家移民成功，都拿到了加拿大护照，从此不再是中国公民了。接到通知那天，Eason 和父亲的心情有点难过，“好像自己父母去世一般若有所失”，对自己几十年的身份认同一下子消失了，现在突然换了“父母”，很不适应。Eason 介绍，现在的好处是，孩子加拿大政府管了，有补助，2 岁就能上幼儿园，基本不收费，教育也不用担心。

但是，问题在于“生活安全感”的缺失。Eason 说：“有时也想回国了，加拿大现在整体环境不安定，总理就是一个‘戏精’，对外软，是美国的小跟班，国内的秩序也乱了，去年竟然把大麻合法化了，移民也越来越多。我们全家都在加拿大，感觉没有退路了，我和我爸这代在加拿大就这样过了，如果社会不乱，我们衣食无忧，没有什么人追求。但是我孩子就不安全了，中国人和西方人的理念和行为模式还是不一样。我孩子长大了，如果太西化了，我还是接受不了。但是，整体环境就这样，我孩子以后可能连中文都不会写了，完全外国人了。”“我以前上大学的时候，总想中国什么时候能像西方一样自由，但是，我现在突然意识到，西方的自由是一种社会行为的过度包容和开放。稳定，有秩序、有节奏的进步才能让公民有安全感。我现在在加拿大一点安全感都没有，总觉得哪天有一群暴徒把我房子给烧了怎么办。”“我现在不是中国公民了，但我还是中国人，我希望中国稳定发展。”

打工：为了下一代

化　　名：李英
职　　业：饭店领班
所 在 地：四川省乐山市
工作单位：饭店
年　　龄：37 岁
性　　别：女
民　　族：彝族
受教育程度：初中二年级

李英每日穿着制服在餐厅忙前忙后。她说："儿子这一代和自己不一样了，不会再有没有文化也可以外出打工的情况了，现在饭店新进的服务员都是经过专业培训的，都是高中以上学历。"李英现在的梦想就是一家团聚、幸福、生活富足，希望儿子要力争上游，做一个像李英弟弟那样的人，有知识，找一份体面的工作，在县城也可以，到大城市更好。

李英，女，1982 年出生于四川省乐山市贫困农村，初二文化，有一个姐姐和一个弟弟。父亲生于 1959 年，小学四年级文化，母亲生于 1962 年，文盲。

李英初二时辍学，和姐姐一起外出打工，先是去了成都，在一家饭馆当服务员。

李英父亲一直是农民。母亲生了两个女儿以后，计划生育开始实行，乡镇干部更是严格执行，如果有人超生，或者怀孕早期强行堕胎，或者出生后交纳巨额罚款。父亲认为必须要有一个儿子，于是决定还要生。1985 年母亲又怀孕了，父亲就带着母亲东躲西藏，把李英和姐姐留在家里，两姐妹相依为命。有人问起，她们就说母亲生病父亲带母亲治病去了。

1986 年，李英的弟弟出生了，李英父亲回来了，母亲留在外婆家坐月子。李英回忆，村子一共那么大，小孩子一哭大家都知道你家又有一个孩子，有的坏心人就会去报告。李英弟弟满月后，母亲就带着弟弟住到了山上。四川农村山地居多，植被茂密，父亲在山高部搭了一个小棚子，把母亲和弟弟安置在那里。母亲和弟弟在山上住了一年多。

父亲想，总躲着也不是办法，山上条件太差，吃住都是问题。于是父亲鼓起勇气到村上“自首”，给村长送了点好处，并积极主动地说，自己愿意交罚款，请求不要罚太多。村长向镇上汇报了，带回来的消息是，交 4000 元是罚款。那个时候，父亲连 100 元整钱都没见过，4000 元是天文数字。但是父亲也只得答应，父亲借了 2000 元，再也借不着了，就求村长，分期付款。村长说，分期付可以，要加 3% 的利息，不然就去抄家。父亲没办法，只好答应了。

四川的土地不平整、不高产，还要上缴各种税款，吃饱就很不错。父亲被逼无奈，只得外出务工。父亲会一些泥瓦匠的手艺，就到县城和各个乡镇打零工，帮助人家修房子盖房子。父亲走街串巷交了一些工友，1990 年，父亲和工友决定走远一点打工。父亲的工友好多都是有外债的，父亲还了快三年的债，利滚利还有 1000 元没有还上。父亲和工友们一起去了成都，当时外出务工并不自由，总是被人查，如果没有稳定的工作，还要被人抓，查你是不是盲流什么的。1991 年，家里的第一笔债务还清了。

母亲带着她们姐弟三人在家里，李英家当时约有 5 亩地，母亲一人打理，李英和姐姐经常不上学在家里种地。父亲外出打工一般一年回来三次，春耕、秋收和过年。父亲回来告诉母亲，“咱家得让娃子读书，特别是男娃，将来做个有知识的人，咱家就不愁了”。

1995 年，父亲和工友又经人介绍，一起去了广州打工。去广州打工对李英家来说是一个悲剧。父亲到了广州，和工友找了一个建筑工地工作，按日结算，一天大概 15 元钱。父亲和工友干了 3 个月，找工头领工资，工头说他没钱，开不出工资，让父亲去找发包商。父亲他们 6 人找到发包商，发包商说他也没有钱，让他们等着。父亲当时看到发包商天天进出餐厅吃喝、进入歌舞厅娱乐，就是没钱给他们发工资。又过了两个月，父亲又去讨要工资，并与发包商发生了争执，发包商一气之下扔给父亲他们 6000 元钱，让他们“滚蛋”。父亲本来应该领取 2200 元工资，结果只领到 1000 元。父亲气不过，又去找发包商，结果被发包商的手下打伤了，但伤得不重，一些皮外伤。

父亲回到住处特别难受，喝了很多酒，结果胃出血，昏迷住院了。母亲接到通知，立刻赶到广州。父亲住院，家里又欠下3000元债务。那时父亲身体特别虚弱，什么也不能吃，医院让父亲做手术，父亲和母亲商量决定采取保守疗法，不做手术，慢慢养。父亲病况稳定后，母亲把父亲接回了老家。

李英当时的梦想是在镇上当个官，家里什么都不用愁了。

为了还债和生活，李英姐姐辍学外出务工了，当时姐姐16岁。姐姐到成都一个餐馆当服务员，每月200元，包吃住。姐姐当时自己用50元，给家里寄150元。父亲和母亲下定决心让弟弟读书，母亲和李英说，“咱家养不起两个学生，让你弟弟读吧”。李英能够理解父母的苦处，没哭没闹，15岁就和姐姐出去打工了。

随着经济发展，餐饮业蓬勃发展，从小餐馆到大酒楼，再到连锁饭店，日新月异。李英和姐姐的收入也有所增加。李英姐姐的一个工友说成都是小地方，听她的亲戚说，北京有很多赚钱的机会，有四川的老板在北京开了大饭店，只招四川本地的服务员，待遇可高了。1998年，李英和姐姐一起到了北京，找到了那家“大饭店”，李英和姐姐一看，和成都确实不同，雪白的桌布，桌布上面还摆着花，服务员有统一的工作服，干净整齐。李英和姐姐问值班经理是不是招人，自己是从四川来的，要找工作，以前做过服务员。果然，那里的大部分人都是四川人，都说四川话，李英和姐姐觉得很亲切。值班经理和老板说了一下，让她们试用3个月。李英和姐姐对这份工作特别满意，她们住在同一间宿舍，一个房间4个人，另外两个都是四川眉山的。李英和姐姐的工资由200元涨到了500元，包吃住。李英和姐姐两人每月往家里寄600元，家里的生活有了很大的改善。

1998年，李英弟弟高考，弟弟没有让父母失望，以很好的成绩考入了四川大学，学机械工程。当时弟弟的学费大概是400元一年，加上生活费，一年大概需要1000元。李英和姐姐可以供养弟弟上大学。

李英所在的饭店发展很快，几年间就在北京开了近10个分店，主打地道川菜。李英和姐姐一直在这个饭店工作，老板很体恤员工，福利也不错，有基本工资，有绩效，住宿条件也干净。老板以前也是打工仔，是一个厨师，后来从小餐馆到大饭店，到连锁饭店，他清楚地知道打工人的不容易。

2002年，李英弟弟大学毕业了，在中国第二重型机械集团工作，是一名技术研发人员。

2003年，李英和姐姐都升职成为领班，管理饭店的前厅，住宿也由四人间变换成了两人间，工资也有1000元了。在这个饭店，李英姐姐找到了自己的伴侣，姐姐的男朋友是乐山人，但和她们不是一个县的。2005年，姐姐和男朋友结婚了。2006年，姐姐怀孕了，再做领班不方便了，就辞职回老家了。李英姐夫还在这个饭店打工。

李英姐姐已经不习惯农村生活了，从16岁起在大城市打工生活，城市里的生活资源更丰富，生活质量更高，李英姐姐和丈夫商量了一下，用这些年的积蓄加上借的钱，在县城买了一套90平方米的楼房，花了大概8万元。孩子1岁后，李英姐姐又回到北京的饭店打工。2008年，李英姐姐因思念孩子，与姐夫一同回到了县城，并在自家楼下租了商铺做起了小饭馆，生意足够糊口。因为孩子需要人照顾，李英父母搬到县城与姐姐同住。

2006年，李英也恋爱了，男朋友是这个饭店的外送服务员，也就是这个饭店的外卖小哥。李英男朋友是四川省乐山市沐川县的农村人，比李英小两岁，父亲在他2岁时坠崖去世，母亲离家出走音信全无，李英男友由爷爷奶奶带大。爷爷奶奶年迈，几乎没有经济来源，李英男友小学四年级就辍学了，跟着爷爷奶奶操持家务，还和奶奶一起捡过垃圾。奶奶在他12岁时病死了，就剩他和爷爷了。李英男友14岁就外出打工了，和爷爷坐了3天2夜的绿皮火车，慕名来到北京的这家四川人开的大饭店。李英男友年纪太小，不符合《劳动法》规定，虽然那个年代有很多人用“童工”，把待遇压得很低，但是饭店老板认为这样不道德，就给她男友联系了一所四川眉山的职业学校，把他和爷爷送回去了，并每年资助他1000元。他和爷爷到了眉山，他学习酒店服务专业，爷爷在学校附近租了一个4平方米的小茅屋，每天拾荒为生。

2001年，李英男友职业学校毕业后，又带着爷爷来到北京，正式在饭店工作。李英男友没有住宿舍，和爷爷租了一个

10 平方米的平房，房租每月 80 元，爷爷每日仍以拾荒为生，每天能赚 5 元左右，爷爷很满足，当时爷爷 62 岁。

2005 年，李英男友调到和李英同一个店面工作，两人 2006 年确定了恋爱关系。2008 年，李英已经 26 岁了，家里人催着她结婚，虽然男友家条件很差，但是李英父亲认为，大家都是农村的，都不容易，不应该反对，只要两个人互相照顾，同心协力就够了。李英和男友商量了一下，决定 2009 年结婚。男友和爷爷说了，爷爷特别高兴。2008 年底，爷爷执意要回家，说是老家有事情要办，办好了再回来。李英男友觉得奇怪，老家的地荒了，房子也破烂了，多年没回去都不知道成什么样子了，爷爷有什么事？爷爷执意要回去，还坚决不让他陪着。爷爷回家的第四天，李英男友接到村里的通知，说他爷爷死了，躺在老房子的床上没气了。李英说，爷爷应该是怕拖累他们，自杀了。李英也因此更心疼男友。

爷爷去世，按照当地的习俗，一年内不能结婚。2010 年底，李英和男友结婚了。2011 年，李英怀孕了，她辞去了工作回姐姐家养胎。2012 年春季，李英的儿子出生了。李英也想在县城买一套房子，姐姐、弟弟的资助加上自己的积蓄，凑了 15 万元，买了一套 80 多平方米的楼房，离姐姐家很近。李英儿子满周岁后，李英又回到北京工作，儿子由姐姐和父母照顾。

李英回北京的原因，一是自己喜欢北京的生活，小县城太枯燥了。二是在县城没有想好干什么，姐姐已经开了一个小餐厅，自己再开的话还要和家里好好商量一下，做公务员或者在企业上班都不可能，所以回北京再“耍”两年，再想想。三是生了孩子之后开销很大，因为在大城市生活过，什么都想给孩子最好的，孩子一个月大概就要花2000元。李英回来后换了一家店做店面领班，与丈夫分开了，为了节省生活开支，他们各自住在宿舍。2014年，李英的工资是每月约4000元，单位给交三项基本保险。2015年，外卖行业迅速发展，李英丈夫辞去饭店的工作做了外卖小哥。李英丈夫虽然很不舍，但是由于收入差距还是选择了做外卖小哥，在饭店打工，一个月大概收入3500元，送外卖可以多赚1000～1500元。

李英姐姐对李英的儿子很好，给孩子上了早教班、学习游泳、英语等，李英和丈夫每月给家里寄6000～8000元钱，夫妻两人固定支出2000～3000元。李英和丈夫很想孩子，但是不可能带在身边，如果带在身边，以他们的收入无法保证生活质量，儿子更不可能接受好的教育。李英回县城、孩子到北京、李英和孩子分离，三种情形，李英和丈夫合计了一下，分离是现阶段最理性、最理想的抉择。李英说，将来肯定要回老家的，自己计划儿子初中前回去，不开饭店，打算做点小买卖，微商也可以考虑，现在物流发达了，卖东西不受地域限制了。

李英认为儿子这一代和自己不一样了，不会再有没有文化也可以外出打工的情况了，现在饭店新进的服务员都是经过专业培训的，都是高中以上学历。李英现在的梦想就是一家团聚、幸福、生活富足，希望儿子要力争上游，做一个像李英弟弟那样的人，有知识，找一份体面的工作，在县城也可以，到大城市更好。李英说儿子很聪明，发育得很好，现在 7 岁就已经超过 150 厘米了，自己才 152 厘米。她相信儿子将来会有出息。

从打工妹到互联网创业

化　　名：小娇
职　　业：淘宝店主
所 在 地：黑龙江省佳木斯市
工作单位：淘宝
年　　龄：38 岁
性　　别：女
民　　族：汉
受教育程度：初中三年级

我最感恩的是我舅舅和互联网，我舅舅在关键的时候救了我妈，帮助了我；互联网不会看不起我，不会觉得我学历低，它能实现我的能力和想法。

小娇，1981 年生于黑龙江省佳木斯市的农村，初三辍学。母亲生于 1956 年，农民，小学学历。父母离异，母亲再婚，继父小学学历，每年外出务工半年左右，在工地打工，剩余时间务农。

小娇的外祖父曾是生产队队长，脾气暴躁，虽然有魄力和能力，但也得罪了很多人。“文革”期间，小娇的外祖父被人批斗。在农村，一个村里的人基本都是亲戚，看到亲戚之间如此狠毒，小娇母亲心里充满了仇恨与背叛。小娇母亲与外祖父的关系不好，几乎每天吵架，不能好好地说上一句完整话。外祖父对母亲极度袒护，如果有人欺负了母亲，甚至说一句母亲的不好，他就去别人家破口大骂甚至大打出手。

母亲不爱种地，因为种地辛苦、脏、累。母亲学了两个月的剪发，就在镇上开了一个理发店，一开始生意还不错。

母亲和父亲是媒人说合后结的婚，没有感情基础，彼此也不了解。结婚后，父母经常吵架，母亲经常打父亲，有时外祖父还上门来打父亲。小娇父母在她 2 岁时就离婚了。从那以后，小娇就再也没有见过父亲，也没有和父亲联系过。

离婚后，母亲回了娘家，并陷入了赌博。一开始是小赌，后来越赌越大，家里所有的钱、地都输掉了。最后，母亲还输掉了自己的理发店。母亲还是要赌，又欠了一屁股债。1992 年左右，母亲就欠了 1 万多元的债务，当时是天文数字了。

母亲有一个哥哥，是一名军人，因为帮助很多同乡的孩子入伍，在当地有一些影响力和威信。母亲的哥哥得知后，从部队上赶回来，将母亲关在屋子里，不准出来，并发了话，如果再赌，就送母亲去坐牢。并告诉那些债主，或者还钱，或者帮他们办事情。母亲被关了整整半年，出来后，母亲没有再赌博，但终日无所事事。

小娇说：“母亲对我几乎不闻不问，自己的衣食起居都由外祖父照顾。外祖父对我挺好，就是爱喝酒，早饭就开始喝，喝多了就哭。”小娇 7 岁那年，母亲再婚，继父是另外一个村的，来做了上门女婿。继父家里很穷，拿不出彩礼，而且继父年纪很大了，是农村说的“老光棍”，于是就和母亲结婚了。小娇与继父几乎没有语言交流，在家里各过各的。小娇的继父除了干活就是抽烟，在家里经常被母亲和外祖父骂。小娇 8 岁那年，有了一个妹妹，小娇倒是很疼这个妹妹。

小娇说，小学三四年级的时候，她就开始自己做饭了，还要带妹妹。每天早上起来做饭，吃完去上学，中午回来做饭吃饭再去上学，晚上要做全家人的饭。当时觉得很疲惫，上课的时候总是没精神，心里总觉得有块大石头压着，特别难受。“家里那时没有钱，我的衣服都是舅舅给我带回来的，一年带一次。我很早就不想上学了，想离开这个家，我求过舅舅去当兵，但是年纪差得太多。我的成绩不差，在班里总是中上等，但是我就是想离开这个家。”

初三时，小娇满了 15 岁，就迫不及待地离开了家。她没有和家里人说，留了一封信就走了，坐长途汽车到了舅舅所在的城市。当时村里外出的农民工也挺多的，小娇年纪小、学历低，也找不到什么工作。在舅舅家住了大半年后，舅舅就让她去他一个朋友的饭店做服务员。当服务员很辛苦，那时流行“吃大盘子”，“吃大盘子”是身份、地位的象征。所以，每天都有很多客人来“吃大盘子”，饭店也和一些政府、军队建立了联系，几乎每天都有固定的人员来这里“吃大盘子”，喝多了在饭店里吵吵闹闹，小娇当时年纪较小，并不适应。小娇说，那是她第一次知道想家的滋味，她给母亲打了电话，就是哭了一通，却没说什么话。

小娇在第一个饭店做了一年多的服务员，就和一个小姐妹跳槽到另外一个县城的饭店做了领班。在这个饭店，小娇认识了老板的儿子，并和老板的儿子谈恋爱了。恋爱了不到一年时间，小娇发现自己怀孕了，当时她 19 岁。她告诉了老板的儿子，可是老板的儿子一开始并不想接受，并躲着小娇。小娇说当时她想打掉孩子，可是自己没有钱，当时医疗水平也不高，怕伤了身体。小娇从小家庭不完整，她说："我特别羡慕别人有父母疼爱，也想做一个负责任的母亲。"小娇向舅舅求救，舅舅找到了老板家，和老板谈了许久，谈了什么小娇不知道。后来老板和老板娘带着儿子来给小娇和她舅舅说，家里重男轻女，如果不想打掉孩子，就等着 4 个月去验是男孩还是女孩，男孩就结婚，女孩就不要再来找了。小娇怀的是一个男孩，就和老板的儿子结婚了。

结婚后小娇没有工作，在家里带孩子。小娇婆媳关系不好，在家里待着日子不好过，就在家附近的卖场找了一份售货员的工作，卖化妆品。22 岁时，小娇又怀孕了，生了一个女儿。在家待了一年后，小娇决定在自己曾经工作过的卖场租一个小摊位，卖女性用的小饰品。当时租金一年大概 3 万元，一年下来，小娇赚了 1 万多元。隔年，小娇又租下一个小摊位，卖女士连裤袜。小娇实现了自己的财务独立。2003 年以后，由于餐饮业竞争激烈，小娇婆家饭店就餐环境和管理模式落后，饭店的生意越来越不好。小娇的收入就显得格外重要，家庭关系也有了很大的改善。

小娇一直经营着两个摊位，在 2003～2009 年间，收入一直增加，感觉很不错。2009 年，小娇觉得自己使用淘宝越来越多了，而且发现淘宝上有一些和她同类的产品，却比她的便宜，原因是摊位费、物流费、周转率等。于是小娇在淘宝上也开了两个店铺，经营内容与实体摊位一致，跟批发商沟通后，由批发商直接对客户发货，这样商品的价格确实降低了一些。

2009～2013 年间，小娇同时经营着两个实体店铺和两个淘宝店铺，实体店铺的收入逐年降低，但淘宝店铺的收入却在飞速增加，小娇的整体收入仍保持增长。2013 年底，小娇决定不再经营实体店铺，终止了租约，只经营淘宝店铺。为了保证收入不减少，小娇在淘宝上又开了一家护肤品店，主要经营国产的中档化妆品，瞄准的也是她所生活的县城女性。

2014 年，小娇发现使用微信的人越来越多，有人在微信上卖东西，小娇也开始在微信上介绍自己的护肤产品。县城的女性从以前的国产护肤品，也逐渐转向了中高端国际品牌，小娇对销售内容也做了调整，并代理了几款韩国、日本的护肤品牌。现在，小娇经营着三家淘宝店铺，同时做着微商，年收入 40 万元左右，丈夫也帮着她打理淘宝店铺和货源。

小娇说：“我以前最希望有一个温暖的家，妈妈能关心我，爱我。后来我想离开家，找到我自己的生活。但是，都没有实现。我的婚姻一开始是个悲剧，可现在我觉得挺幸福的，丈夫和婆婆都开始支持我，经济价值让他们尊重我。我不太在意孩子的学习成绩，我只希望他们幸福快乐地成长。我极度讨厌家庭矛盾，不喜欢吵架，这些太可怕了，会对孩子造成很深的伤害，我一直努力营造温馨的家庭气氛，保持家里环境的整洁，现在孩子们都很开朗乐观，我觉得这足够了。”“我最感恩的是我舅舅和互联网，我舅舅在关键的时候救了我妈，帮助了我；互联网不会看不起我，不会觉得我学历低，它能实现我的能力和想法。以后，我希望与时俱进，做好我的小生意，生活静好就好。”

2013 年，小娇和舅舅共同出资在农村给母亲、姥爷、继父盖了一个别墅，是有设计的欧式建筑，全村最显眼。母亲现在住在里面还是无所事事，继父也还是干活、抽烟、蹲门口。姥爷 2014 年去世了。小娇现在害怕父母有病，因为她不能回去照顾他们，也不会把他们带到现在的城市。

快递小哥的“创业梦”

化　　　名：余清
职　　　业：快递员
所　在　地：黑龙江省哈尔滨市农村
工作单位：顺丰物流
年　　　龄：38 岁
性　　　别：男
民　　　族：汉族
受教育程度：初中毕业

余清每日背着快递麻袋在写字楼里上下窜行，他说：“人生像赌博，父亲不敢赌。我的性格和父亲很不一样，我敢冲敢拼，未来自己创业的想法是一定会实施的，最反感的就是在家里种地。”

余清，1981 年生，出生在黑龙江省哈尔滨市农村地区，现在的工作是北京顺丰物流的一线快递员，月收入 1 万元左右。

余清的父母都是农民，小时候家里经济条件比较差，主要收入来源是务农。余清有一个小他一岁的弟弟，小时候总是和弟弟打架。他在农村长大，认为自己的成长经历中并没有什么特别值得提的，不像城市长大的孩子会有很多玩具和娱乐方式，印象比较深的就是很小就要跟着父母下地干活。小学和初中余清的学习成绩不算很好，是一个中等水平。上完初中的余清，很希望能够继续去上高中，但他观察了父亲的态度，父亲并没有让他继续读下去的意思，家里的经济条件也不允许，更何况他还有一个比他小一岁的弟弟，弟弟的学习成绩明显地要比他好。余清一直觉得父亲之所以让他辍学而不是弟弟，多多少少也有偏心的缘故，但无论什么缘故，他最终还是辍学回家种地了。小时候的余清很听话，唯一一次打架，是和一个女生，把女生打哭了，对方家长带着那个女孩找到余清家里，余清的爸爸就狠狠地揍了他一顿，这之后就再也不敢打架了。

余清的父亲今年大概 65 岁，也就认识些许字，属羊还是属猴连他自己也说不清楚。余清的母亲今年 57 岁，属虎，不识字，她总是抱怨说当初是丈夫虚报了年龄才骗到了她，如果知道两个人年龄差得这么多，是不会考虑跟他结婚的。余清父亲的祖籍是山东，他很小就没有了母亲，是爷爷奶奶带大的孩子，年纪轻轻外出闯荡，在东北待过两年，后来又回到山东。余清的父亲和母亲结婚之后，父亲带着母亲来到黑龙江定居，在山东种地没有在东北种地赚钱，当时大豆的价格很高，父亲觉得来东北可能是个机会。父亲是爷爷奶奶领养的，爷爷后来又把奶奶休了，所以父亲对家里的感情牵挂并不多。

在余清看来，父亲是一个脾气特别暴躁的人，经常地家暴母亲，也会对自己和弟弟动辄打骂。这对余清造成了一定的心理阴影。最近这些年，父亲年纪也大了，脾气渐渐地有所收敛。余清和母亲的关系还是很好的，和父亲却不怎么好，不怎么和父亲聊天，父亲也不是很支持余清的很多决定，包括来北京打工。

余清初中毕业之后，由于年纪小，根本没有关于未来的想法。那时候家里有亲戚在武装部，余清的父亲也动心思想让他去部队当兵。当时亲戚表示，如果想去是可以去的，他直到现在还记得有北京武警、空军地勤和海军三个选择，都可以安排。但是那时候部队复员不分配了，家里老人也考虑到即使去当了兵，回来还是要找工作。村里当兵复员回来的也没有特别好的出路，就这样加上年少气盛，他还是放弃了当兵的机会。现在回忆起来，如果当时去当兵了，可能际遇就完全不一样了，虽然现在部队不包分配了，但是未来的出路还是比出去打工会好很多。正好当时余清的姨妈在青岛“站住了脚”，所以他就去青岛投奔了姨妈，在青岛的一家木器厂（家具厂）里喷漆。喷漆工每个月管吃管住有 700 元的工资，但是长期从事喷漆工作，暴露在化学品的危险中，又没有什么有效的安全措施，余清很担心长此以往会对自己的身体产生影响，因此做了不到一年就换了一份工作——在锁具厂打工，这时候的工资是 800 元。这两份工作都没有“五险一金”。又干了一年，年龄越来越大了，父母不想让余清再出去了，余清就回家跟着爹娘种地，也开始考虑娶媳妇的事儿了。

2002 年余清与同村比他小三岁的女孩自由恋爱结了婚，

办婚礼的钱花了父母一部分积蓄。结婚之后，余清回到村里种地，如果没有之后家庭的变故，他可能会一辈子待在家中务农，虽然他很不甘心。2004 年，余清的女儿出生了，但是孩子却查出有先天性心脏病，在农村并没有什么太多收入，孩子的病情让整个家庭的经济状况雪上加霜，渐渐处于负债状态，仅仅是在哈尔滨的一场手术就花了 3 万多元，但手术效果并不是很理想。带着女儿四处求医的余清来到了北京，北京的医生复查的结果也很悲观，建议他放弃治疗。余清常想如果一开始就带女儿来北京做手术，可能结果就完全不一样了。“孩子是在我怀里去世的，导火索是一场感冒，不过归根到底还是心脏病，并没有受什么罪。”余清试图用很轻松的口吻在讲，但是眼泪却在眼眶里打转。之后他又长舒了一口气，说他还是想要一个女儿。2011 年女儿的夭折对余清和妻子的打击都很大，孩子埋在离家不远的地方，妻子睹物思人，就收拾东西回了娘家。

给孩子看病期间，余清和妻子娘家人的矛盾渐渐开始发酵。为了给女儿看病，余清欠了一大笔外债。背着一身的债，继续在家里种地已经是不可能了。2011 年处理完女儿的丧事，余清收拾东西来到了北京打工。两地分居加剧了夫妻之间的矛盾，2012 年余清的这一段婚姻终究还是走到了尽头。谈起离婚的事情，余清觉得问心无愧，他做了一个男人该做的，独自揽下了所有的债务，还跟亲戚朋友借钱又给了前妻一笔钱。离开老家之前，余清把分给他的地包给了村里人种。以前一年靠地能有1万元的收入，但是现在不行了，5000元都没人种，因为现在出去打工比种地赚钱要多，年轻人出去打工的多，村里的地基本都是老人种，老人种自己家的地都种不过来，没有精力包别人的地。另外，现在种地的收入远远不能供给一家人吃喝，在东北，纯务农的家庭已经很少了。

2011年，刚到北京的余清就找了现在的这份工作，在顺丰做快递员，刚开始是试用期，到手也才每月两三千元，转正后每月4000元左右，2015年收入有了比较大的增长，达到每月1万元左右。回想起来余清已经在顺丰工作8年了，目前他一个月的到手工资在1万元左右，之前的负债早已经还清了。刚来北京的时候，看到大家都在用智能手机，就时常想什么时候自己也能买得起一部智能手机就好了，余清并不追求品牌，只是想能自己赚钱买部智能手机。现在智能手机买到了，账也还清了，余清就有了更大的目标，希望能有自己的房子。余清反复比较了老家哈尔滨和河北廊坊的房价和区位，2016年在没有存款的情况下硬着头皮通过信用卡透支和借款的方式在河北廊坊首付了一套房子，房子首付款是32万元，每月还贷3100元。父母支持了3万元，但余清表示是借他们的，终究还是会还。买到房子是余清最有成就感的事情，他开始畅想着未来的美好，渴望有一部自己的车，目前正在摇号。但买房遗留的信用卡欠款也给他带来了巨大的压力，“总感觉信用卡越还越多”，余清苦笑道。现在的余清每月都是“月光”，生活水平也大不如前，几个信用卡来回倒，才勉强维持着收支平衡，房子的贷款和月供还是给了他很大的压力。现在的负债是10多万元，不过他预计未来3年能够彻底摆脱负债带来的财务压力，之后就可以做自己想做的事情了。

余清的爱好是摄影，自己买了一个摄影机，喜欢去户外旅游，北京周边基本都去过了，他还加了一个户外活动的群。但这两年由于压力比较大，已经很久没有出去玩了。身边最好的哥们儿，还是来北京打拼的老乡，都是在老乡群里认识的，以前经常聚会，但现在哥们儿也大部分都成家了，所以兄弟们的感情也渐渐有些疏远了，不怎么联系了。身边的同事也就一个片区的熟一点，这行不会和同事成为太好的朋友，工作太忙了。余清现在也交了女朋友，女朋友生于1983年，也是离异，没带孩子，吉林人，目前在北京卖保险。他的打算是一切顺利的话，在今年年内和女朋友结婚，所以自己就要更加努力赚钱。余清的女朋友很理解他现在的压力，从来不会让他乱花钱，这一点让他非常欣慰。

谈到工作，余清认为自己之前还是做错了选择，当初负债出来打工，一心想着赚钱，就一直在一线当快递员，但原本他是有晋升管理的机会的，现在他很后悔，因为主管工资会多一点，更重要的是比现在的工作要自由很多。现在的工作并不能算太好，早上7点多就上班，晚上8点多才下班，计件工资，没有加班费之类的补助，虽然工资还算客观，但是比较自己投入的时间，小时工资算下来是很不划算的。每天10个多小时的工作强度，一周单休已经让余清很疲惫了，只是现在还债的压力太大，他还不能在摆脱财务困境之前换工作，努力赚钱才是第一的任务。现在顺丰对于一线快递员的要求也越来越高了，所以压力跟以前比更大一点。每周的单休时间，余清都会用来陪女朋友，女朋友也非常理解他，不是那种无理取闹的人。余清很羡慕那种朝九晚五，每天工作 8 个小时就能下班的人。余清目前租住在故宫后面景山公园旁边的平房里，一个月租金 1300 元，十四五平方米的空间。由于住的时间比较长了，房东也没有涨房租，不包水电，没有暖气和空调，条件差了一点，但他的要求不高，而且交通很方便，绝大多数时间都在外面上班，所以居住环境他不是特别在乎，冬天其实也可以用电暖气取暖。

谈到梦想，余清之前在村里种地的时候，大概 20 岁，是有打算的，但没有得到父母的支持。他的想法是开发一个现代化的农场，能包下村里的一块儿山地，连地址都想好了，到现在也觉得不错，他想种有机蔬菜，想建大棚，养殖和种植相结合，那块儿地也有泉水，如果付诸实践了，他认为应该很有前景，就是投入太大。但他苦于没有启动资金，没人脉，父母也不支持。之前他交往过一个对象，就在做东北有机小麦的创业，她很认同这个行业。但被问到这大概需要多少资金、需要投入多少之类的细节时，余清却表示这只是自己的一个初步想法，并没有很深入地考虑和计算过。现在他的梦想和以前有点不同，他最大的目标是能够攒够钱，在他买房的小区旁边开一个超市或者水果店，那个地区在新机场旁边，他觉得未来的区位肯定是非常好的。虽然具体要干什么他还不清楚，但余清觉得给人打工终究还是没有出路，想要有出息，还是要给自己干，但是现在机会还不是特别成熟。他并没有奢望将来自己能买一个店铺，最大的可能性还是租一个店铺做生意，回老家的想法也只能想想，女朋友不会同意的。余清想到时把自己的父母接过来和自己一起住，父母能帮忙看看店，他也能多尽一点孝心。虽然余清还有一个弟弟，但是他表示无论将来弟弟如何，他不可能让两个老人分开养老，就算弟弟没有时间照顾父母，他也会一个人照顾父母。

余清的爸爸妈妈现在身体还是很好的，在农村老家务农，一年能有 8000 ~ 10000 元的收入，母亲身体好一点，在外面干些零活，多少赚些零用钱。余清的弟弟上了高中（职高）之后，又考上了哈尔滨的大专，大专毕业以后分配到香格里拉酒店打工，一直就在酒店工作，目前已在哈尔滨购房，结婚生子，和岳父岳母住在一起，岳父岳母帮忙照看孩子。余清的弟妹是独生子女，家中的条件还算不错，结婚之后，爹娘卖掉了家里的房子，在哈尔滨买了房和女儿女婿生活在一起。余清 2015 年也考虑在哈尔滨买房，当时哈尔滨的房价和河北廊坊差不多，但是余清考虑了升值空间，最终还是在河北廊坊买了房。如果将来做小生意的计划泡汤，余清还想着能够卖掉河北的房子，回到老家继续自己的“大棚计划”。谈起最想生活的地方，他最想回的还是老家农村，如果机会好的话。

余清有一个特别佩服的朋友，那个朋友连初中都没有念完，就去北京投奔自己的表哥卖音响，后来自己攒了钱，做了音响生意，现在表哥给他打工。朋友拿了 10 多万元的本金，父母支持了一部分，他也敢干，到现在至少年薪五六十万元，有两部车，给女朋友也买了一部车，在北京有房，在河北也有房子。余清佩服这样有胆有识的人，这样的人生才算是完美。

说到自己父辈的梦想，余清觉得父亲的性格不是能够干大事儿的人，父亲之前也遇到过很多机会，最终还是错过了，最重要的还是胆子小，不敢竞争，人生像赌博，父亲不敢赌。他认为自己的性格和父亲很不一样，他敢冲敢拼，未来自己创业的想法是一定会实施的，他最反感的就是在家里种地。对于未来，余清还是有很大信心的。

传递幸福正能量

化　　名：鹿女士
职　　业：街道社工
所 在 地：山东省青岛市市北区
工作单位：区属街道办事处
年　　龄：30 岁
性　　别：女
民　　族：汉族
受教育程度：大学本科

她的人生目标更像是一种人生态度，就是希望成为最好的自己。鹿女士认为，“最好的自己很难定义，但是可以理解成生活得幸福快乐，因为只有满足了每一个阶段对自己的要求和期待，才能让生活幸福和快乐”。

鹿女士，本科毕业，目前在青岛市某街道从事社工工作，工资收入每月 4500 元，期望未来三年内能够实现工资翻倍。

她是土生土长的青岛姑娘，小学、初中和高中都在青岛市区就读，高中前成绩基本处于班级中上水平。大学考上了南方某省的省属高校，学习新闻传播专业，大学期间参与社会活动较多，学习成绩差强人意，学习态度比较积极，但是欠缺毅力。从个人的意志来讲，她还是喜欢读书的，信奉的价值观也比较简单传统，就是“书中自有黄金屋，书中自有颜如玉”。她并不能非常具体地描述自己想成为一个什么样的人，但是从个体德行或者社会价值的角度出发，她希望自己能够一直“独善其身，兼爱天下”，她也表示自己一直在努力成为这样的人，并且认为自己做得还可以。

鹿女士的家庭结构就是独生子女核心家庭，但是她今年就会结婚，因此会脱离父母的原生家庭，组建自己的家庭。在18岁之前，家庭的主要经济来源是父母的工资以及一些投资理财，目前主要是一家三口的工作收入。目前个人没有房产，父母有两套房产，现在还是和父母居住在一起。目前家庭的主要支出就是日常生活消费以及一些文化娱乐活动的消费，总体来讲，家庭的收入状况处于中等收入层次，生活状况比较理想。近几年家庭没有发生什么转折性的变化，父母工作比较稳定和按部就班，她的工作也没有什么波澜起伏。因为父母身体不是特别好，因此目前家中最大的负担就是父母的健康问题。

鹿女士的父母都是普通的职工，父亲54周岁，专科学历，汉族，在青岛市一个街道办事处工作，事业编制，月收入9000元左右。母亲56周岁，在一家国营企业从事会计工作，月收入也是9000元左右。父亲和母亲都是土生土长的青岛人，父母生活习惯比较健康，没有不良嗜好。父母对鹿女士的影响还是比较大的，因为都是普通的人家，所以教育孩子要懂得感恩，也要善良和自律。在学习方面，父母从小对鹿女士的学习并没有投入太多的精力，更多是锻炼鹿女士自律的学习能力。在经济上，从小到大父母都是竭尽所能满足她的物质和精神需求。鹿女士表示自己和父亲的关系很好，也非常爱爸爸。她表示，爸爸虽然话不多，但是是家里的顶梁柱，关键时候都会是她和妈妈坚强的后盾。妈妈在鹿女士眼里是一个绝对的好母亲，对她生活的方方面面爱护有加。鹿女士和父母的沟通方式主要是通过面对面的交流，她表示平时还是各自照顾自己的生活，也时常会在一起交流和谈心，特别是自己有需求的时候会和父母交流，父母也会尽可能满足和支持自己。

鹿女士从小由祖父母和外祖父母抚养，他们基本都在政府部门工作。在婴幼儿时期主要由姥姥姥爷看护，在学龄时期主要由爷爷奶奶看护，高中之后才开始由爸爸妈妈照顾。最大的家庭变故就是祖父母辈的去世，目前只有奶奶还在世。她表示，童年过得比较简单快乐，自己属于比较乖巧可爱的类型，父母对自己也疼爱有加，家庭生活比较和谐。受到父母影响，她童年时参加了一些读书会的活动，这些活动对个人的影响比较深远，对青少年时期和成年以后形成爱阅读的习惯很有帮助。她认为读书人是很值得尊敬的，因此自己也从小立志要养成阅读和思考的习惯。鹿女士小时候喜欢读书和写作，也喜欢打羽毛球，成人以后，特别是大学阶段开始延续到现在，喜欢画画、弹钢琴、做手账、摄影、做瑜伽，以及参与一些文艺青年组织的读书或艺术活动等等。

在阅读方面，鹿女士表示影响较深也比较有价值的书是

《世界文学五千年》，这本书其实是青少年的文学通识类读物，虽然成年后阅读了纷杂的各类图书，但是这本书对自己认识世界、扩展阅读的影响较深。

回想一下自己的生命阶段，鹿女士觉得影响最大的事件和转折点还是大学毕业找工作。因为大学所在的城市距离青岛较远，但自己为了父母和亲人做了很多妥协，最终回家工作。此外，第一份工作并非专业对口，对个人的事业发展产生了较大影响。第一份工作是在一个培训机构做管理，和自己的理想职业有一定的差距，因此可以说那时候是处于大学毕业后的一个低谷期。鹿女士一直最想从事的职业是新闻行业或杂志编辑，但是由于工作经历的限制和一些因缘机遇，目前还没能从事自己期望的职业。在职业发展方面，鹿女士表示自己的规划性其实不强，一直处于一种遇到了机会就去尝试，一般这些机会就是一些事业单位的考试，因此随着一些考试，从第一份工作发展到了目前在街道做社工的工作。

在工作方面，鹿女士对目前的状况并不是特别满意，但是也没有太多的不满和抱怨，可能是因为比较简单的人生态度和追求，因此对目前平稳的工作和生活也持有一种顺遂的态度。

对于自己生活和居住的城市，鹿女士表示这里是一个温暖的海边小城，这座城市虽然从规模上看远不及北京、上海这样的大都市，但是她觉得简单随性的生活可以满足。因为青岛是她出生和成长的地方，因此称得上严格意义的故乡，不同于一些童年随父母迁入的同龄人的感悟，她对青岛的印象和评价更加有温情，这里就是她的“根”与“茎”。从生活环境上来看，自己居住的城市发展迅速，物理环境上更加现代化，科技感也更强了，但是也可能是因为个体成长的缘故，对环境的要求也更加苛刻了，无论是物理环境还是人文环境，都希望城市能够有更好的设计。总体而言，鹿女士对目前的生活环境较为满意，一方面是因为父母在物质环境上打下的基础，另一方面也因为个人比较容易知足。

鹿女士表示，自己平时对时政并没有太多的关注，对国家的印象比较个人化，就是觉得虽然社会环境对很多人还不够宽容，社会阶层分化也比较明显，但是感觉未来社会制度会越来越优化，每个人也都会过上更好的生活。目前自己生活在中国还是比较满意的，但是个人对丹麦有特别的憧憬，原因也比较理想主义，认为丹麦是一个有纯粹童话的地方。

鹿女士表示，目前的人生选择主要就是升学、婚姻、理想与现实结合这三个方面。在面临这些选择的时候，自己会兼顾个人期待和家庭期待，一方面个人的兴趣要坚持，另一方面也要兼顾家人的期待，必要的时候也要做出妥协和让步。对鹿女士而言，家庭的和睦和幸福是十分重要的，甚至有时候超过了个人的意志。

她的人生目标更像是一种人生态度，就是希望成为最好的自己。她也表示“最好的自己”很难定义，但是可以理解成生活得幸福快乐，因为只有满足了每一个阶段对自己的要求和期待，才能让生活幸福和快乐。她表示自己也没有具体的计划或者步骤，就是希望每一天都能够完成一件或几件小事，让工作开展得更顺利，让家人看到自己的成长。她表示自己的人生目标可以实现，因为她的目标并不是一定要让自己到达怎样的社会地位，获得怎样的财富，而是一种偏向态度和精神价值的东西，因此她认为只要自己能够保持积极的心态，自己的目标是可以实现的。

目前鹿女士感到最有成就感的事情就是通过了职称考试，虽然没有经过系统复习，但是依然通过了考试，也证明了功在日常，平时还是要加强积累。最挫败的事情还是在人际关系方面，鹿女士表示自己是一个比较直率和善良的人，希望无论是朋友还是同事都能够相处和睦，但是发现自己的真诚并不适合这个社会交往的规则，在人际交往上处处碰壁，发现了人际交往中比较阴暗的一面。鹿女士表示自己有几个知心的朋友，朋友从事的行业比较多元，有律师、人力资源、公务员等，对朋友最大的期待就是能够在个人低落的时候给你鼓励和支持，在成功的时候和你一起分享喜悦和成果。和朋友在一起时的活动比较日常化，就是一起参与一些文艺活动或者吃饭和娱乐，与朋友谈论最多的还是工作上的近况，以及对人和事务的一些态度和观点，也有一些工作和生活上的期待和规划。

鹿女士表示，现在的梦想就是有一个自己的公众号，是大V级别的公众号。她从初中开始就希望能够成为新闻工作者。她表示，自己有这个梦想是受到著名记者闾丘露薇的影响，闾丘露薇是一个有作为的战地记者，鹿女士也一直希望自己能够成为一个传递事实、传播正能量的新闻工作者。她认为，梦想的实现过程是一个不断努力奋斗的过程，通过实现梦想，个人能够不断地在思想和行为上得到完善，因此有梦想和努力实现梦想是很重要的。

在代际之间，梦想实现的过程是有差别的，因为社会环境的支持力度不同，比如现在的社会环境以及未来可能会相对更加宽容，但是过去父辈的社会环境对个体发展的支持力度可能更强，因此每一代都有各自的难处，未来的一代不一定比我们更轻松。

鹿女士认为，梦想就是个体愿意努力为之奋斗的事情，梦想的特点是需要具有可实现性和激励性。在时间预期上，鹿女士表示几年、十几年都有可能，她不想给自己太大的压力，只要每天都能够距离梦想更近一步就好。为了实现自己的梦想，她已经有所行动了，比如开了一个公众号，写一些值得传播的内容。但她的个人条件还比较欠缺，也需要更多的知识储备和阅历，希望社会环境能够更加宽容一些，宽容那些不会按照世俗规定去规划自己职业的情况。对她而言，在梦想实现的过程中，个人的知识储备、技能提升以及对生活的感悟是重要的助推力。目前遇到的最大困难还是个人的行动能力，所以认为个人的主观能动性相对于社会环境而言更加重要。

“90后”

为了孩子拼搏

化　　名：乔峰
职　　业：工人——富士康流水线长
所 在 地：山西省太原市
工作单位：富士康
年　　龄：29 岁
性　　别：男
民　　族：汉族
受教育程度：初中学历

每天巡查流水线生产情况，他说："社会发展太快，自己学历低跟不上。但是面对现实的困难，为了让孩子接受更好的教育、过上更好的生活，自己还是会继续拼搏。"

乔峰，男，29 岁，初中学历，已婚。山西吕梁灵县出生，目前在山西太原生活。

乔峰是在村里上的小学，当时每班 30 人，配一个全科老师。初中在镇上，每班 60 ~ 70 人。初中毕业后继续读书的有 10 ~ 20 人，其余都去打工了。对于是否考虑过继续深造，乔峰表示上学时成绩不好，觉得再学也无用。

乔峰的父亲今年 56 岁，初中学历，农民；母亲今年 54

岁，小学学历，农民。父母年收入1万元左右，目前都在灵县老家。他有两个姐姐，大姐36岁，初中学历，家庭主妇；二姐34岁，初中学历，在富士康工作。

18岁前，乔峰和父母、两个姐姐一起生活。小时候家里经济状况还行，但存不下钱。当时的条件不允许父母出去打工，一方面在打工的城市孩子上不起学，另一方面与叔伯关系不好，他们不允许爷爷奶奶帮忙带孩子。

现在，乔峰跟父母、姐姐的关系很好，会不定期通过电话或者微信联系。说到对自己影响最大的人，乔峰认为是父亲，他从父亲身上学到了勤劳、积极、善良。小时候父母关注自己的学习，但种地占用了他们很多时间，他们也顾不上。

乔峰的妻子在家全职带孩子，会考虑以后出去工作。他有两个儿子，大儿子6岁，小儿子4岁，都跟自己一起生活，正在上幼儿园，跟自己关系还不错。两个孩子都没有上过早教班，乔峰认为，家里有钱的才去上早教班。两个孩子都喜欢上幼儿园，乔峰也不知道孩子为什么喜欢。

乔峰的大儿子即将上学，他在考虑孩子上学后到学校附近租房，同时将小儿子转到小学附近的幼儿园。目前孩子没有什么兴趣，乔峰表示，孩子长大点会根据他们的兴趣给报一个课外班，但目前经济能力还不行。

对于孩子的期望，乔峰表示希望他们未来能读到本科，找到好工作，收入稳定一些。但因为自己条件不好，提供不了好的条件，也不会对孩子有太高期望。

说到对孩子的焦虑，乔峰表示现在社会上补课班多，一方面他怕孩子跟不上补课班的进度，另一方面又付不起补课的费用。自己教的和学校里教的不一样，所以不敢随便教他们。对于补课的效果，乔峰认为还是要看孩子自己，有的孩子不补课也能学好，有的孩子补了也不行。

乔峰目前最大的负担是小孩上学需要换租房，可能会增加开销。他对家庭的希望就是未来能在太原买房。

乔峰毕业后的第一份工作是太原酒店传菜，工资是600元/月。当时初中毕业没找到工作，姐姐在太原，就到太原去打工了。干了两三年，就去不同的厨房学手艺，但工资太低，一两年后就不再继续干了。他还在包头做过买卖，没挣到钱，就把店铺转给别人了。

经堂哥介绍，乔峰两年前来到富士康流水线工作。他堂哥是本科学历，二级工程师。现在乔峰在富士康做流水线长，负责的流水线主要测试苹果手机，去年开始管理10个人。他的固定工资是2100元，若加班加满（每天2小时×5天）能拿到4000元；有“五险一金”，每月300元成长基金，200元技术津贴，上六休一。乔峰对目前工作满意度不高，满意在工资稳定，不满意在工资偏低。工作这么多年，乔峰并没有积蓄。关于工作的梦想，乔峰表示想换工作，希望工资能够保障基本生活。

他目前居住在太原，租房，房租每月500元，在当地没房没车。乔峰表示不准备回老家买房，也不准备回老家工作，因为村里没小孩，小孩都跟父母出去了，学校办不起来，教学条件不行。他想在太原买房，但房价约 9000 元/平方米，太贵了，买不起。乔峰认为其实在太原生活并不是很方便，因为堵车太厉害。但他未来还是会在太原生活，因为希望小孩可以在太原上学。

乔峰对目前生活的满意度也不高，满意在有两个小孩，家庭稳定；不满意在经济状况仅能维持生活，没有多余的钱。他同样希望未来的生活能够以稳定为主。

乔峰没有什么爱好，也没有榜样或偶像。他经常联系的朋友有七八个，都是老家的小学同学，一般会打电话。

他最大的痛苦是小孩生病去不起医院。去年冬天给妻子和孩子申请了社保卡，妻子的已经拿到，但孩子的至今还没拿到，不知道什么原因。他希望国家能够出台更好的政策，因为在老家生病经常买不到效果好的药。

他最大的梦想是能够月薪 5000 元，能够在太原买房，但认为没法实现，因为房价涨得太快，工资跟不上，政策调控对房价作用不大。乔峰的父母知道他的梦想，但也帮不上什么忙，说让他自己考虑，能买得起就买。

乔峰认为个人条件对梦想实现更重要，但是自己没有手艺。他认为现在梦想实现更难了，五六年前做生意会比较容易，现在竞争大，市场混乱，存在讹诈。

过去十年，乔峰没有实现梦想，没有什么有成就感的事情。他认为自己的挫败是没学到什么手艺，所从事的工作都是在维持生活。

对于国家的看法，乔峰认为国家现在贫富差距大。对于家乡，他认为老家的状况越过越差，粮食要么卖不出去，要么价格很低。对于自己的发展，他认为社会发展太快，自己学历低跟不上。但是面对现实的困难，为了让孩子接受更好的教育、过上更好的生活，他还是会继续拼搏。

自由飞翔

化　　　名：史强
职　　　业：商人
所　在　地：山西省太原市
工 作 单 位：自由职业
年　　　龄：25 岁
性　　　别：男
民　　　族：汉族
受教育程度：大专学历

史强看上去是个“社会人”，他说，实现梦想会越来越难，因为自己追求的目标更高了，现在经济压力大，尤其是买房，会降低生活水平。史强清晰地说出，中国梦带领我们国家进步，人民安居乐业，国家伟大复兴。他希望国家越来越强大，在世界上不受欺负。

史强，男，25 岁，大专学历，未婚，出生于山西长治，目前在太原生活。

史强在老家读的小学，爸妈在外地打工。初中、高中就读于长治，高一高二时学习成绩还可以，后来去倒卖手机，没有参加高考。后来在太原读的大专，学物流专业，后考上山西大学商务学院市场营销专升本，学费 1.5 万元。但史强表示他以后也不打算找一个传统意义上的工作，所以觉得学历没用，就没有去山西大学读本科。

史强的父亲 48 岁，小学学历；母亲 44 岁，初中学历。父母都是华润燃气的职工，家庭月收入 8000 元左右，一家三口都生活在山西长治。据史强介绍，家里有亲戚是华润燃气的总经理，是他介绍父母去工作的。当问到他自己是否考虑过也去华润燃气工作，史强表示“那就是养老的状态”。他解释说，在他们这个地方，上班可能就是你去那坐坐，有什么事干干，也挣不上大钱，所以他不喜欢上班，可能 40 多岁想休息的时候更适合上班。史强表示，他从来不想上班，觉得每天“三点一线”没意思，“那是养老状态，年轻人需要拼搏”“年轻人我觉得没有必要上班”。他不建议父母早点退休，因为上班时最起码能够与社会有接触，退休就没什么意思了。

史强小时候和父母、奶奶一起生活，家庭经济状况一般，跟父母关系不错。上初中时，父母对自己的学习管得很严，上高中后就一般了。

史强觉得没有对自己影响最大的人。他认为自己最大的负担是家中的独生子，父母总让他回家。他对家庭的梦想是爸妈别总想管着他，守着他，一家人开开心心就好，不必经常黏在一起。

史强高中时就倒卖手机，大专第一年时在青创做中介给人介绍兼职，大一下学期做长租宝 APP 推广，挣了不少钱，开始经济独立；大专第二年做长虹电视督导。毕业后史强的第一份工作是跟三个人合作投资纳米镀膜，投入 10.8 万元，赔了。后来去百度糯米做市场推广，两三天后认为自己给公司带来了很大收益，但自己得到的钱不多，用史强自己的话讲是“劳动与收入不成正比”，于是放弃这份工作。

史强现在做“网络（朋友圈和各种平台）+实体店铺”，联系厂家和卖家，经营产品包括衣服、裤子、珠宝、当季产品。目前他自己没有公司，但他有想法要发展长治当地的东西，比如土特产。今年他计划做实体贸易。

史强去年年收入 18 万元左右，去年 4 月在长治买了房子、车位和地下室，共 115 平方米。史强给自己现在的工作打 50 分，满意在不用天天上班而且挣钱多，不满意在没找到生活的重心。史强表示，最有成就感的事是自己在同学中算是比较成功的。

史强目前在太原生活，在太原没有固定资产，也没有车。史强对太原的评价就是感谢太原，因为这是自己成长的地方。未来他会回长治，因为家在那里，今年计划做实体也是为了回长治。史强表示，他看了国家中原城市群规划，太原虽然是山西省会，但山西省的发展没有一个大城市去拖动。在太原，除了本地拆迁户有些钱外，外地人基本上挣不到钱，每个月靠信用卡生活，因此他觉得在太原没什么出路；而长治位于三省交界处，各种资源比较落后，但可以得到一些政策支持，最起码有一些出路。

史强目前的生活满意度为 90 分，满意在想买什么、吃什么、喝什么都行，不满意在生活水平还没有提上去。什么是高质量的生活？他喜欢篮球、乒乓球、滑雪，以及到游戏厅打游戏。在这些方面的投入就是时间。他经常联系的朋友有六七个，都在太原。这些朋友都是在学校认识的，一般会见面，有时会到朋友家里帮忙、蹭饭等。

史强的偶像是马云，因为他有魄力，有胆量，把外国可用的东西引入中国，领导力和个人能力都很强。

史强表示，他的梦想是“飞”，因为飞起来可以让自己看到更远的地方。他最大的梦想就是一切越来越好，“生活要有态度”，史强表示。他认为刚开始的愿望肯定是吃，慢慢转变为买，人的目标肯定会上升。这个梦想是从前年开始，在开店的影响下产生的。目前的困难是资金、阅历、人脉不够，优势是“基础设施”（房子和车）都有了，而且不担心还贷款。

史强觉得社会环境给他的帮助是让他看到了比自己优秀的人，然后努力成长。水涨船高，自己身边人的认识与水平也一定程度地决定了自己的发展水平。“上班挣死工资在我们这个年代似乎是件不太光彩的事情”。但家人不了解他这个目标，家人希望他每天开心就行。

史强认为实现梦想会越来越难，因为自己追求的目标更高了，同时社会环境也会越来越难，现在经济压力大，尤其是买房，会降低生活水平。史强表示，中国梦带领我们国家进步，人民安居乐业，国家伟大复兴。他希望国家越来越强大，在世界上不受欺负。

要在老家有车有房

化　　名：王磊
职　　业：变速箱流水线操作工
所 在 地：天津市
工作单位：大众汽车变速器天津有限公司
年　　龄：25 岁
性　　别：男
民　　族：汉族
受教育程度：大专学历

作为一名一线工人，王磊对生活的满意度为 3 分（满分 5 分），满意在能自己养活自己，不满意在生活比较平淡，他未来想去一个物价、房价压力小的城市，比如回老家或者去大西北。

王磊，男，25 岁，大专学历，未婚。出生在山西吕梁，目前在天津工作生活。

王磊是在吕梁村里读的 5 年制小学，五年级开始住校。初、高中在县城读，住校，每月回一次家。上学时学习成绩一般。初三时因学习成绩不好复读一年。初中同学毕业后上中专的居多。

王磊高考考入天津某专科学校，学机电一体化专业。他表示，选择这个专业是因为容易找到工作，就业前景好，比如可以去工厂维修、装配等岗位。取得大专学历后，他并没有想过继续深造，原因是年龄大了，且家里经济条件不支持，去上学就挣不了钱了。

18岁以前，王磊主要和父母、哥哥一起生活。他的父母都50多岁，父亲没读完小学，母亲没读完初中，目前都在老家务农，收入不稳定，2018年收入1万~2万元。

王磊的哥哥今年27岁，中专学历，毕业后在江苏打工两年，后来去当兵，每年回家一次。自己比哥哥更早产生当兵的念头，“如果他不去当兵我就去了”，王磊表示。他认为当兵是一条出路，因为家里没关系也没钱。但如果两个人都去当兵，父母见儿子的机会就太少了，所以哥哥去当兵后自己就没再去。现在，他跟父母、哥哥的关系很好，每半个月打一次电话问候、聊聊近况。

王磊说，小时候家里经济条件和现在差不多，可能比现在稍微差点，因为现在自己和哥哥都不花家里的钱了，这也是近几年家里最大的变化，自己和哥哥都能挣钱了，父母的压力也就变小了。而家里最大的负担就是他和哥哥两个人都到了结婚的年纪，也都有女朋友，按当地风俗需要男方准备房子。吕梁房价5000~8000元/平方米，彩礼可协商，一般是6.6万元、8.8万元这样的吉利数字。

王磊对家庭的梦想是希望在老家有房有车，当然能够在天津买车买房会更好。

他目前在大众汽车变速器天津有限公司变速箱流水线做操作工，已入职3年多。王磊表示，大三上学期10月份时，公司到学校招聘，他12月进入公司开始实习，毕业后成为正式员工。之所以选择这个公司，是因为大众汽车是大企业。

说到工作，王磊表示公司待遇好，有免费食堂，提供“五险一金”、补充医疗保险，看病不用花钱，住房公积金对以后买房子有好处。他表示，这份工作挣得不多，税后工资3000元多一点，但节省一些勉强够用。他现在日常租房1000多元，其余花销多为换季买衣服、吃饭，没有娱乐消费，所以有一定积蓄。

工作中有升迁和调岗的机会，一方面需要个人能力强，另一方面需要与领导保持比较好的关系。个人能力方面，他认为自己英语不够好，因为公司是外企，工作中需要用到英文，工作文件是中英双语，部分上司是外国人。

王磊对目前工作的满意度为3分（满分为5分），满意在有“五险一金”、补充医疗保险；不满意在经常上夜班，工作内容无聊，工资少。他开始考虑换其他工作，但还没有明确目标。他觉得不一定要找专业对口的工作，也可能考虑去做销售，“从头开始学，因为自己还年轻”。对于“想要稳定的工作生活还是愿意去折腾打拼一下”这个问题，他表示还没想好。

对工作的梦想，王磊希望自己能力方面有所提升，也希望能不上夜班。

王磊目前在天津工作生活，无房无车。他认为天津是个现代化的城市，现代化体现在建筑、交通、医疗等方面，就业机会也比老家多。他对生活的满意度为 3 分（满分为 5 分），满意在自己能养活自己，不满意在生活比较平淡，他未来想去一个物价、房价压力小的城市，比如回老家或者去大西北，但要以能找到工作为前提。

在天津，王磊经常联系的朋友有五六个，都是工作上同一个组的同事。他跟老家同学通过微信联系、过年见面，会问问对方工作情况、老家有没有适合自己的工作，但目前还没有通过同学在老家找到合适的工作。

王磊表示自己没有爱好，他不工作时会逛街、在家做饭、外出旅游。目前他去过北京、青岛、泰山。王磊说，自己没有偶像，也没有痛苦或焦虑。

王磊认为“梦想”类似于“理想”，是接近实际的想法，可以实现，但要看能力。梦想可以激励自己努力前行。他认为个人条件对梦想实现更重要，其中能力和努力比运气更重要。

他现在最大的梦想就是买房。这个想法从去年开始产生，因为去年带女朋友见过父母准备订婚了。他计划在两年之内能付老家房子的首付，要 10 万 ~ 20 万元。为实现这个梦想，他会努力挣更多的钱，也会省着花钱。现在不上班时他会做微商卖化妆品，一个月能多挣几百元。

他认为自己实现这个梦想的优势在于有住房公积金，这样贷款和还贷都相对容易。但社会环境对实现这个梦想起到负面作用，因为房价一直在涨。王磊家里人知道他这个梦想，也支持他，家人表示会“能帮多少帮多少”。

王磊目前没觉得什么事是特别有成就感的。最有挫败感的事情是高考没考好，但没想要复读，他表示当时他坦然接受了事实，大学好好学习过，但认为在学校学习的内容在工作中没什么大用处。

说到对国家的看法，王磊认为国家发展“挺好的，欣欣向荣、步步高升”。他对国家的期待是实现伟大复兴、领土完整，他坚信自己有生之年能够看到这一繁荣景象。

守护边疆花朵

化　　名：王爱
职　　业：某边疆基层事业单位负责人
所 在 地：新疆维吾尔自治区哈密市
工作单位：新疆维吾尔自治区哈密市幼小教育系统
年　　龄：25 岁
性　　别：女
民　　族：汉族
受教育程度：大学本科

那些日子，一颗平常心就像是无敌的法宝，总能让自己苦中作乐，坚持下去。从没有觉得要怨天尤人，而是随遇而安。王爱利用自己的所学知识和耐心、细心逐渐赢得了孩子和家长的信赖，而且，在听到孩子逐渐学会使用汉语喊“老师好”的时候，心里更觉得自己做的工作是有影响的，有意义的。

王爱，女，汉族，25 岁。王爱生在新疆，长在新疆，家里一共五口人，姐妹三人加上父母。由于爷爷奶奶远在山东，所以抚养姐妹三人的重担都落在父母身上。

父母的学历都不高，分别是小学和初中。繁重的家庭负担并没有影响父母给予孩子们的关怀，他们始终在人生观、价值观上给予孩子正确、开明的引导。比如，要踏踏实实地过日子，一定要坚强，苦中也要能乐观，家庭和睦最重要……家中日常沟通也很平等顺畅，这些对姐妹三人的成长都起到了非常正面的作用。虽然，家里因为生活负担重，尤其小时候一度因为三个孩子同时上学导致交不起学费，但所幸，20 多年来，家中并没有任何大的变故，一家人勤勤恳恳、踏踏实实过日子，终于有了今天的生活。

王爱现在是新疆当地的一名普通教育工作者，2018 年刚刚升任当地幼儿园负责人，也是当地最年轻的教育系统负责人。2018 年她获得专升本的学历，并且打算利用工作之余读研。从事幼儿教育工作比较辛苦，时间也紧张，所以她计划今年报考非全日制研究生。她目前的收入是基层事业单位的收入，除了房贷之外，其余主要家庭支出都和大家一样。相对于当地的收入和消费水平，她的工资已经足够了。在家人的一起努力下，王爱购置了家里第一套商品房，并且购置了一辆家用小汽车，在家庭生活的各个方面已经能够看齐当地中等家庭水平。王爱表示，“这种生活，放在毕业之前，都是不可想象的”。

王爱表示，在新疆的基层单位为当地幼小教育事业贡献自己的力量，能够实现自己的人生价值，这些说起来很宏观，而且似乎是弹指一挥间的事情，但细细想来，一路走来并不容易。

小时候家里条件并不是太好，父母不是有稳定收入的公职人员，但还是踏踏实实靠体力劳动养活了三个孩子，当时每月平均只有两三千元的收入。王爱的童年过得比较平淡，当时家里没有闭路电视，所以连《还珠格格》都没看过。因为在家里排行老二，衣服总是穿姐姐退下的。家里一直平平淡淡，偶尔有些艰难，一直到三个孩子都上了大学。王爱的姐姐考取了北京的重点大学，妹妹和自己一起在乌鲁木齐市的大学读书。现在，姐姐就职于北京大型央企，妹妹同自己一起成为光荣的教育工作者。

王爱表示，自己的成长路径和大家都一样，就是上学，然后工作。但每个人的客观条件是不一样的，人的价值也不仅仅局限于个人价值，所以在这个方面，自己虽然最开始是懵懂的，但是也希望能逐渐找到答案。

上学期间，出于补贴日常开支的考虑，王爱去做一些兼职工作，比如到超市做促销等等。大二时，出于专业的原因，大家卷着铺盖卷到南疆地区的乡镇幼儿园做了半年支教。支教地人口中有98%是少数民族，汉语普及率不高，很多人既听不懂汉语也不会说汉语，而且当地人对幼小教育的认识非常薄弱。同时，由于经济原因，他们对孩子的教育投入也非常有限。以上原因直接导致在当地推动普及幼小教育以及提高幼小教育水平等工作困难重重。

回想起在支教地的生活，王爱表示当地条件非常艰苦。由于地处塔克拉玛干沙漠边缘，全年降水量极少，植被稀少，风沙非常大。尤其是遇到沙尘暴的日子，漫天都是黄沙，当时住的宿舍是学校内的小平房，门窗不严，风沙一过，屋里到处是沙土。此外，当地与外界的沟通也不顺畅，比如手机信号非常差，没有网络，更没有热闹的集市。但那些日子，一颗平常心就像是无敌的法宝，总能让自己苦中作乐，坚持下去。从没有觉得要怨天尤人，而是随遇而安。王爱利用自己的所学知识和耐心、细心逐渐赢得了孩子和家长的信赖，而且，在听到孩子逐渐学会使用汉语喊“老师好”的时候，心里更觉得自己做的工作是有影响的，有意义的。

王爱由于支教期间工作出色，支教结束之后受到了当地教育部门的表彰。这也是从事这份工作获得的第一份表彰，王爱觉得对自己意义非凡。

但王爱与南疆地区的缘分还没有结束。2017 年，响应自治区政府号召，她选择第二次踏上南行列车赶赴喀什地区支教，成为当地某村的挂职园长。前前后后的工作总共为期一年，其间也是有苦有乐。这也成为影响她人生的最大的一件事。王爱表示，后来觉得，当时选择去支教和挂职，都是人生不可多得的机遇。这些机遇既是国家和组织给予的，同时她也坚信，机会是留给有准备的人。自己的教育、支教和挂职经历，也给予了她能够胜任现今岗位最为硬质的能力。她觉得，这个决定是正确的，也是非常重要的。

王爱表示，在边疆工作特别能感受到的，就是我们的国家正在变得越来越好，我们也因为国家的发展有了更多个人发展的机会。她表示，能够结合国家政策和大环境，看清楚自己的人生目标并且为之做出计划是非常重要的。她也希望自己能在这方面有所成，成为梦想中的榜样人物，助力边疆孩子的成长，让他们在将来的人生之路上走好第一步，一如既往地脚踏实地。如此，便能够坚信，曾经期待的东西，比如，事业顺利、家人健康、家庭和睦这些，都能够水到渠成。

说到梦想，王爱说，“有很多人会问什么是梦想，我认为就是一个更加遥远宏大的理想，带有更加广阔的想象空间和更大的自由度。”

她现在最大的梦想，就是希望有机会继续深造。去年看到行业有些研究的东西，解决了自己工作中的很多困惑，她觉得人还是要有教育方面的更高追求，不断提升自己。而且她也觉得，边疆幼小教育很重要，但相比之下还是比较落后的，特别是在理念上。现在国家对教育的物质投入很大，她觉得自己也要对得起孩子家长、组织、社会的嘱托。所以，她现在也在积极利用工作之余着手准备，并且学习了如何利用各类数据库去接触行业研究前沿。

除此之外，她还有个人的梦想，比如，还清房贷、组建小家庭、陪父母去旅游。这些梦想无论是对个人还是对家庭都是相对比较容易实现的。梦想允许天马行空，因为每个人的需求和想法都不一样，甚至会因为个人爱好而不一样。王爱表示，她的梦想在一定程度上与父辈的想法是有一致性的，因为，“我们最初也是最根本的需求就是安居乐业。但现如今，我们会因为社会大环境，特别是思想的开化，会更加考虑我们所做的工作除了对个人产生的意义之外的社会意义。这也是圆满完成边疆挂职工作能够成为自己人生一大骄傲之事的原因”。

王爱表示，她在成长过程中逐渐积累了对自己的信心。她认为在实现梦想的路途上，自己的优势体现在处事能力、学习和工作能力以及意志力上，踏踏实实工作，不忘初心。她同样认为社会环境很重要，因为自己小时候并没有这么好的条件，现在国家给予边疆幼小教育很大的支持，比如选派内地专家支援，还有各类培训，帮助边疆地区建机房、图书馆，举办各类活动……

当然，边疆地区的教育由于现实条件存在很多困难。比如，暂时只能解决孩子上学和在校的生活问题，但孩子回家之后的情况没法监管。对家长的培训，还处于正在努力沟通的阶段，所以，可能会遇到有时候举办活动家长不太支持，但是也能理解，基层幼儿园家长很多都是农牧民，生活所迫，工作忙，走不开。

与父辈相比，王爱认为自己在各方面的幸福感都有很大的提高，特别是关于个人成长方面。父辈当时连正常的教育环境都没有，家里也没条件支持他们接受良好的教育；而自己上学的时候，国家并不会让他们这一代人上不起学，而且工作的时候也提供了各种公平的机会，工作岗位也非常多。

职业教育是一条出路

化　　名：陈肖
职　　业：会计
所 在 地：安徽省合肥市
工作单位：安徽省合肥市铜陵有色金属（集团）公司
年　　龄：21 岁
性　　别：女
民　　族：汉族
受教育程度：职业高中

她很感激在职高里遇到的好老师，教会了她会计职业道德，让她能够更好地走进社会。她觉得对自己影响比较深的是在职业高中的时候老师讲的会计职业道德。"当时还没有进入社会，觉得自己以后一定不能做假账，要活得堂堂正正、清清白白。"

陈肖，安徽省合肥市人。采访她刚见面时，有些腼腆。但从一个多小时的交谈中，她的爱笑，她的乐观亲切，以及提前支付了热干面的早餐钱等一系列的动作，可以看出她是一个很有想法、直爽可爱、对生活充满热情的女孩子。

她从小到大一直成绩平平，在觉得自己不是读书那块料之后，初中毕业后直接进入职业高中学习。对于她为何没有继续在校园读书，她笑着答道："人有不同的活法。我从小成绩都不太好，再学习下去也没法考上大学，因此我觉得提前进入职场是一条更加适合我的道路。"而对于自己的童年，她回忆道："我的童年还是很幸福的，我的姑父在事业上小有成就，提携了我父母很多。家里总的发展还是很顺利的，我也衣食无忧。"

同时，她很感激在职高里遇到的好老师，教会了她会计职业道德，让她能够更好地走进社会。她觉得对自己影响比较深的是在职业高中的时候老师讲的会计职业道德。她说："当时还没有进入社会，觉得自己以后一定不能做假账，要活得堂堂正正、清清白白。"

一直以来她是一个比较乖的人，很少和父母起争端。而偶尔的争吵就数她因为不写作业、在中考前期不学习，跟父母嚷着不要去高中。她表示，因为自己对新知识接受得比较慢，看到别人学习得很快很好，就渐渐丧失了信心。之后父母也考虑到她的实际情况，同意了让她去职业高中学习的愿望，没有强制性地让她走读书学习这条路。

在关于人生中的重大决策问题上，她也很坦然："首先是学习上的，之前说到我的学习成绩不是很理想，之后做出了去职业高中的决策，这样的选择是因为我本身不爱学习，也是因为我的父母依据他们的交际圈、自己的人生阅历给我提出的建议。还有一个重大决策就是我选择在很年轻的时候成家，这是因为我本身就向往尽早成家，而且又遇到了合适的人，那就不想错过了。”

在人生目标的相关问题中，她思索了一会儿说：“我的人生目标是顺利地完成各阶段的目标，小的时候是在职高好好学习，入职之后就是好好做一个会计、认真工作。现在成家了，希望自己做一个合格的妻子，之后做一个合格的母亲。每一个阶段我都会明确目标，一旦确定下来，我就会好好朝那个方向努力。”

她对现在的生活环境很满意。因为有了工作和家庭，而且一切都在正轨上。目前家庭中最大的负担是和先生一起还房贷，不过总体来说还是比较轻松的。在平常的家庭支出方面，她一部分工资会给父母亲，一部分维持自己的日常开销，一部分还房贷，还有一部分会攒起来。陈肖表示，“目前为止让我最有成就感的是从职高毕业之后，顺利进入职场，实现了经济上的独立，缓解了父母的压力。而最有挫败感的事情是学生生涯，自己没有取得理想的成绩，让父母操心了不少。”

陈肖的父亲今年 52 岁，高中学历，是一名铁路公司工人，在国内各省份到处工作，月收入维持在 8000 元左右。她的母亲今年 51 岁，高中学历，也是铁路公司工人，固定在合肥庐阳区工作，月收入维持在 4000 元左右。父母均是合肥市本地人。她的父母亲生活习惯良好，不抽烟，不喝酒，身体状况和行为习惯都很好。

父亲和母亲对她的影响在于教会她认真生活，走出不一样的道路，毕竟她没有选择读书成才的路。陈肖表示，“父母对我的学习比较关注，在对我的教育上的经济投入最多，会给我报一些辅导班。其次在生活上，会满足我的吃、住。是我自己不争气，读书不行。进入职高之后，父母基本上就不太管了，主要靠我自己。”说到这里，她又讲述了很多关于父母之前为了她好好学习而付出许多的故事。她与父母的关系都很好，父亲很疼她，母亲一直以来都注重培养她坚持、和人好好打交道的习惯。她和父母经常沟通，有问题会全家一起讨论。

她很爱自己的家，用她自己的话说：“家是疲惫的时候栖息的港湾。”现在有了自己的工作，父母不给她钱了，有时候她会给父母一些钱，让他们不要担心自己。由于自己和父母都在合肥，自家和娘家距离很近，经常见面，所以很少视频、电话，多是上门见面。她最害怕的事情是“子欲养而亲不待”，最讨厌的事情是身处的环境不干净不卫生。与家长之间最快乐、最美好的事情是过年的时候一大家子在一起。

谈起家人，除了父母以外，陈肖说得最多的就是自己的姑父了。她很钦佩姑父，并将他作为自己的榜样，因为姑父这么多年提携帮助了他们一家人。她也希望自己以后有能力帮助自己的家人过上更好更幸福的日子。

当问到她觉得自己的目标能否实现时，她很果断地给了肯定的答案，眼神里透着坚毅的光。对于实现愿望这一点，她很自信地表示，自己是一个很踏实的人，并不会向往一些不切实际的目标，而且自己很容易获得满足感和幸福感，对未来没有什么特别担忧的事情。“未来一定会更好的，我有信心。”她笑着说，“我会踏踏实实，一步一个脚印。努力工作，努力做一个合格的妻子、母亲。”

陈肖曾经最希望的就是有一份稳定的职业，希望自己能成为一个经济独立的人。如今成家立业，这些愿望也已经实现了。她希望以后能有更多的时间出去旅行，同时事业上能一帆风顺，多赚点钱。因为刚结婚，所以对她比较有转折意义的一件事大概是遇到她的先生，和他一起步入婚姻的殿堂。

她现在最大的梦想就是在会计的工作岗位上做出成绩，在公司创出一片天地。这个梦想是前两年刚入职的时候才有的。这个梦想与她在职高学习的内容有关。在梦想实现的过程中她遇到了课程的困难，主要还是个人条件上，是否能坚持下去，把知识点吃透。而有了工作之后，每个月能够给父母一笔钱是她人生中最骄傲的一件事。她认为，梦想是人不断追寻的方向，梦想需要人付出努力。入职之后还是希望自己能够做出点成绩，特别是在没有完成中考的情况下，希望自己的未来不愧对曾经的选择。通过追寻这个梦想，她希望自己能赚更多的钱，同时在精神上也能弥补曾经没能深入学习的遗憾。除了这个梦想，她的其他三个梦想分别是周游世界、有一对龙凤胎和希望自己的孩子成才。

提到和父辈的梦想的比较，她拍了拍她身边的母亲，她的母亲简单回答道：“对梦想的理解，我和我女儿基本是一致的。毕竟成家立业也没有什么新的含义，都是希望自家日子过得好咯。”她继续补充道：“人们对于幸福的定义其实都是差不多的：事业上的成功，家庭上的和睦。这些，也是大家共同的牵挂了。”与父辈相比，她认为实现梦想变得更容易了，因为选择更多了，能够从事的职业也更多了。

而对于现在的社会中还有可能存在哪些梦想的问题时，她思索了一番，不太确定地说：“解决一些学界的疑惑，推动学界发展之类的吧。”对于自己梦想实现还需要的时间，她猜测到：可能还需要5年吧，等自己的家庭结构完备了，梦想也就大致实现了。同时，自己会好好努力工作，做一个称职的女儿、妻子，未来成为一位母亲。

对于自己实现梦想的优势，她认为自己是一个踏实肯吃苦的人，例如，在职高学习的时候，课程有时比较难，要搞清楚财务会计的借贷、坏账准备等，这些很细碎，需要很大的耐心。这个社会也支持踏实肯干的人，而且现在对会计的需求量较大，就职也比较容易。在求职的时候，因为她有这样一项技能，面试时也有一定优势。鉴于此，她对实现自身的梦想还是十分自信的。她认为，职业高中的存在为像她这样学习成绩并不理想的人提供了另一条出路。在她看来，个人优势对于实现自己梦想的帮助更大。因为如果没有个人的坚持，那就没有竞争力。

陈肖认为朋友是能够相互陪伴的人。她的朋友多是在职高认识的，大多从事会计工作。她在工作单位也认识了不少朋友。她通常与朋友一起会逛逛商场、吃吃饭。“谈论最多的是职场上的事，毕竟大家都工作了。”她说道。

大学毕业去种田

化　　名：小元
职　　业：职业农民
所 在 地：河南省驻马店市新蔡县
工作单位：家庭农场
年　　龄：24 岁
性　　别：男
民　　族：汉族
受教育程度：经济学专升本

即使经历了如此大的挫折，未来还有很多不确定和困难，老元和小元并没有放弃当农民的梦想。小元说，自己迄今最有成就感的事情，就是有了现在的农场企业，做自己热爱的农业。这也是自己长这么大以来，和父亲相处时间最长的一段时间，和父亲共同做一件事情。

小元，1994 年生，河南新蔡人。新蔡的土地平坦肥沃，从过去到现在，这里很多人都务农，都是本本分分的庄稼人。小元今年 24 岁，性格阳光开朗，长得也很帅气，不过还没有女朋友。他说，他的梦想是当一个职业农民，有一个属于自己的农场，他爱农业，喜欢和土地打交道。这是小元，也是小元的父亲老元现在的梦想。

小时候，小元一天也没上过学前班，也没见过幼儿园，因为村里没有。父母很早出去打工，小元和姥姥生活在一起。3岁的时候，小元开始跟着二伯练杂技。小元这一辈是家里的第三代，孩子们小的时候都练过杂技。6岁的时候，小元就能跟着二伯的杂技团演出了，一场演出一次挣一元钱，一天最多能演四场。小元本来会继续学这门技艺。7岁的时候，因为演出摔伤了胳膊，小元没法再继续表演，走杂技的路子也就断了。这是小元人生的第一次转折。

在小元的记忆里，小时候很少见到父母，他们一直在外打工。从6岁到10岁，小元从没有见过父母。那时候通讯也不方便，只有偶尔和父母通个电话。当时，奶奶得了白血病，为了给奶奶治病，家里借了11万元的外债。小元记事以后，父母就是在打工、还债，即使逢年过节也不会回老家，为了节省下路费。这些债务直到2000年才还清。小元印象很深的是小学三年级第一学期的寒假，这是小元上学之后第一次见到父母。那一年，父母腊月26日从东莞赶回来过年，过完年之后的大年初二，两人又匆匆忙忙踏上了南下打工之路。

小元到了上小学的年纪，父母把小元托付给三伯照顾。小元在村里上了半学期之后，就转到了县城的重点小学。那时候农村户口的孩子到城里上学，还要交几百元的借读费。不过，父母和三伯都觉得教育非常重要，宁愿交借读费，也要小元在县城好的学校念书。

上小学的小元很贪玩。父母不在身边，想管也管不到，三伯在乡下教书，几乎顾不上小元和小元的堂哥小浩。小元说，所有这个年纪小孩子干的好事坏事他和堂哥都干过。学校的课本来就很少，小元还逃课和同学出去玩，基本都不在学校待着，心里很有一种英雄气概，经常打架，想打谁就打谁，遇到打不过的，就找三伯的儿子——比自己大 3 岁的堂哥小浩来帮忙。小元是班上唯一一个农村出生的，但在一群男孩子中却很有号召力，是同龄小伙伴中的“领袖”。

转变发生在小元上九年级，也就是初三升高中的时候。当时，小元忽然发现摆在自己面前的只有两条路：一条是考高中，继续读书；一条就是和父辈一样出去打工。三伯带小元到乡下看自己教的孩子，看同事们的孩子。小元问自己，和这些孩子相比，大家都是一样的人，为什么差距那么大？他意识到学习的价值，还是想继续读书。小元说，这是自己人生的第二次转变。

经过一年的努力，小元考上了县里的重点高中。这之后，他的求学经历一直是奋力弥补之前的“差距”。高中毕业，小元考上了河南省一所畜牧经济的大专。大专的学习是小元人生中经历的第三次转变。迎新的师兄和系主任给小元打开了一个全新的世界。和周围的同学比、和更多更好大学的学生比，小元更明显地体会到自己的不足，感受到自己的起点有多低、知识有多欠缺。国家规定大专生可以专升本，就是通过自学考试，分数达到一定标准后可以取得本科学历。这意味着，大专生要在大专三年时间内完成本科生四年的学习任务。入学以后，小元就准备专升本。别人学一天知识的时间，小元往往要花两三天，要付出加倍的努力才能成功。这时候，周围90%的同龄人都在玩，很多人喜欢打游戏。中学时候就是游戏常客的小元，已经对这些毫无兴趣。像堂哥告诉自己的，“我已经废掉了，你不能像我一样”。小元想学更多知识，想有一番作为，学习特别努力，周六日基本是在旁边的河南大学度过的，自学、听讲座。通过自学和专升本，毕业的时候，小元顺利拿到了河南大学的经济学本科学位。这让自己的求学之路更进一步。

大学毕业之后，小元在省里谋了份会计师事务所的工作，起薪一个月到手七八千元。但是，小元最后并没有选择这份对别人而言有些令人羡慕的工作。小元想回老家，和父亲一起做农场。小元说：“我是学经济的，但是我喜欢农业。而且，我爸一直有一个梦想，就是在老家能有一个属于自己的农场。所以，我想帮他实现这个梦想。我回来，就是做职业农民，这也是一个职业。我觉得很好！”

现在，小元经营着自己的农业合作社和公司，还考了农业经济方面的研究生。小元说，因为喜欢农业，所以希望学习更多理论和知识，来发展好农业。小元已经顺利通过了研究生复试，他说，老师很鼓励既学理论知识又有实务经验的学生，也会支持他在学习的同时继续做职业农民的事业。

小元小时候很贪玩，但是他很喜欢读书。三伯支持小元和小浩读书，但凡他们愿意看的，都会买。大学的时候，小元喜欢读名人传记，如毛泽东、曾国藩的传记，他觉得，看这些人的成长经历和道路，能找到一些方向。从进大一到毕业，大学图书馆一直在建，都是小元自己买书读。

小元的父亲老元，今年 45 岁。老元只有小学学历。20 世纪 90 年代末，第一代民工潮是去富庶的南方“淘金”。当时 20 岁出头的老元，先去新疆挖过一年煤，后来去了东莞，在做旱冰鞋轮的五金厂打工。五金厂的老板来自浙江。老元踏实本分，干活不惜力，从一个小打工仔干起，一干就是十几年，从月薪几百元到上万元。几年前，公司扩张准备融资。老板对老元说：“你筹 5 万元入股吧。如果没有这么多钱，我替你出了。公司好的时候不用你还。”老元谢过了老板的好意，自己拿出两年的积蓄，又和亲戚借了几千元，凑够了 5 万元入股，他占了公司 5% 的股份。

2008 年，是金融危机的一年，却是这个公司最红火的一年。老元在公司里做一线生产和工厂的管理，他自己琢磨研发了一种滑冰鞋轮改进的产品，迅速席卷了全国。那时候，每天厂子里都加班到十一二点，一年的收入抵得上过去十一二年的收入。光分红，老元当年就分了 40 多万元。不过，改良产品还没来得及申请专利，行业里出现了很多仿品。如果当时申请了专利，收入可能会高得多。这个公司现在的市值已经有 1 个亿了。这两年，因为环保的影响，公司经营和效益抵不上那几年了。公司总部还在东莞，为了生产在杭州又建了分公司，分公司的厂更大，老元却没有再占股份。现在，老元每年还收到东莞公司几万元的分红。

2016 年，40 多岁的老元已经在东莞有了自己的房子、两部小轿车。儿子小元聪明、机灵，有自己的想法。老元自己在外 20 多年，老父亲已经 80 多岁，还在村子里，并不愿意出来和老元住在城里。老元是特别孝顺和有责任感的人。几年前，老元的父亲从房顶摔下来，摔断了腰，几个兄弟家里都不宽裕，老元基本上承担了父亲治疗所有的医疗费用，一共 30 多万元。好在后来，老元的父亲康复了，现在能站起来，靠着拐杖行走。老元在外漂泊了 20 多年，既然儿子想回家做职业农民，自己也梦想有一片属于自己的农场，希望在老父亲身边尽孝心。所以在小元毕业的那一年，父子俩商定，回家做农民。

然而，梦想很美好，现实却并非如此。

2016 年底，老元和小元返乡，踌躇满志地准备建一个属于自己的农场。村里都是从小看着老元长大的乡亲。老元的三哥是乡里的小学老师，堂哥是乡里的医生，都是待乡亲极和善的人。一大家子人在村里都是有名的好人，也有威信。

老元和小元的农场建设从流转土地开始。他们想，都是乡里乡亲，租本村人的土地，应该很好租。但是，从 2016 年 12 月开始，老元一家一家和老乡谈，一直到 2017 年 3 月要春耕的时候，才流转了 200 多亩。有个别农户就是不愿意出租土地，即使老元的亲戚用更好的土地来换，人家也不愿意。无奈之下，老元和小元又成立了一个“农业生产性服务组织”，托管了500多亩土地。托管就是帮农民种地，收成和农户五五分成。对老元而言，如果风调雨顺，优质稻的亩产差不多能达到1000斤，农户分去500斤，剩下自己所得的500斤，先抛去300斤的种粮成本，大约能收入200斤。

老元和小元买了两台拖拉机。农忙的时候，雇司机来收庄稼。机械不够的时候，也会向农机合作社租机器。老元有一台政府补贴的烘干机，麦子收了直接上烘干机，两个小时就能干透入仓。如果用传统晾晒的方式，成本就高了，要有设施农业用地来建晾晒场，晾晒场的地面要硬化，还要顾专门的劳动力来晾晒。

土地和机械的问题解决了，天灾又是一个很大的打击。2017年大雪灾，老元和小元投的基础设施几乎是破坏殆尽。老元说，半夜起来找亲戚朋友，组织人扫大棚上的积雪。但是，根本来不及，那些塑料大棚就像多米诺骨牌一样，“眼睁睁看着大棚一个接着一个倒下去，还要让人赶紧撤出来，免得压倒了人”。这一场雪灾，20多个大棚基本全塌了，种的果树苗全冻死了，鸡棚也全塌了。

雪灾之后，老元和小元再投资不起大棚，只能做成本低一些的农业种植，从种小麦和果树开始。小麦的生长期有9个月，前面几个月是根本没有收入的，种子、化肥、播种都需要钱。当时，他们寄希望于贷款，但是利息太高了，还贷不上。因为贷款必须有抵押，要商品房的房产证、建设用地资格的厂房来抵押或者公职人员身份的担保，果园里的果树不行、农业生产的农机不行，流转的土地也不行。为了不欠乡亲流转土地的钱，为了重新把地种上，老元一家子商量之后，卖了以前的小轿车和东莞的商品房，把这些年的积蓄全投入进去，重新开始。

即使经历了如此大的挫折，未来还有很多不确定和困难，老元和小元并没有放弃当农民的梦想。

小元说，自己迄今最有成就感的事情，就是有了现在的农场企业，做自己热爱的农业。这也是自己长这么大以来，和父亲相处时间最长的一段时间，和父亲共同做一件事情。小元说，今年小麦长得不错，种的果树通过了绿色认证，已经有订单来，今年的小目标是实现农场的规模化和盈利，希望能够净赚20万~30万元。大一点的目标是，做以农业为主体的实体公司，生产有质量保障的农产品。未来的理想是，用3~5年时间，补充知识的不足，围绕农业继续深入地学习。用10年的时间，经营好公司，融资扩大，实现一产和二产、三产的共同发展，给全县城提供自己公司生产的安全高质量的农产品。

老元说，看今年的年景，地里的小麦长得很壮实，苗壮的话收成就会好。不过，现在说丰收还太早了。小麦生长要9个月，只有所有麦子都割下来，都晒干存进了仓，才算是真正的丰收。现在，老元的心态很平和，他说，没有别的想法，希望儿子的理想能实现，再找一个孝顺的儿媳妇；自己就落叶归根，在老家的村子里，有一片属于自己的庄院，种地、陪陪老父亲。

为留守儿童建一所幼儿园

化　　名：韩无声
职　　业：辅助老师（实习）
所 在 地：贵州省威宁县贫困山村
工作单位：私立幼儿园
年　　龄：22 岁
性　　别：女
民　　族：回族
受教育程度：中等职业学校三年级在读

无声扎着马尾辫，总是面带微笑："我自己曾经是留守儿童，知道留守儿童有多苦，对父母的感情由依赖、思念逐渐转变为恨与冷漠，有的甚至一辈子无法缓和。我希望自己能在农村建一所幼儿园，让那里变成孩子的天堂，没有阴霾与孤独。"

韩无声，女，1997 年生于贵州省威宁县贫困山村，家中长女，还有两个弟弟。无声的父母都是 1979 年生人，父亲小学四年级文化，母亲小学二年级文化。无声现在就读于中等职业学校三年级（相当于高三）。

无声一岁的时候父母就到浙江打工了。父母由于没有什么文化，什么工都打过，年轻的时候做过餐厅服务员，也做过酒店服务员、保安，现在父母都在一个工厂做加工。

因为爷爷奶奶早亡，无声小的时候生活在外婆家，外婆和小舅舅、小舅妈生活在一起。无声的大弟弟 2000 年出生，小弟弟 2002 年出生。大弟弟出生后，妈妈外出打工把大弟弟带走了。后来妈妈回来生了小弟弟，再外出打工的时候把大弟弟和小弟弟都带走了，只有无声留在外婆家。当时家里很穷，多一个人吃饭就多一份困难，所以小舅妈对无声的态度不好。那时候无声不懂事，不知道原因，只依稀记得外婆与小舅妈经常吵架，无声想了解情况，总是被小舅妈训斥。

2007 年，小舅妈与外婆大吵了一架，过了两天爸爸回来了，带着大弟弟和小弟弟，因为父母在外打工，实在照顾不了两个弟弟，而且大弟弟到了上学的年龄，在浙江上学费用太高。但是小舅妈不同意三个孩子都生活在他们家里，无奈之下，父亲将姐弟三人送到了一个寄宿制幼儿园。姐姐和大弟弟白天上学，晚上回到寄宿制幼儿园住，小弟弟每天都待在寄宿制幼儿园。姐弟三人每周回外婆家一次，外婆时不时去看看孩子们。

这个寄宿制幼儿园是一个无证经营的黑幼儿园，在乡镇和村子交接的地方，里面有 110 多个孩子，分成 3 个班。无声当时觉得这个幼儿园对孩子就是一种摧残：打骂、体罚，吃的也不好，也不给孩子养成好的习惯，有的时候尿了裤子老师都不给换洗，完全抹杀了孩子的天性。无声和大弟弟都没有上过幼儿园，小弟弟在幼儿园，无声觉得很可怜，就很照顾小弟弟，给小弟弟洗衣服，晚上带着小弟弟睡觉。当时无声就想自己将来长大了要当幼儿园老师，要对小孩特别好。

小时候无声与父母不常见，两三年见一次，小的时候特别想父母，10 岁左右的时候又特别恨父母。

2008 年，父母回来，看到三个孩子破败、瘦弱的样子，母亲哭了。母亲决心把三个孩子都带走。无声全家来到了浙江，挤住在 10 平方米的房子里。无声、大弟弟都无法进入公立或者私立小学，就去了打工子弟学校，无声浑浑噩噩地读了四五年书，实在念不下去了。学习环境太差了，同学大部分是上课打混、下课谈恋爱、放学后打群架，无声觉得念下去不能参加中考，一点希望都没有，于是就辍学打工了。

无声的第一份工作是在蛋糕店打工，后来又找了一份货郎小超市的工作，每天清扫、整理一些小家电和五金，运货、接待客人，什么都干，早上八点上班，晚上十点下班，最忙的时候从早上七点多干到晚上十二点多。那个时候无声才 15 岁。在小店干了一年多，老板生意不错，要开分店了，就让无声和另外一个小姑娘到新店看店。那个小姑娘一天之内收了 600 元假币，造成小店损失 500 多元，很多人都指责那个小姑娘，无声也受到了牵连。无声觉得很委屈，因为自己是外地人，低学历，所以一有不好的事情，大家就会想到她们的这些劣势，第一个被指责的就是她们。

2015 年，父母心疼无声，觉得这样下去，无声会走了他们的老路：漂泊，生活不体面，看不到希望，就劝无声回老家读书。同时，父母也有个要求，请无声把两个弟弟带回去，并照顾弟弟们。当时大弟弟也初中毕业了，小弟弟正上初一。

那时候无声已经不恨父母了，能够体会父母的不容易，也心疼弟弟们，就同意了。无声和弟弟都读了职业高中，小弟弟去了县城的初中。三姐弟都寄宿，很少住外婆家。

无声说他和弟弟之间的感情是“相爱相杀”，“自己其实也爱弟弟，但是家里经济太紧张，即使一家人也相互竞争。小的时候父母带走了弟弟，留下了自己，自己特别恨，后来生活在一起，知道父母如此艰辛，即使出来，生活得也不如老家，也就不计较了。”大弟弟与小弟弟的性格截然不同，大弟弟冲动、暴躁，小弟弟沉默、安静。大弟弟在学校经常与人打架，甚至动过刀，所以家人非常担心他。小弟弟就是看书、学习。

无声说：“我们兄妹三人不怎么聊天，有事的时候会互相帮助，但不说心事，可能是我们都知道彼此的酸楚，没什么可说的。”

2016 年，无声选了自己喜欢的学前教育专业，大弟弟选择了他喜欢的汽修专业。进入学校的第一天，无声说她觉得自己的人生步入正轨了，似乎有奔头了，她突然有了很多梦想：“第一个是攒钱考驾照，能开车将来可以带着自己的学生去到处看看，了解中国文化；我喜欢武侠小说，喜欢行侠仗义，所以第二个梦想就是到金庸小说里的地方转一转；第三个梦想是找一个男朋友；第四个梦想是投资自己，在学前教育领域专业扎实，因为，我的终极梦想是有自己的幼儿园和自己的书店。”无声说：“我自己曾经是留守儿童，知道留守儿童有多苦，对父母的感情由依赖、思念逐渐转变为恨与冷漠，有的甚至一辈子无法缓和。我希望自己能在农村建一所幼儿园，让那里变成孩子的天堂，没有阴霾与孤独。”

在中职的三年，无声做得很出色，参加了很多活动。现在她在一家县城的顶级私立幼儿园当班级辅助老师，实习工资2000 元。学生和同事都很喜欢她，她觉得自己离梦想越来越近。无声在 2019 年初参加了幼教教师资格证考试，正等待成绩。

大弟弟在高一时由于打架，不得已换了一个专业。大弟弟的成绩可以考大专，但是他毅然决然地放弃了。大弟弟说，我可以出去闯荡，家里经济不好，只能有一个孩子上大学。小弟弟学习好，考上了县里的重点高中，从小就是小弟弟最得重视，最得照顾，尽管有时和姐姐会觉得不公平，但在关键时刻，大弟弟愿意把机会让给小弟弟。

大弟弟 2019 年初就去广州打工了。

无声说，如果小弟弟考上大学，自己会供弟弟读书，她说这是“一个姐姐的义务”。无声的父母还在浙江打工，还住在10 平方米的房子里。无声说：“我不会离开我所在的县城，这些年国家政策好，老家发展得很快，如果我转正了，我的工资能达到 6000 元。父母也要回来的，但是这几年不会回来，父母说自己还年轻，还可以再为孩子们拼几年。”

学习会有不同的结局

化　　名：莉莉
职　　业：商业分析师
所 在 地：河南省（在北京工作）
工作单位：某互联网金融公司
年　　龄：22 岁
性　　别：女
民　　族：汉族
受教育程度：硕士研究生

北京给年轻人很多机会，但户口和住房问题如果不能解决很难让人产生归属感，让人觉得这不是自己的城市自己的家，也许有一天最终还是会离开这里的。

莉莉，女，1996 年生，由于比同龄人早两年上学，2018 年 6 月硕士研究生毕业，现就职于一家互联网金融公司。

莉莉出生于河南省漯河市的一个农村家庭，家中有一个比她小三岁的弟弟，目前已参加工作，从事美容美发行业。童年时莉莉的父亲外出打工，农忙时回家，母亲在家务农，莉莉通常和妈妈、弟弟一起生活。偶尔也会有亲戚家的孩子到莉莉家来玩，所以她的童年是非常热闹快乐的。她的父母都是初中文化水平，河南省漯河市当地人，朴实憨厚。用莉莉自己的话说，是“很平凡普通但是很幸福的一家人”。

莉莉表示，自己的童年是幸运的，也是幸福的。她所在的乡村普遍不重视孩子教育，尤其认为女孩子没有必要学历很高。很多人觉得反正毕业之后都是出去打工，不如早一些进入社会挣钱积累社会经验。“父母的这种想法其实会影响很多孩子对自己未来的思考和打算。”莉莉说。但莉莉不赞同这一观点，她很想通过自己的努力证明学习是会有不同的结局的，是可以改变自己的生活的。她觉得自己幸运的地方在于父母非常开明，他们支持莉莉一直读书，努力追求更好的未来。她小时候的梦想就是以后到北京读大学，现在她实现了自己当时的梦想，所以她总结自己的童年是幸运、励志、充实的，也是很感激父母的。

从上小学开始，莉莉的学习成绩就一直名列前茅。受家庭条件和所在地区限制，莉莉并没有上过课外班，但一直参加学校为尖子生进行的补课。小学时，她参加学校的奥数培训，并在镇上的竞赛中拿了第一名；初中时，学校会组织补课；上了高中，教育部门不让学校假期补课，但学校悄悄地给两个实验班的学生“开小灶”——白天在学校上课，晚上不敢让学生回宿舍休息，就让学生在老师办公室打地铺，男生一个房间女生一个房间。虽然条件有些简陋，但莉莉表示当时一点也不觉得苦，因为她在为自己的梦想努力着，她知道刻苦学习、进入大学、增长见识是改变自己生活现状的最好途径。

高考前，莉莉的压力有些大，也有些焦虑和迷茫，经常需要安眠药帮助入睡。焦虑和迷茫的原因是不知道努力之后会不会有收获，能不能实现自己的目标。她说自己一直想要做到最好最优秀，做不到的时候，会产生懊恼和挫败感。但她从不会选择退缩或松懈。莉莉表示，“懊恼和挫败的时候，我只会给自己最多两天的时间去自怨自艾，两天之后一定要调整好自己的情绪，重新开始，因为自己选择了这条艰苦的道路，便只能风雨兼程了。”

最终，莉莉被北京的一所重点财经大学录取。莉莉说高考是对她影响最大的事情。她认为对于像她一样的农村学子来说，高考改变命运也并不是夸张的说法。高考考得好，未来会有无限的可能；考得不好，就要回家辛苦劳作种田，过着日复一日没有什么变化的生活。她觉得虽然不能说什么样的活法是精彩的，但高考让她的生活燃起了希望和激情。

大学期间，莉莉的各科成绩依旧名列前茅，还活跃于社团活动中。研究生期间莉莉读了自己喜欢的金融学专业，2018 年 6 月毕业后进入一家互联网金融公司，从事自己喜欢的商业分析工作，年薪 25 万元左右。莉莉喜欢自己的工作内容、工作环境以及身边的同事。她表示，一方面现在从事的工作和大学所学的专业比较对口；另一方面她在求学期间就发现自己对数据分析和逻辑思考很擅长，而现在的工作正需要这方面的技能。此外，她觉得互联网金融是一个富有变化、更新换代很快的行业，这也促进她与时俱进、不断学习，一边工作一边提高自己，虽然很辛苦，但是也很充实满足。

莉莉很喜欢读书，尤其是一些名著。她说：“很多人励志奋斗最后成功的故事，都会让我充满信心和斗志。”比如，她喜欢读《钢铁是怎样炼成的》和《平凡的世界》，这些书她都读过不止两遍，每一次读完都会有新的收获和想法。“怎么活着是自己的选择，人生而平凡，因为自己的经历而不凡。”她说。

莉莉一直想做一个有思想、有态度、有选择、有变化的人，所以她喜欢读书。在阅读中学习知识，形成世界观和价值观，对事情或事物有自己的思考；对是非对错有自己的评判标准，对生活有态度有追求；在面临选择的时候，能够有能力做出自己想要的选择，而不是迫不得已或随波逐流；时时地丰富自己的知识和阅历，有进步有变化有成长。这是她对自己的要求，她也在尽力去做，并一直坚持去做。

莉莉的父母很支持她阅读，上学时虽然家境贫寒，但假期父母经常带她去逛图书馆。她的父母认为，家里经济条件不好，不能让孩子去市里很好的学校上学，也不能带她去很多地方看看增长见识，只能通过让她多读书，认识外面的世界，希望她能走得更远，生活得更开心。

当问到莉莉有什么兴趣爱好并为此做了哪些努力的时候，莉莉显得有些失落。她是一个很有求知欲望并想要尝试很多事情的姑娘，她想学习绘画、舞蹈、乐器，但是因为在农村长大，没有条件去学这些，只有自己照着课本临摹。但是她说有一个兴趣爱好她一直坚持，就是阅读，读中外名著、人物传记、历史书籍，也读一些杂文。她说读书让她觉得时间有了价值，心灵得到了慰藉，精神世界得到了丰富，正是这些书籍让她一步步顺利地走到了现在。

莉莉现在最想做的事情是去看看中国的其他城市，看看世界其他地方，用脚去丈量世界。莉莉说："以前我都是从书籍中去了解世界、了解他人、了解历史，现在我想用眼睛去看看，感受一下不同的风土民情，历史韵味，欣赏美丽的景色。""世界很美好，我想去看看，这将会是不同的体验吧。这将会是一个很长的过程，我会慢慢去实现，所以现在要好好工作。"她说。

对于北京，莉莉说她想从一个"北漂"的角度来评价这个城市。她认为：北京市是一座给人无限向往、无限压力和无限可能性的城市。去北京求学是她从小的梦想，小时候北京对她而言是一个承载梦想和希望的地方；到北京之后，她发现这里繁华、有活力、有包容力；工作之后觉得这是一个节奏快、压力大的城市。"对北漂来说这里很难产生归属感，但又让人魂牵梦绕。"她解释说，"北京给年轻人很多机会，但户口和住房问题如果不能解决很难让人产生归属感，让人觉得这不是自己的城市自己的家，也许有一天最终还是会离开这里的。"这也是她现在的焦虑，她也偶尔觉得北京这个城市好冰冷。

未来，莉莉仍希望在北京生活，因为"北京有很强的文化包容性，有来自五湖四海的朋友，而且北京的快节奏适合年轻人，年轻的时候不奋斗不折腾，总不能等到年老了徒伤悲嘛”。

莉莉觉得因为刚毕业，所以现在还不能实现工作和生活的平衡，加班比较严重。她认为未来自己在努力工作的同时，也要平衡一下自己的生活，这样才能提升生活幸福感。她希望能够多陪伴父母，能够有足够的时间联系朋友。莉莉认为亲人和朋友都是人生不可或缺的，“朋友是有共同话题共同的爱好，三观一致，在一起很开心，不在一起一段时间会想念的人”。她的朋友大多都是同学，现在也多了一些同事。她和朋友在一起的时候喜欢聊天、约饭、逛街、赏景，现在谈论最多的是工作、是不是开心之类的事情，毕竟现在很多的精力都花费在工作上。

说到10年的变化，莉莉说10年前自己在漯河市镇上读中学，10年后的今天在北京上班。10年的生活环境发生了很大的变化，10年前，生活节奏是缓慢的，生活条件也比较差；10年之后虽然生活压力大了，但是生活在这样充满活力和激情的北京还是很令人开心的。人们的生活条件和水平也有了很大的改善，国民的整体素质也得到了明显的提高。她表示：“我对现在的生活环境还是很满意的，但是北京对年轻人的关爱还是很缺乏的。希望北上广这样的大城市能够对年轻人多一些关注和关怀。”

莉莉认为，梦想是指引人一步步变得更积极、更优秀，并引导人实现自己的价值的一个信仰。有梦想的人，会明白自己未来会变成什么样子，会清晰地知道自己每走一步需要做些什么，而不是碌碌无为，每天是同样的索然无味：今天知道明天是什么样子，甚至对自己的人生一眼望穿。人的梦想是分成不同层次的，有终极目标和阶段目标。把大目标化成小目标，才能明白自己每一步需要做些什么，才不会把梦想蹉跎成空想。

莉莉把自己的阶段目标分成大学之前、大学到毕业、毕业到成家、成家之后几个阶段。上大学前，莉莉想通过自己的努力学习，汲取更多的知识，学习更多的中国文化，考入理想的大学，为自己未来的无限可能性打下基础。大学到毕业之间，莉莉的目标是学习专业知识，提升自己各方面的素养，培养服务社会的能力，以进入合适的岗位发挥自己的社会价值。毕业到成家之间的目标是提高自己的工作能力，为社会创造更多的财富，努力晋升加薪，提升赡养父母和未来抚养孩子的能力，当然也包括解决住房问题。成家之后自己在社会中所承担的角色就更加丰富，需要平衡工作和生活，还要关注自己的发展和心理情况。“要做到家庭、事业、个人提升齐头并进。”她说。

莉莉认为每个人的梦想是不一样的，梦想有时候不是可以量化的，她认为达到某种心理状态或生活状态也是一种理想。她觉得和上一辈相比，自己这一代人的理想更加抽象化和丰富化。她觉得父母的梦想就是新建一个自己的房子，让孩子考上好的大学。他们很少注重自身方面的提升。她觉得，这种不一样一方面是受教育程度的不同，另一方面是社会发展过程中人们的思想得到进一步解放。她认为这是一个很好的现象。

莉莉说："国家的梦想就是每一个国民的梦想，每一个国民的梦想汇成了一个中国梦，只有我们每一个人都在为自己的梦想而努力而进步，中国梦才能够得以实现。"

将钢琴声带回家乡

化　　名：薛立
职　　业：学生（中职在读）
所 在 地：贵州省毕节市赫章县
工作单位：无
年　　龄：21 岁
性　　别：男
民　　族：苗族
受教育程度：中专

薛立，一个经历坎坷的中职学生，认为自己这一代人和父母那一代人的梦想不同。上一代人因为“没怎么见过世面，所以也不怎么想，可能吃饱穿暖就是梦想了吧”。而“现在社会在发展，每个人也在不断进步，人们追求的更多，想得更远，实现梦想也就更为困难”。“这一代人的梦想除了吃饱穿暖以外还要有一份自己喜欢且收入稳定的工作，而好一点的工作需要有更高的学历，更高的学历就意味着花费更多的时间，有更多的投入”。

薛立，男，在毕节市某职业学校读二年级，学前教育专业。薛立在学校成绩优异，是学校的学生会主席，每年都被评为三好学生，同时连续两年获得学校钢琴比赛的第一名。

薛立出生在一个农民家庭，家中有父母和两个姐姐，都没有上过学，两个姐姐分别大他 11 岁和 9 岁，很早就都已经嫁人了。作为家中最小也是唯一的男孩子，薛立的父母对他更为偏爱。目前父母一起在外打工赚钱，一个月加起来有 2000 ~ 3000 元的收入，用来偿还家中 3 万元的房贷、支付家中的日常开销。两个姐姐嫁为人妇后，有的外出打工，有的在家务农，生活状况相对较好也很疼爱弟弟，手头宽裕时就会给薛立一些零花钱。薛立是国家精准扶贫的对象，每学期有 1500 元的补助，而自己每学期也会获得 1000 元的国家助学金。“以前是养三个孩子，现在就养我一个”，所以薛立一家目前的经济状况比几年前已经有了较大提高。

虽然现在的薛立在校园里表现很出色，但他的求学之路并不顺畅。薛立在小学时成绩比较优异，但是上初中后经常受到“有钱的同学”的欺负甚至是打骂。当时他胆子小，不敢告诉老师，就告诉父母，父母去找老师后也还是无法解决这个问题。“老师一般都比较关注成绩好的同学，或者对老师好的家长的孩子”。有一次薛立的同学管他要钱他没同意，自己的手就被别人掐出血，这给他留下了很大的阴影。一段时间后，薛立认为“自己不能总被打”，于是开始加入一些“帮派”，打了不少的架。久而久之，他的成绩有所下降，老师对他的关注更少，他与父母的关系也不好，最终没有考上高中。

薛立初中毕业后就去电子厂打工，每天辛苦工作 12 个小时，却只能拿到 7 元/小时的工资。工作的辛苦让薛立发现，不读书直接去工作是行不通的，所以他重新回到家乡的职业学校念书。因为有过辛苦打工的经历，所以薛立对现在的学习机会十分珍惜，每天的生活就只有学习、钢琴和工作，更取得了不错的成绩。未来他希望自己能够考上大专，甚至继续读本科，努力提升自己的专业知识，再找到一份稳定的工作，好好让父母享福。

薛立和父母的关系经历了一个转变的过程。初中时薛立时常和父母吵架，在学校被同学欺负后告诉父母却没有效果，因此他曾认为“父母和老师都没有什么用，一切只能靠自己”。他做过最叛逆的事是一个星期未到学校上课，独自一人走到很远的地方，身上没有钱也没有吃的，最终全乡人出动帮助父母找到了自己，回家后被父母“打了一晚上”。而他与父母关系的转变始于一次意外，薛立因与人打架导致头部受伤后晕倒，被送往医院后半个小时也没有醒过来，于是医生建议他转到县城医院。但父母因为没钱，请求医生能够继续给他打点滴，终于打到第二瓶的时候他清醒了过来。“看到父母求医生和看我的眼神，我觉得很对不起他们，以后再也不能那么调皮了。”他说。

而现在薛立已经进入职校，学业和生活都步入正轨，也取得了一定的成就，他对自己现在的生活很满意。“这里的老师和以前的老师不一样，你做什么他们都会鼓励你，而且所有同学都会受到一样的关注，大家上课是师生关系，下课就像朋友一样。”此外，他与父母的关系也较以前亲密很多，两三天就通一次电话，自己没钱时父母就会打 200～400 元给自己，家里现在很温暖，父母对自己很尊重。“我想做的只要是对的，父母就会全力支持我，哪怕是要找别人借钱。”他说。

现在，薛立为继续读书还是毕业直接去幼儿园工作而纠结。一方面自己希望提高专业知识，找一份体面的工作，有一份稳定的收入。而另一方面，每次和父母通话薛立都会问他们苦不苦、累不累，经常劝父母如果太辛苦就回到家里不要再出去打工，因为父母已经近 60 岁了，他不希望父母再为自己操劳下去，“如果我再不学出来，担心他们享受不到我给他们的爱”。

现在的薛立已经不再是以前那个不懂事容易冲动的孩子，而是会冷静地思考很多事情。他管理的学生会现在有 400 多人，大家对自己这个主席都很认可，这都源于自己比以前更为成熟，也更加努力。现在的主要工作是带领部门成员组织一些大型活动，帮助老师转发学校通知。当提到自己的工作技巧，薛立认为一定要找到一种管理的方法，还要与同学建立良好的关系。而薛立与学生会同学们的相处也十分融洽，虽然自己作为主席，在工作时要保持严谨的态度，但是不能有高人一等的想法，不工作的时候自己还是一个学生，和大家可以像朋友一样打打闹闹。薛立还认为在上学的时候除了学习以外，能参与一些工作也是很有意义的。

钢琴是薛立最大的爱好，甚至是生活中不可缺少的一部分。“钢琴可以传递情感，你伤心的时候它可以表达出来，你也可以通过弹奏让别人感受到快乐，它已经成为我放弃什么也不会放弃的东西。”他对钢琴的热爱始于打工时在公园看到的一个乐队，那是他第一次了解什么是钢琴和吉他，自己感觉很惊讶，“到底是什么东西可以弹出那么美妙的声音”。于是他用自己打工的钱买了一台二手的电子钢琴，回到家在网上下载视频自学，虽然自学的过程很艰难，但薛立认为“喜欢的就能学好，努力就有天赋”。此外，他坚持自学钢琴的动力也来源于偶像的激励和一次偶然的打击。

薛立的偶像是黄家驹，因为他和自己有着相似的经历，家里也并不富裕，第一架钢琴也是自己花了很大努力才买到的，后期的很多乐器都是自学，但他在音乐上却取得了很大的成就。此外，薛立知道贵阳有一个乐队，于是就去面试，但是因为弹得不好而落选。别人还问他，“你弹的这个样子怎么还来面试呢?”偶像的成功和他人的怀疑深深触动了薛立，让他更加努力学习钢琴。

于是薛立选择了男生很少的学前教育专业。虽然他并不想去幼儿园教书，但是这个专业可以让他经常接触到钢琴，还可以和老师学习一些音乐上的专业知识。此外，他每天坚持早起去学校的琴房练习钢琴两个小时，他表示：“连续几年比赛都是第一名，所以不愿意掉下来，别人弹得好时自己就会有很大的压力，就会加倍练习。”因为钢琴弹得好，也自学了吉他等其他几种乐器，所以薛立在学校受到老师和同学的关注。每年学校招生都会让他去现场表演，他很享受招生时唱几首歌、弹几首曲子的过程，因为这样能有一些影响力，吸引更多失学的孩子重返校园。“希望那些和我一样初中成绩不好而考不上高中的人，不要再出去打工了，来到职校学一门技术，对自己和社会都好。”他第一次站在舞台上表演是在学校的艺术节上，他说，“以前我学习不好，总是没有机会站上舞台，现在终于能让爸爸妈妈在台下看我演出，这是我觉得最自豪的一件事情。”

提到梦想，薛立表示，以前自己认为那是一件遥不可及的事情，因为实现不了所以才叫“梦”，梦想就像幻想、做梦一样，是不可能实现的。他十分羡慕城市里的孩子，因为他们喜欢的东西都可以花钱去学，而农村的孩子喜欢的也得不到，或者要花费很大的努力才能得到。而现在自己对梦想有了新的认识。

自己现在的梦想是能够回到家乡，教更多人弹钢琴，让他们感受音乐的快乐，最好是不收学费的那种。因为家乡的很多人没有接触过音乐，因此很多有天赋的人没有机会弹钢琴。而对于未来的更长远的设想，薛立表示，是希望自己能够成为一个音乐老师，有一个自己的乐队，去更多地方演出，有时间的话教更多的孩子弹钢琴，为社会多做一些贡献。

薛立在通往梦想的道路上不断奋斗，也已经实现了部分梦想。自己的圈子里有一些喜欢音乐的朋友，他经常把大家聚在一起，想学吉他，就教他们吉他；想学钢琴，就教他们简单的指法。今年过年回家，他也叫了几个家乡的孩子来家里学钢琴，他们也弹得很好。“我的梦想已经在路上了，但是可能还需要其他的条件吧，我需要有一份稳定的收入，才可以把这件事情继续做下去。”他说。

随着时代的发展，薛立认为自己这一代人和父母那一代人的梦想有一些差异。上一代人因为“没怎么见过世面，所以也不怎么想，可能吃饱穿暖就是梦想了吧”。而现在社会在发展，每个人也在不断进步，人们追求的更多，想得更远，实现梦想也就更为困难。“这一代人的梦想除了吃饱穿暖以外，还要有一份自己喜欢且收入稳定的工作，而好一点的工作需要有更高的学历，更高的学历就意味着花费更多的时间，有更多的投入”。但是自己已经不想让父母再出去打工操劳，更担心自己如果没有获得很好的发展，会让父母脸上挂不住，“学这么多年如果还是个农民，会感到十分愧疚”。因此自己现阶段什么都不想，只是好好学习，希望早点成才，让父母享受到自己的孝顺。而对于以后的打算，他表示，要综合考虑并平衡家里的经济状况和个人的规划与梦想。

不再为物质所愁

化　　名：思思
职　　业：在线教育网络教师
所 在 地：北京市海淀区
工作单位：某著名在线教育机构
年　　龄：26 岁
性　　别：女
民　　族：汉族
受教育程度：硕士研究生毕业

思思放弃了公办学校教师的职位，成为一名网络教师，她说："如果将来我不为物质所愁，我愿意每年都抽出时间去贫困地区支教。教育不公的问题太严重了，我是受害者，所以我尤其会心疼那些贫困地区的孩子。"

思思，1992 年出生，硕士研究生毕业后在公办学校做小学语文老师，一年半后辞职，现在在一家在线教育做直播语文老师，月薪税后 2 万 ~3 万元。

思思出生在河南省一个县城旁边的一个普通村庄，父亲是全科的初中老师，母亲也曾是小学老师，算是当地的知识分子。所以他们对于思思的教育尤其重视，思思刚上幼儿园时，做老师的父母工资只有60元，两个人加起来120元，让思思上的幼儿园每个月就要80元，那是整个县城最好的幼儿园。虽然最终还是在经济压力下回村里的小学上学，但是也足以证明父母想要好好培养她的决心。思思有一个1997年出生的弟弟，一个1996年出生的妹妹，目前弟弟妹妹都是大学在读，妹妹上的是广州的一所重点大学，医学专业；弟弟上了大专，目前在北京工作。

整个学生时代，思思的学习都是非常好的，从小学到高中都是全班第一名，中考更是以优异的成绩考入县重点高中（全村唯一一个）。思思高中班上有100多个学生，高中三年，期中期末考试她总是能够保持全班第一。2009年河南省高考形势很严峻，一本上线率非常低，那年高考思思依旧是班里第一名，但是离一本线差了2分，最终去了河南省的一所二本院校。思思的很多朋友通过复读都考上更好的大学，这对没有复读的思思来讲，是最大的遗憾。毕业之后她觉得第一学历决定的事情太多了。

思思上大学后，由于家庭经济条件有限，弟弟妹妹也都到了花钱的年龄，父亲每月2500元的工资也仅能顾得上一家人的生活。思思没有选择，只能选择做兼职来补贴自己的学费和生活费。大学四年，思思没有花家里的一分钱，同时连续四年获得国家奖学金、一等奖学金，大四毕业获得了“河南省优秀毕业生”的荣誉称号。大学这四年，思思发过传单、做过家教，寒暑假去南方的工厂打工，还开过小辅导班、干过中介……真正地体会了人生的百态。按照她的成绩，原本可以顺利地保研到北京的重点大学，但学校在公布保研人选的时候，思思却非常意外地落选了。保研失败后，思思的选择不多了，她已经错过了一次复读的机会，这次无论如何也要去北京读研究生。思思决定考研，留给她的时间只有一两个月，那段时间应该是思思最难忘的日子。最终，思思以专业第一的成绩被北京的一所“985”院校录取，并且高出第二名40多分，这对于思思而言已经是个奇迹了，这也是她最得意的一件事情。

读研究生的思思心思全然不在学业上，弟弟妹妹渐渐到了要读大学的年纪，靠着父亲微薄的工资，很难供得起两个大学生，思思不想弟弟妹妹的大学生活也像自己一样辛苦。所以思思开始在北京寻找兼职的机会，最终锁定了高考语文辅导的兼职工作。让思思感到非常开心的是，北京的课时费比河南高得多，在河南辅导一个小时是25元，但是在北京却能到80元、100元。随着教学经验的增加，以及思思独特的辅导风格，课时费最终涨到了250元。有的时候家长还会给出两个小时1000元的工资。思思所有的课余时间基本上在北京各地给学生1对1辅导语文，没课的时候一天可以从早上8点忙到晚上10点，中午也就凑合吃点东西。研究生二年级的时候，思思给家中的父亲买了车，同时也供弟弟妹妹上大学。思思最大的希望就是能多赚些钱，给家人一个更好的生活，她觉得作为家中长女理应负担起一家人的生活。

研三选择工作的时候，思思有两个选择：一个是去新东方教语文，由于国家更加重视语文，整个语文培训市场欣欣向荣，这对她而言是个很好的机会；另一个是去公办学校做语文老师，虽然工资不高，但是有北京户口和寒暑假，而且做老师也更体面。另外，虽然国家明令禁止在校的老师在外面接辅导班，但思思觉得这种现象还是非常多的，“通过这种方式增加点外快，也不一定比去新东方做语文老师差。”

就这样思思进入北京的一所公办小学做了语文老师，工作了一年半以后，思思拿到了北京户口。虽然对于一手带大的学生很有感情，但她还是选择了离职。思思瞅准了在线教育的发展潜力，迫不及待地想尝试一下，也想借着在线教育的东风多赚些钱。凭着之前多年的辅导经验，以及公办学校语文老师的经历，还有名校研究生的头衔，思思找到了一份在线教育语文老师的工作，1 万元的底薪 + 课程提成，工作半年之后一个月能稳定地收入 2.5 万元。没多久，思思在老家县城为父母买了房。

思思最大的爱好便是旅游，目前国外去过泰国、日本和柬埔寨，国内的著名景点也几乎走了个遍，她计划明年过年去欧洲 10 国游。每次国内旅行的花费都在 5000 元左右，国际游 1 万 ~2 万不等，思思认为如果去欧洲可能花费不少。目前来说她最大的希望就是能够年薪百万，能够给自己爱的人一个很好的生活。在上大学之前，她的人生目标是成为一个或多或少对世界有影响力的人，能够帮助到很多人，现在成熟了她觉得自己的能力只能帮助自己的家人。“我也有过理想主义，现实更残酷一些吧，我没有自由，如果可以，将来我也想为社会做点事情。”思思若有所思地说道。

思思的消费观念还是很开放的，平时买衣服买化妆品也都会尽量买最好的，会花5000元办美发卡，也在健身房报了万元的私教课，但思思觉得每月消费最多的还是房租，现在房子的租金是4000多元，房租的支出是持续性的，一年要5万元。

思思对现在的工作环境还是很满意的，老师们都很单纯，同事们的价值观也都很相似，目前自己也在快速成长阶段。对于北京这个城市，思思说：“回到农村，村里人都会高看一个从北京回来的大学生，而自己在北京却没有找到任何归属感，主要是自己还没有能够在北京买房买车，即使有了能力付首付买房子，也会变成房奴，一辈子的压力。”国家越来越富强，这是她感觉很明显的。“你还记得上高中时候的梦想吗？就觉得如果自己哪天可以不犹豫就买超市里的零食那该有多幸福，生活确实是越来越好了！”思思笑着说。虽然国家富强了，但是年轻人的压力却越来越大了，谈到最想去的国家，思思说是北欧国家，北欧国家福利高，人也没有那么大的压力，可以过一个体面的生活。“对，体面的生活，大部分人的梦想都是过一个体面的生活。”她说。

思思所期盼的未来是自己能够不为物质所愁，有一套房子，不为孩子和家庭琐事过分愁苦，即使30多岁依然有自己的生活，而不是被冠于某某的妈妈、某某的妻子这样的标签。思思认为人从物质约束解放出来才是真正的自由，希望未来自己能够不再有必须拼命赚钱的理由。

在思思看来，父辈生活方面虽然贫穷，但是精神方面却比我们这代人更为富足，现在年轻人的精神世界是贫瘠的。赚钱就是为了能够有一段可以不赚钱的自由的时光，她想从物质中解放出来，活出真正的快乐。她特别恐惧的便是结婚生子，年复一年日复一日地过着枯燥的生活。目前的苦恼和焦虑，一方面是不知道自己还能怎样在工作上提升才能实现自己的人生目标，另一方面是已经单身了很长时间，想找一个男朋友，虽然畏惧结婚，但是她憧憬爱情。选择在北京，本身就选择了更大的焦虑和烦恼。

在思思看来，最有成就感的事情就是目前为止自己所有的努力基本上都有了回报，无论是学业还是工作，靠着自己的努力能够有目前的收入。最感到挫败的便是感情上的受挫，思思和自己的初恋男友分分合合八九年，由于世界观不一致，最终还是分手了。“感情不是自己经过努力经营就可以维持的”。她想努力留在北京，努力赚更多的钱，提高自己的社会地位，但是男友更加希望回到老家，有一个稳定的工作，工资不需要太多，有一个舒适的工作环境。价值观的不同导致的是无穷无尽的争吵，本来要谈婚论嫁的他们还是走到了尽头。

思思最怀念的便是上学的时候，虽然物质很匮乏，学校的饭菜很难吃，但是感觉很充实、很轻松、很公平，现在总有一种无能为力的感觉。

思思的父亲今年 53 岁，大专毕业，在县城的初中教书，目前的月收入是3500元；母亲今年48岁，高中毕业，主要的工作是务农。父母的关系非常融洽，虽然母亲脾气不好，但是父亲对于母亲还是非常的宽容。一个健康幸福的原生家庭，也使得思思在外工作能够始终保持积极和阳光。父亲当年高考复读了5年，最终还是没有考上本科，这是父亲最大的遗憾，也塑造了父亲之后谨小慎微的性格。母亲高二辍学回家照顾失明的外婆。思思母亲的孝顺遗传到了思思身上，无论走到哪儿最深的牵挂还是家里。在思思的世界中，父亲曾是最高大伟岸的形象，但上了大学之后，跟父亲闹过一些纠纷觉得父亲过去做的很多选择都太没有闯劲了，总是错过很多机会。近两年，思思越发地心疼自己的母亲，觉得她为了家庭做了很大的牺牲。在与父母的沟通方式上，她的家庭氛围还是很轻松的，和父亲母亲都是无话不谈的，也不会有太多的顾虑。

说到梦想，思思最大的梦想就是手里有300万元的现金，每年可以年薪百万。大一后思思开始认识到钱的重要性，觉得钱可以解决很多烦恼。大一时思思身边所有的朋友都有手机，唯独她没有，没办法和家里联系的她认识到自己要努力赚钱的必要性。思思觉得之所以将自己的梦想和钱挂钩，根本原因就是家庭，刚上大一的时候完全没有生活费，没有办法生活只能靠自己努力兼职赚钱，之后便发现其实自己有赚钱的潜质。自己的物质欲望其实没有那么多，更多赚钱的考量还是为了家庭，为了父母和弟弟妹妹能有更好的生活，现在的生活和过去相比有了很大的改善。

除了物质层面，思思也有自己的梦想，一方面想在教育上做点事情，能够改善教育不公的问题；另一方面想环游世界，然后再多读点书。“如果将来我不为物质所愁，我愿意每年都抽出时间去贫困地区支教。教育不公的问题太严重了，我是受害者，所以我尤其会心疼那些贫困地区的孩子。”

“00后”

中国梦的代际差异

化　　名：晓龙
职　　业：学生（初中生）
所 在 地：湖南省宁乡市
工作单位：无
年　　龄：15 岁
性　　别：男
民　　族：汉族
受教育程度：初中

晓龙觉得，父母对自己的期待是考上一个好大学。晓龙自己则希望以后能够财富自由，有钱做自己喜欢做的化学试验，能够周游世界。

晓龙，男，出生于2003 年，今年15 岁，在N 县金海中学念初三。晓龙所在的班是初三“最重点”的班，成绩是年级前十名。晓龙学前在县幼儿园，小学在城南小学，都是县里比较好的幼儿园和小学。

晓龙说，父母希望他的学习别太差就行了，并没有特别高的期待和压力。晓龙自己的定位是，“至少要中上等”。晓龙是班上的英语科代表和政治科代表，朋友比较多，最好的朋友是学习很好、每次考试班级第一的同学，他们从小学就是好朋友。最好的朋友的父母都是老师，和自己父母也熟识。晓龙小时候和母亲在一起，1～3 岁白天是爷爷奶奶带，母亲每晚都会回家。4～12 岁幼儿园和小学，主要由爷爷奶奶接送，每天也会见到父母。上初中时，晓龙在私立寄宿学校，每周末回家，寒暑假也和父母在一起。现在，晓龙通过了长沙重点中学的选拔考试，将要在长沙开始全寄宿的学习，父母每周能去看望一次。

谈到梦想，晓龙觉得，父母对自己的期待是考上一个好大学。晓龙自己则希望以后能够财富自由，有钱做自己喜欢做的化学试验，能够周游世界。

晓龙的业余爱好是玩魔方、骑单车、打牌（当地老少咸宜的游戏，访谈进行中，他的小伙伴就在旁边的屋子打牌）。晓龙最喜欢并且对他影响最大的一本书是《百年孤独》，他觉得其中的环境描写很真实，很震撼。晓龙最喜欢化学，也希望以后做理工科类和化学有关的职业。未来希望到长沙发展，因为离家和父母近。

晓龙觉得自己的家乡是比较好的城市，环境好、人好。曾经没有红绿灯的时候，自己过马路小汽车也会停下来，让行人先过。晓龙觉得国家现在发展可能面临一定的阻碍，比如中美贸易摩擦。但是，他觉得国家发展的动力更大一些，国家未来会比现在更强大。

晓龙上过国画、书法和跆拳道等课外培训班，因为自己感兴趣。但是现在初三太忙了，没有时间参加了。

晓龙所在的中学非常重视教育，老师都是从公办学校高薪聘来的好老师。每学年都要考试，按照成绩来分最重点班、一般重点班和普通班。目前的两个重点班已经经过了一轮考试，这轮考试把两个重点班的学生分成了两个部分，一个是慢班，目标是考取县一中；一个是快班，目标是考取西安交大少年班，或者长沙雅礼中学（现在N县划归长沙管，长沙的部分好中学也会提前到这里录取尖子生）。晓龙已经通过了西安交大少年班的考试，同时也考取了长沙的雅礼中学，家里选择了后者。

变故中的成长

化　　　名：苏苏
职　　　业：学生
所 在 地：北京市
工 作 单 位：无
年　　　龄：17 岁
性　　　别：女
民　　　族：汉族
受教育程度：高中二年级

苏苏身高 175 公分，短发，略皱眉头。苏苏现在慢慢清楚，以前自己的张扬跋扈是物质、金钱、家庭背景的支撑，现在这些没有了，自我认知与定位也不清晰了，她也逐渐意识到自己应该有立足的能力。

苏苏，女，2003 年生于江苏省苏州市。爸爸 1972 年生于浙江省农村，妈妈 1976 年生于苏州。爸爸是军事院校的博士，妈妈大专学历。

苏苏的爸爸小时候家里很穷，奶奶早逝，有一个妹妹，爷爷务农。爷爷希望爸爸读书做官，爸爸不爱读，爷爷为此狠揍了爸爸，并让爸爸开始务农，早上 4 点开始上工，晚上 6 点下工，爸爸累得不行，妥协去念书了。

1991 年，苏苏的爸爸考上了江苏的一个军事院校。爷爷告诉爸爸：“不要再回农村，全家指望你改善生活呢。”

爸爸记住了爷爷的话，在学校里努力表现，因为农村出身，能吃苦，什么活都能干，因此很受领导赏识。当然，爸爸本身也有学业水平，学习的内容是战略战术，后来直接留校读了研究生。

爸爸通过院校领导介绍，认识了苏苏妈妈。苏苏外公是苏州一个机关的主要领导，家庭条件很不错。苏苏还有一个姨妈，大学的时候就到澳大利亚学习了。苏苏妈妈有先天性心脏病，虽然做了手术，但是心脏一直不好，学习也受到了影响，就在江苏本地读了一个大专后，在银行工作。

苏苏妈妈身材高挑，面相圆润，加上家庭条件，苏苏爸爸一眼就看中了。苏苏爸爸追了妈妈三年，几乎把妈妈家的活都干遍了。苏苏外婆说：“这小子傻傻的挺实诚的，就是家庭条件不好。”苏苏妈妈想了想，还是答应了爸爸的追求。

1998 年，苏苏父母结婚了。

因为苏苏妈妈心脏不好，一直没敢怀孕。随着年纪增长，苏苏爸爸希望能有一个孩子，但苏苏外公外婆坚决反对，“心脏病生孩子会有危险”，还把苏苏爸爸骂了一通。

巧的是，苏苏妈妈怀孕了。她很犹豫，生有危险，不生家庭矛盾升级，婚姻也许会破灭。苏苏妈妈决定生。

2002 年，苏苏出生了，妈妈也安然无事，全家特别欢喜。

父亲硕士毕业后留校当了老师，还因为教学水平高得了二等功。

2004 年，苏苏爸爸得到了一个推荐到国防大学读博士的机会，爸爸很心动，但是孩子还小，他担心走了的话妈妈的负担会重。但是，外公、外婆、妈妈很支持，认为这样以后更有前途。2004 年底，爸爸成为国防大学的一名博士生。爸爸觉得读博士特别好，不但可以提升自己更好地报效祖国的能力，而且待遇也好，一天的餐补就是 100 多元，都吃不完。

2008 年，父亲博士毕业，被选入解放军高层机关做参谋。全家人特别高兴，下一个目标就是解决夫妻两地分居的问题。苏苏的外公在当地有些影响力，就托关系把妈妈安排在北京的一家银行工作。

2009 年，父母两地分居的问题解决了。爸爸很快分了一套在北京的房子。外婆过来照顾苏苏。

苏苏从小娇生惯养，衣食无忧，因此性格大胆，我行我素，敢于挑战，上课时经常向老师发难。苏苏的钢琴水平很高，经常参加演出，因此总是自信满满。

2009 年，苏苏进入了北京市海淀区公认的最好的小学。

苏苏说："我从小就没觉得有什么可怕的，觉得学校里有很多安排都没有必要，我将来想做钢琴家，到国外巡演，所以物理、化学与我关系不大，我学好英语、钢琴就行了。老师说我也不爱听。"苏苏从小不知道什么是挫败，同样也不知道什么是幸福。如果有人说苏苏你真幸福，她一定会反驳说："我一点都不幸福，天天要上学，不想上的课也要上，还要穿校服，一点都不自由。”

2015 年，苏苏进入了很多人可望而不可即的初中。可家庭却发生了大变故，外公被“双规”了，外公的“人设”崩塌了，外婆的“人生”崩塌了，妈妈的“形象”崩塌了，爸爸的“仕途”崩塌了，全家陷入了黑暗。

外婆和妈妈后来反思，是啊，应该是有问题，这些年全家人花钱大手大脚，生活奢侈，就靠外公的工资怎么可能支撑得起？外婆没有工作，妈妈的收入不高，姨妈还在国外生活。

妈妈因此不能在原单位工作了，再换一个银行年纪大了也难了。妈妈辞职后，找了一个民企，月收入从原来的 2 万多元下降到 1 万多元。

爸爸不知道是受到影响还是自己想离开，调离了北京，到重庆工作了。现在一家人又分离了。

外婆每天在家以泪洗面，不停地念叨：“过了这些年，都不知道他是这种人，这以后还怎么抬得起头，还怎么过啊!”外公一直被关押，因为牵涉很多人、很多事，加上外公老了，很多事情记不清、对不上，就一直再审问审查。家人几乎没有机会去探视，没人知道外公现在怎么样了，只能通过老家的人间接地打听到一点消息。

苏苏的家庭又进入了另一种模式化，少言寡语，冷冷清清。

苏苏觉得这件事对自己的打击最大，“都没脸去上学了，同学和老师一定会瞧不起我，指指点点，名誉扫地”。妈妈安慰她说：“你们是小孩，不会有人知道，学校也不会知道，你安心上学吧。”但苏苏真正在意的是“面子问题”，是自己无法面对，自己不明白，为什么大人给她讲的道理、讲的原则、对她的要求，大人自己却做不到？苏苏说：“每天自己的心里都像堵着一个大石头，推又推不掉，总是觉得有人在看你，在议论你，总有一种莫名的恐惧感与羞辱感。”

今年苏苏 17 岁，中考有些失利，只考入了很普通的高中。苏苏现在慢慢清楚，以前自己的张扬跋扈是物质、金钱、家庭背景的支撑，现在这些没有了，自我认知与定位也不清晰了，开始怀疑人生。

在高中，苏苏的理科成绩几乎全都不及格，只有数学成绩勉强及格，上课也听不懂，想学也学不会，在学校里几乎没有朋友，更不爱回家。苏苏逐渐意识到应该有自己立足的能力。

苏苏一直没有放弃自己对钢琴的梦想与挚爱，每天放学练几个小时。苏苏说：“钢琴能让自己平静。钢琴就是一个世界，在这个世界里只有旋律与自己，没有烦恼。”苏苏想 18 岁就去美国著名的音乐学院深造，以后留在美国，就算回国也不会再回到北京或者江苏，会去一个大城市，做钢琴演奏家，或者就做一名钢琴老师。

在美国学音乐，学费高昂，她相信爸爸妈妈会支持。苏苏的爸爸妈妈确实支持，一年大概 50 万元的支出，妈妈说，孩子没什么错，她不能面对很正常，大人们也在逃避，甚至互相指责埋怨，我们必须努力为她营造一个新的环境。

浪子回头金不换

化　　　名：姚飞
职　　　业：学生
所　在　地：四川省绵阳市某农村
工作单位：无
年　　　龄：18 岁
性　　　别：女
民　　　族：汉族
受教育程度：职业高中高二年级

四年前，姚飞是戒毒中心里年龄最小的。戒毒的两年的时间里她每时每刻都在想家，想爷爷想奶奶，也想回去上学，很后悔自己做了这样的事情。姚飞知道，好好学习，努力考上大学不仅仅只是自己的梦想，也是很多帮助过自己的人的共同心愿，她不想让这些关心自己的人失望。如果真的有拿到大学录取通知书的那一刻，她首先会感激那些帮助过她的人。

姚飞，2000 年出生，现在就读于四川省成都市辖县的一所职业高中。姚飞是学校的“风云人物”，担任学校播音社的社长，也曾多次担任学校各大活动的主持人，并且在 2018 年斩获了一场全国演讲比赛的一等奖，她称这次获奖是自己最骄傲、最有成就感的事情。

在老师的心目中，姚飞是听话、上进的学生；在同学心中，她是成熟、幽默的知心大姐姐。听说过姚飞经历的人都会心疼并且由衷地为这个孩子的改变感到开心。四年前，14 岁的姚飞因涉毒而被强制隔离戒毒两年，是当时四川戒毒所最小的涉毒人员。两年的戒毒所经历彻底让姚飞清醒并觉悟，她努力开始全新的生活。姚飞称这两年为自己人生的转折点。

2000 年的 7 月，姚飞 23 岁的父亲和母亲，瞒着姚飞的爷爷奶奶未婚产女。孩子的出生并没有让这段地下恋情升温，姚飞的父亲脾气不好，动辄对她母亲家暴。8 个月后，母亲留下不足一周岁的姚飞离开了，从此再也没有音讯。不务正业的父亲将女儿留给爷爷奶奶照顾。姚飞认为父亲是一个冷漠的人，年轻的时候很“浪”，更没有什么家庭责任感，以前很少管过自己。姚飞在职高读书之后才开始和父亲有正常的交流，在此之前除了要钱，和父亲没有任何正常沟通，只会吵架。

即使缺乏父母的爱，但在姚飞心目中童年还是非常美好的，因为爷爷奶奶真的很爱她。所以她不缺爱，“过得挺好的”，她说。但是隔代教育也有问题，就是自己的有些想法爷爷奶奶是不理解的。姚飞的爷爷奶奶都是农民，思想相对古板，微薄的收入来自务农，奶奶平时会打打牌，去庙里烧烧香，爷爷喜欢抽烟和喝酒，不爱吃早饭，平常也会打打牌。但爷爷奶奶对她非常好，也非常关心她的学习。姚飞小学时的成绩还不错，因为爷爷奶奶总是告诉她要好好学习，将来考上大学才能改变自己的命运，所以小姚飞还算很努力。但父亲并不关心她的成绩。姚飞也羡慕那些有爸爸妈妈的小孩子。让她印象最深的一件事是一次期末考试，作文的题目是“我的母亲”，40分。姚飞的语文学习成绩还是不错的，每次都能考90多分，但从未见过妈妈的她实在憋不出来，硬生生地一个字没写，最后那次考试考砸了，没有及格，回家就挨了骂。

上了初中以后，姚飞学习渐渐吃力起来。她偏科比较严重，数学很差，就渐渐对学习没有了兴趣，也萌生了不想读书的念头。但最终辍学和家庭的变故有关。姚飞刚上初中，从小抚养自己长大的爷爷便查出了胃癌，晚期，一年后爷爷去世。姚飞和爷爷的感情非常好，这件事对她的打击非常大。更让姚飞难过的是，爷爷去世，作为家中独子的父亲却没有回家，这件事恶化了姚飞和父亲的关系。父亲的冷漠令姚飞非常愤怒，她当时觉得自己一辈子都不可能再认这个爹。

爷爷去世后，姚飞越发地不想学习，她跟学校申请休学，但学校要求她出具医院的证明，她没有办法弄到医院的证明，所以干脆就辍学回家了。姚飞并不敢告诉奶奶自己辍学的事情，奶奶最大的希望就是她能够好好学习，她只能骗奶奶自己只是休学几周，还是会回去上学的。几周过后，姚飞并没有回去上学，不安的奶奶开始不断催促她回去上学，但那时候的姚飞已经在市里接触了一些不良的社会人员，没有辨别能力的她开始沾染毒品。姚飞的生活费父亲还是会定期打，但在外面的这段时间也是姚飞和父亲关系的冰点，她恨透了父亲，每次和父亲的通话最终都变成一场毫无顾忌地相互辱骂。

吸毒大半年之后，姚飞被抓了，进了戒毒中心。姚飞不知道父亲有没有生气，因为他也没怎么管过自己，只是奶奶很震惊、很伤心。姚飞向奶奶承诺自己会改，奶奶相信她，也愿意给她机会。姚飞是戒毒中心年龄最小的，两年的时间里她每时每刻都在想家，想爷爷想奶奶，也想回去上学，很后悔自己做了这样的事情。除了家人，姚飞最感激的是四川戒毒中心的警官，戒毒所的科长是让姚飞印象最深的。科长警官曾经问姚飞最想做的事情是什么，姚飞说就是想回家回去上学，姚飞知道警官不可能放她回去，但是警官为他们这些年纪小的人开设了课堂，并且让戒毒中心的警官轮流教他们知识。姚飞由于在戒毒所的表现，提前一个月出了戒毒所。

姚飞只想回家，也只想回去上学，但找遍了绵阳市所有的学校，没有学校愿意接受有污点的姚飞。姚飞一度非常绝望，是戒毒所的所长给了她希望。所长到处求情找关系，帮助戒毒所的孩子联系新学校。最终，姚飞被现在的职业高中接受了，现在的学院愿意给她一次机会，而且隐藏了她过去的经历，保证她在学校能和普通学生一样有正常的校园生活。除了戒毒所的警官，姚飞所在社区禁毒办的工作人员也对她非常关心。

姚飞觉得自己很幸运，碰到了这么多的好人。考虑到姚飞家里的困难，戒毒中心承担了姚飞的学费。到了新学校，姚飞的班主任更是对她无微不至的关怀。“是班主任帮助我建立了自信。”她说。

姚飞非常喜欢播音主持，便加入了播音社，并迅速成为播音社的社长。她在学校最快乐的事情就是中午和下午的播音，当自己的声音响彻整个校园，姚飞觉得非常有成就感。去年参加演讲比赛，决赛那天，戒毒中心的警官也来为姚飞加油。最终她夺了冠，警官们也非常开心。

但姚飞在学校也有烦恼，她现在最大的烦恼还是学习，姚飞的学习成绩在三四十个人的班里只能排到中等。一方面，姚飞很偏科，数学和英语很差；另一方面，姚飞初一没有好好学习，初二就辍学了，初中的课程没有跟上，直接上高中还是非常吃力的。职业高中有高考班，也有就业班，姚飞原来一直都在高考班，但是觉得学习很吃力就自行决定要转到就业班去。姚飞觉得考大学对自己来说是一个奢望，自己的成绩不好，所以决定转到就业班，直接去工作。得知姚飞想法的班主任袁老师找她聊天，对她的事情非常上心。袁老师认为姚飞完全有考上大学的实力，他不赞同姚飞放弃高考的决定。姚飞的奶奶也对她非常有信心，认为孙女一定能够考上大学。家人和老师的鼓励让姚飞有了动力，现在她最大的梦想就是能考上大学，想考的是播音主持专业。

姚飞的父亲对于她的期望并不是上大学，他希望女儿将来能有一个稳定的生活。姚飞的父亲 1977 年出生，是爷爷奶奶唯一的儿子，但是姚飞的父亲年轻时被骗去搞传销，开过家具城也倒闭了，没有什么赚钱的意识，爱喝酒、脾气差，每天出去打牌喝得烂醉。女儿的出生并没有让姚飞的父亲成熟起来，在姚飞的印象中，父亲三四年才会回家一次，今年过年父亲倒是很罕见地回家了。姚飞的父亲没有再婚，目前在浙江和女朋友经营一家茶馆，据姚飞猜测父亲一个月能赚 1 万多元，每周会定期地给自己在微信上转 200 元，除了转钱，父女俩并没有其他的交流。姚飞的父亲大概一个月会给姚飞打一个电话，但也就是问她在哪儿、在干什么就结束了通话，姚飞没有和父亲相处很温暖的记忆。让姚飞很不满的是，父亲虽每周都会跟奶奶通话，但总是会对奶奶发脾气，姚飞为奶奶感到不平。最近奶奶想重新修整一下厨房，厨房的柱子都快塌了，修整厨房需要七八千元，父亲不愿意出这笔钱，奶奶也没有收入来源，所以事情就搁置了。姚飞的父亲并没有房子，现在家里的房子还是爷爷奶奶的，父亲在外地也没有购置房产。虽然父亲还是一样的臭脾气，但是自从自己上了职高，父女俩的关系还是缓和了不少，现在虽然还会吵架，但越来越少了。以前父亲对她都是命令式的，现在也会尝试去尊重她的意见了。现在父亲在姚飞的心中也是知道踏踏实实赚钱了。姚飞说每次父亲惩罚她的方式就是切断她的经济来源，不给她生活费。姚飞的父亲现在也会关心她，她回家晚了或者出去玩，父亲都会跟奶奶打听。姚飞认为自己进戒毒中心的两年也让父亲有所反思，现在的姚飞觉得家还是很幸福的，目前她最恐惧的事情便是奶奶会老，会离开她。

姚飞对于母亲没有印象，也不想去找她。奶奶说，姚飞妈妈不来找她只有两个原因，一个是已经去世了，另一个就是她已经成家了。姚飞想了想，无论哪个原因她都不应该去找妈妈。姚飞前几年动过一次想去找妈妈的念头，那是因为村里人都说姚飞和妈妈长得实在太像了，她想知道自己的母亲到底是什么样子的，但几天后又没有这种想法了。

谈起偶像，姚飞喜欢薛之谦，虽然她也知道薛之谦有很多负面的消息，但她就是觉得他有才华；另外一个比较喜欢的明星是张云雷，她觉得张云雷经历了很多挫折但依旧能够努力振作很励志，她主要是因为张云雷能在很多不幸的经历后还坚强地工作，所以才会喜欢她。平常姚飞会看一些《花千骨》之类的玄幻类电视剧，会看周润发的电影，觉得很好看。

朋友方面，姚飞小时候有一个形影不离的好朋友，她们两家离得很近，隔着一条河。初中时姚飞辍学，但是她的好朋友却坚持读书，最后考上了南京大学，姚飞很为朋友感到开心也很羡慕。但与此同时，姚飞觉得两个人的经历太不同，有非常深的隔阂了，联系也渐渐少了起来。朋友的家人知道姚飞的这些经历，不太希望自家的孩子和姚飞过多来往，也使得她们的接触机会变少了。这个朋友算是姚飞的榜样，她希望自己也能考上大学。

现在姚飞身边的朋友更多的是班里和宿舍的同学，她们课余时间谈得最多的便是大学，姚飞最大的梦想也是考上大学，回到自己的家乡四川做一个播音主持人。除了考上大学这件事儿以外，姚飞还希望毒品能够在中国被消灭，不要再去祸害更多的人。姚飞最后悔的事情便是初中辍学，而且沾染毒品，这段经历几乎要毁了她的一生。

谈起国家，姚飞觉得很为国家的富强感到自豪，她也相信国家以后也会越来越好，对于自己现在城市的感受也是发展得越来越好了。当被问到不考虑物质条件，最想居住的国家和地区时，姚飞斩钉截铁地说自己还是想生活在中国，自己的家乡，一方面对国家的未来有信心，另一方面是她就想和奶奶在一起。奶奶最大的梦想，姚飞很清楚就是希望自己能够考上大学。对于父亲，她觉得自己并不知道父亲会有什么梦想，他们也从来没有聊过这些。

好好学习，努力考上大学不仅仅只是自己的梦想，也是很多帮助过自己的人的共同心愿，她不希望让这些关心自己的人失望。如果真的有拿到大学录取通知书的那一刻，她首先会感激那些帮助过她的人。

附录

中国居民代际流动的现状、趋势以及国际比较分析

杨 沫①

一、引 言

2012年11月29日，习近平总书记首次提出“中国梦”，指出实现中华民族伟大复兴就是中华民族近代以来最伟大的梦想。此后，习近平总书记在多个场合、多次提及“中国梦”，在十九大报告中更是出现13次之多。“中国梦”不是一个虚幻缥缈的概念，而是一个通过努力可以真实触及的存在。于国家，“中国梦”是“实现中国的伟大复兴”；于人民，“中国梦”是“享有人生出彩的机会，享受梦想成真的机会”。“中国梦”是由千千万万人民自己的梦想铸就而成，而社会公平与机会平等正是各阶层人民实现自身梦想的必要条件。

代际流动性是衡量社会公平与机会公平的重要指标。代际流动性越高，子辈受到父辈收入与社会地位的影响越小，社会

① 杨沫，清华大学社会科学学院与中国发展研究基金会博士后。

中低阶层的家庭出生的孩子通过自身的努力完成社会阶层的跨越，实现自身梦想的可能性也就越大；反之，这样的可能性越小。目前，“富二代”“官二代”“农二代”等词开始频频出现，表明社会阶层固化的问题开始引起人们的关注。收入、财富以及职业代际流动性低，将导致社会阶层的固化，阻碍人民实现自身的梦想。

除了广泛的社会舆论外，目前已有大量学者对中国居民的代际收入流动性进行了研究。一部分学者认为中国居民的代际收入流动性偏高，社会阶层固化严重。如，贡等（Gong et al.，2012）基于国家统计局2004年的城镇家庭教育与就业调查（UHEES2004）数据，采用工具变量的方法估计得到2004年中国城镇居民家庭的代际收入弹性为0.63，说明中国家庭子女的收入水平在很大程度上依赖父辈的收入水平。袁等（Yuan，2017）基于1989~2009年的中国健康营养调查面板数据，采用工具变量的方法研究得到中国居民的代际收入流动性在0.5~0.6之间，这意味着中国居民的代际收入流动性低于绝大多数的发达国家。另一部分学者认为中国居民的代际收入流动性尚可，而且呈现出持续下降的趋势。何石军和黄桂田（2013）使用1989~2009年的中国健康营养调查面板数据，通过采用优化估计的方法研究发现，2000年、2004年、2006年和2009年的代际收入弹性为0.66、0.49、0.35、0.46，中国的代际收入弹性大体上呈下降趋势。

从国际比较的视角，一些学者也对中国与其他国家的代际流动性进行了比较研究，主要以职业分布作为基础，从职业代际流动的角度进行比较研究（社会学家称职业的代际流动为社会流动）。例如，基廷（Ji T.，2014）对比研究了美国、印度和中国的代际职业流动性，发现印度和中国的年轻人除了人力资本积累受到阻碍，在劳动力市场上还面临摩擦。中国的户籍制度限制了这两个国家年轻人的就业选择范围。这些都严重阻碍了中国的劳动生产率的提升。竹下（Takenoshita，2007）对比中国、韩国和日本的社会流动性发现，中国和韩国的社会流动性高于日本。李等（Li et al.，2015）选用中国和英国作为研究对象，发现从绝对流动性来说，中国的社会流动性存在向英国收敛的趋势。但是，从相对流动性来说，中国存在更强的不平等性。

即使采用了同一套数据，也可能由于估计方法的不同，得出不同的代际收入弹性估计结论。梭伦（Solon，1992）对代际收入弹性的估计结果进行了分析，采用普通最小二乘估计（OLS）的结论以及平滑收入的方法（采用一定时期内的父亲平均收入来估计父亲的持久收入水平）均低估代际收入弹性，而对父亲的收入水平采用工具变量的估计方法，会高估代际收入弹性。因此，在对中国居民的代际收入流动性进行分析或者国际比较时，需要进行针对不同的估计方法进行区分讨论。

那么，目前中国居民的代际流动性究竟如何？中国居民的代际流动性呈现出何种变化趋势？如何进一步有效提高中国居民的代际流动性？这些都值得深入探讨。本文将从收入的代际流动性、职业的代际流动性以及社会经济指数的代际流动性三个方面出发，从收入、职业以及社会经济地位三重角度对中国居民的代际流动性进行现状分析，并基于代际收入流动性测度指标，对我国居民的代际流动趋势以及国际比较进行深入分析。

二、中国居民代际流动性的现状

考虑到职业不仅与个人的教育水平、健康程度等挂钩，而且还影响到个人的政治参与度。而社会经济地位指数主要建立在职业的声望基础上，是对于个人收入、职业以及教育水平的综合度量。本文将从代际收入流动、代际职业流动以及代际社会经济地位流动三个方面入手，对中国居民的收入、职业以及社会经济地位的代际流动性进行现状分析。

（一）收入的代际流动性

收入的代际流动性是一个人的收入水平受其上一代人收入水平影响的程度。根据贝克和汤姆（Becker and Tomes，1979）的理论模型，代际收入流动性主要采用子代对父代收入水平的弹性来测度。代际收入弹性越小，表明子代的收入水平受父代收入水平的影响越小，代际收入流动性也就越高。根据理论模型的分析结论，父代与子代的代际收入传递性可以采用（1）式来刻画：

$$y_{si} = \rho y_{fi} + \varepsilon_i \tag{1}$$

其中，y_{si} 和 y_{fi} 分别表示子代和父代持久性收入的对数与对数平均数的离差（$y_{si} = \log Y_{si} - \overline{\log Y_s}$，$y_{fi} = \log Y_{fi} - \overline{\log Y_f}$），其中 ρ 表示代际收入弹性。

该模型中，父代和子代的收入水平是持久性收入，若采用某一年的收入代替持久性收入，那么产生测量误差的问题。得到的代际收入弹性依概率收敛结果为：

$$p\lim\hat{\rho} = \rho\frac{\sigma_f^2}{\sigma_f^2 + \sigma_\varepsilon^2} < \rho \qquad (2)$$

σ_f 和 σ_ε 分别为父亲持久收入和测量误差的方差。存在测量误差的情况下，OLS 估计得到代际收入弹性低于真实值。针对代际收入弹性的估计问题，已有研究表明可以采取如下两种方法解决。

①平滑收入法。采取对样本进行追踪调查研究，得到持续多期的收入数据，采用收入平滑的方法得到父代的持久性收入。平滑收入的方法指对长达 10 年以上的观测样本的收入数据取平均值。采用平均收入来代替持久收入的纠偏方法后，代际收入弹性的依概率收敛结果变为：

$$p\lim\hat{\rho} = \rho\frac{\sigma_f^2}{\sigma_f^2 + \sigma_\varepsilon^2/T} < \rho \qquad (3)$$

观察次数 T 越多，估计偏误越小，但不能完全消除估计偏误。因此，平滑收入法虽然不能完全消除代际收入弹性估计的偏误，但能有效减少代际收入弹性估计的误差。

②工具变量法（TSIV）。将父代的收入视为内生变量，采

用两阶段工具变量的估计方法来估计代际收入弹性。已有的研究中采用父亲的教育水平、职业或是工作单位的性质等作为工具变量，得到的工具变量估计结果收敛为：

$$p\lim\hat{\rho}_{IV} = \rho + \beta_2\sigma_E\frac{1-\lambda}{\lambda\sigma_y} > \rho \quad (4)$$

其中，β_2 为父代的教育水平对子代收入水平的回归系数，σ_E 和 σ_y 分别为父代教育水平和子代收入水平的标准差，λ 为父代教育水平与子代收入水平的协方差。从估计的系数来看，工具变量方法（TSIV）在一定程度上高估了代际收入弹性。

平滑收入估计和工具变量估计（TSIV）的方法虽然不能给出代际收入弹性的一致估计，但是能得到代际收入弹性的合理估计区间。

1. 中国居民整体的代际收入流动性

已有研究中对代际收入弹性的估计主要采用 OLS 估计方法、工具变量估计方法（TSIV）、平滑收入估计方法或其他优化估计方法。已有关于 2000 年之后中国居民代际收入弹性估计结果如表 1 所示。

表 1　已有关于 2000 年以后中国居民代际收入弹性估计结果

	2000 年	2004 年	2006 年	2009 年	2011 年
张和埃里克森（Zhang & Eriksson，2010）	—	—	0.45	—	—
何石军和黄桂田（2013）	0.66	0.49	0.35	0.46	—
吕光明和李莹（2017）	0.347	0.408	0.408	0.332	0.332

资料来源：摘自参考文献的研究结论。

上述研究主要采用OLS估计方法、平滑收入法以及其他优化估计的方法估计得到。估计结果一致表明，2000～2009年，中国居民的代际收入弹性在0.3～0.4之间。本文基于1989～2015年共计11轮调查的中国营养与健康调查数据，分别采用OLS估计方法、工具变量估计方法（TSIV）① 以及平滑收入估计方法②对2000～2015年中国居民的代际收入弹性进行了估计，得到的结果如表2所示。

表2　2000～2015年中国居民代际收入流动性的估计结果

	2000年	2004年	2006年	2009年	2011年	2015年
OLS	0.3496***	0.3773***	0.3152***	0.3121***	0.3164***	0.2821***
	-0.062	-0.099	-0.059	-0.101	-0.076	-0.104
平滑收入	0.3501***	0.3758***	0.3064***	0.3159***	0.3181***	0.2835***
	0.062	-0.098	-0.062	-0.112	-0.078	-0.103
TSIV	0.5122***	0.8264***	0.5473***	0.7790***	0.6771***	0.4024**
	-0.144	-0.184	-0.125	-0.264	-0.258	-0.169

注：括号中为稳健的标准差；*、**和***分别表示在10%、5%和1%的水平上显著。以下各表同。

资料来源：根据1989～2015的中国营养与健康调查数据估计得到。

从估计结果可以看出，OLS估计和平滑收入估计的结果较

① 沿用已有文献中采用的将父亲的教育水平和职业作为父亲收入水平的工具变量。

② 对于2000年的样本，父亲的收入水平采用的是父亲1989年、1991年的平均收入水平；2004年的样本，父亲的收入水平采用的是1989年、1991年、1993年的平均收入，2006年、2009年、2011年也是一样的；2015年的样本，父亲的收入水平采用的是2000年、2004年和2006年的平均收入。

为接近，也与已有研究的估计结果较为近似，根据这两种方法估计得到2011年和2015年中国居民的代际收入弹性大约分别为0.31和0.28。工具变量方法得到的估计结果较高，2011年和2015年中国居民的代际收入弹性分别为0.68和0.40①。

2. 不同性别、地区以及城乡样本代际收入流动性的差异

进一步，本文将1989~2015年的中国营养与健康调查数据进行混合②，分性别、地区③以及城乡分析不同群体的代际收入流动性，估计结果如表3所示。

表3的估计结果显示，父亲的收入水平与城镇户籍的交互项为正，说明相比农村家庭，城镇家庭的代际收入弹性更高，代际收入流动性更低；父亲的收入水平与男性虚拟变量交互项为负，说明相比女性，男性的代际收入弹性更低，代际收入流动性也就越高；父亲收入水平与地区的虚拟变量的交互项不显著，说明我国东、中、西部地区居民的代际收入流动性没有显著差别。

---

① 由于工具变量方法能明显高估代际收入弹性，布莱登（Blanden，2014）在进行国际比较的时候，对工具变量的估计结果下调了25%，如果也将本文的工具变量估计结果下调25%，2011年和2015年的代际收入弹性分别为0.5和0.28。

② 为了增加样本的数量，本文考虑采用将历年的中国营养与健康调查样本混合的方法。

③ 中国营养与健康调查数据包含11个省份，按照地理位置和经济发展水平划分，东部地区包括北京市、天津市、上海市、山东省、江苏省；中部地区包括黑龙江省、河南省、湖北省、湖南省；西部地区包括广西壮族自治区、贵州省。

表 3 分性别、地区以及城乡不同群体的代际收入弹性估计（OLS）

	被解释变量：子辈的收入对数			
	(1)	(2)	(3)	(4)
父亲收入对数	0.5081*** (0.026)	0.4363*** (0.032)	0.6699*** (0.039)	0.5239*** (0.050)
父亲收入对数 × 城镇户籍		0.1216** (0.058)		
城镇户籍		-0.735 (0.536)		
父亲收入对数 × 男性			-0.1908*** (0.049)	
男性			1.6701*** (0.444)	
父亲收入对数 × 中部地区				-0.0317 (0.067)
父亲收入对数 × 西部地区				-0.101 (0.063)
中部地区				0.0102 (0.613)
西部地区				0.456 (0.572)
常数项	4.4694*** (0.233)	4.9575*** (0.278)	3.0439*** (0.359)	4.5423*** (0.465)
样本量	3290	3290	3290	3290
R^2	0.260	0.277	0.265	0.277
R^2 调整	0.260	0.276	0.264	0.276
F 统计量	384.1	249.7	198.1	124.7

（二）职业的代际流动性

职业的代际流动性指子辈的职业层级相对父辈职业层级的流动。社会学领域采用不同的职业类别来对社会阶层进行划分，认为一个人所从事的职业在一定程度上反映了他的社会经济地位。因为职业不仅与个人的教育水平、健康程度等挂钩，而且还影响到个人的政治参与度。职业的代际流动性实际上就是社会学领域定义的社会流动性。

本文通过采取将城镇家庭与农村家庭对比分析的研究方式，对我国居民的代际职业流动性现状进行描述分析。基于2012年、2013年和2015年中国综合社会调查（CGSS）的混合截面数据，对中国居民职业的代际流动性进行分析。根据各职业大类的社会经济指数（SEI）① 进行排序，可以得到表4。

根据中国营养与健康调查问卷中职业的分类，可以把职业分为管理者（事企业单位负责人、专业技术人员）、专业技术人员、一般办事人员、商业服务人员、工人、自由职业者、农民这七大类。按照社会经济指数可以得到这七大类职业的排序，如表4。管理者（事企业单位负责人、专业技术人员）的

---

① 职业的社会经济指数最早由邓肯（Duncan，1961）提出，他根据各类职业的平均收入和教育水平建立各类职业的声望得分。职业声望得分被称为社会经济地位指数（socioeconomic index），简称为社经指数（SEI）。之后，一些专家学者们对SEI的计算方法提出了改进，本文主要基于甘泽布姆等（Ganzeboom et al.，1992）的方法，将问卷调查中的职业ISCO-68编码转化为SEI。

平均SEI最高，为60.15；而农民（从事农、林、牧、渔以及水利工作的相关人员SEI最低，为18.78；专业技术人员、一般办事人员、商业服务业工作人员，工人（生产、运输业以及设备相关操作人员），自由职业者（包括职业不便分类的人员）的SEI依次降低，分别为59.90、46.77、37.86、31.77和24.24。

表4　　职业分类及职业内样本的社会经济指数均值

职业名称	社会经济指数（SEI）均值
职业1：管理者（事企业单位负责人、专业技术人员）	60.15
职业2：专业技术人员	59.90
职业3：一般办事人员	46.77
职业4：商业、服务人员	37.86
职业5：工人	31.77
职业6：自由职业者	24.24
职业7：农民	18.78

1. 城乡家庭的职业分布

将子辈出生时的户籍类型为农业户籍的家庭定义为农村家庭，将子辈出生时为城镇户籍的家庭定义为城镇家庭。不同类型的家庭子辈与父辈的职业分布如图1所示。

从图1的职业分布来看，城镇家庭与农村家庭都发生了一定的代际职业流动。其中，城镇家庭的父辈中工人占比最高，达到29%，而子辈中专业技术人员占比最高，达到28%。父辈中从事后三类职业的比例达到55%以上，而子辈中从事后三类职业的比例为46%。整体而言，城镇家庭发生了向上的代际职业流动。

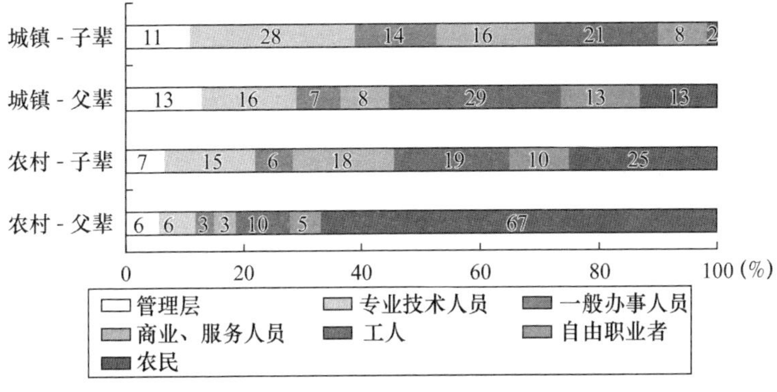

图1　城乡家庭子辈与父辈的职业分布情况

农村家庭中，父辈为农民的比例高达67%，而子辈从事务工相关工作的比例下降至25%。子辈从事专业技术工作、商业服务业工作以及工业相关工作的比例也较高，分别为15%、18%和19%。整体而言，农村家庭发生了向上的代际职业流动性，而且相比城镇家庭，子辈与父辈的职业分布情况发生了更为明显的变化。

2. 城乡家庭代际职业向上流动的比率

本文将城镇家庭和农村家庭两个不同的群体，按照父亲的职业类别统计子辈发生代际职业向上流动的比率，得到图2。

图2显示，从具体的职业大类来看，相比农村家庭，城镇家庭中子辈发生代际向上流动的概率更大。例如，城镇家庭父辈为农民的子女，有96%的概率不再从事务工相关职业；而农村家庭父辈为农民的子女，仅68%的概率不再从事务农相

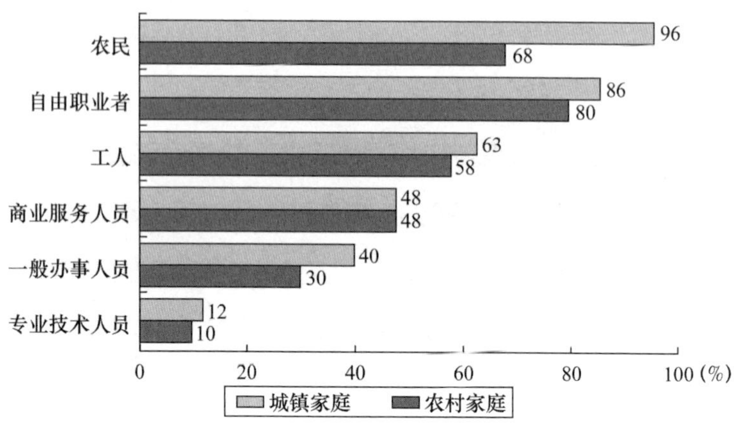

图 2　城乡家庭代际职业向上流动的比率

关职业。换句话说，代际职业的传承现象在农村家庭中表现得更加明显。

（三）社会经济地位的代际流动性

社会经济指数（SEI）又称为职业声望指数，最早由邓肯（Duncan，1961）提出，他根据平均收入和教育水平建立各类职业的声望得分。因此，社会经济指数是代表职业、收入以及教育水平的综合变量。从社会经济地位的代际流动性入手分析，有助于更加全面地了解我国居民的代际流动性情况。基于 2012 年、2013 年、2015 年的中国综合社会调查（CGSS）的混合截面数据，统计得到我国城乡家庭父辈与子辈的社会经济指数的密度函数，如图 3 所示。

从图 3 可以看出，农村家庭中子辈与父辈的 SEI 分布具有很大的差异性，大多数农村家庭的父辈主要集中在 SEI 较低的

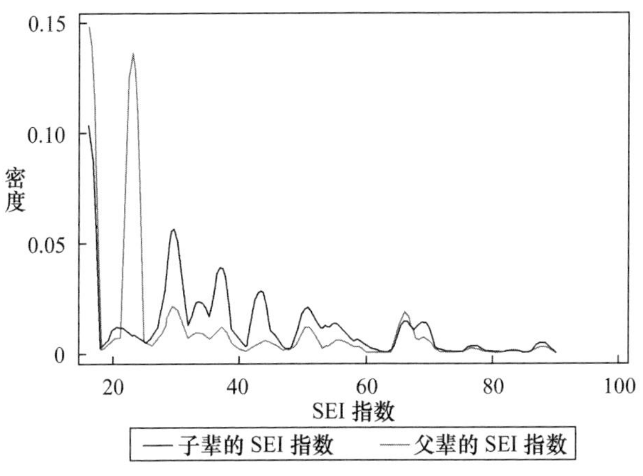

a. 农村居民家庭

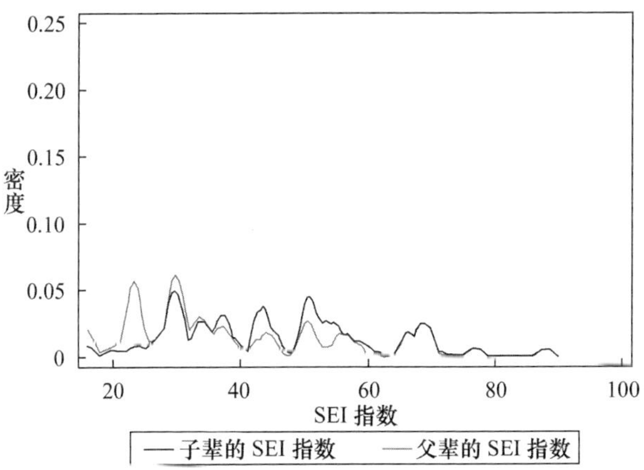

b. 城镇居民家庭

图 3　城乡家庭父辈与子辈的社会经济指数密度函数

部分，集中在大约 25 以内，而子辈的 SEI 主要分布在 25 ~ 50 的区间内，极少数农村家庭子辈和父辈的 SEI 超过 70。相比农村家庭，城镇家庭的子辈与父辈的 SEI 分布具有较小的差异性。10%左右的城镇家庭的父辈SEI分布在25和30附近，而子辈的SEI主要分布在30~50的区间内，极少数农村家庭子辈和父辈的SEI超过80。

从城乡家庭的SEI分布来看，两个群体均发生了一定的向上流动性，但是相比较而言，农村家庭的向上流动幅度更大。但是具体家庭内部父辈与子辈的社会经济指数相关程度如何，需要通过采用回归分析的方法进行一步探讨。为此，本文建立如下回归模型：

$$SEI_{ic} = \beta_0 + \beta_1 SEI_{if} + \rho X_i + \varepsilon_i \quad (5)$$

其中，SEI_{ic}表示第i个家庭子辈的SEI；SEI_{if}表示第i个家庭父辈的SEI；X表示可能影响子辈SEI的因素，包括子辈的个人特征、家庭特征以及地区的经济社会特征等；ε_i表示模型的误差项。在控制子辈个人的特征后，得到子辈与父辈SEI的回归分析结果如表5所示。

从表5的全样本回归结果可知，父亲的SEI每提高一个单位，子辈的SEI提高0.1053个单位。分城乡家庭样本来看，农村家庭的父辈的SEI每提高一个单位，子辈的SEI提高0.1107个单位，高于城镇家庭0.0659个单位。这说明相比城镇家庭，农村家庭子辈的社会经济地位与父辈的经济社会地位关联程度更高。由于农村家庭的父辈具有更大的概率处于社会经济地位水平不高的位置，因此可以说农村家庭的父辈更加容易把不利的社会地位传递给子辈。

表 5　　　　　　　　社会经济指数代际流动性分析

	子辈的 SEI		
	全样本	农村家庭	城镇家庭
父亲的 SEI	0.1053*** (0.010)	0.1107*** (0.014)	0.0659*** (0.014)
个人特征变量	控制	控制	控制
常数项	13.1066*** (1.276)	15.4241*** (1.605)	17.4074*** (2.221)
样本量	11730	7032	4698
R^2	0.416	0.418	0.309
R^2 调整	0.415	0.417	0.306
F 统计量	535.6	302.9	139.5

三、中国居民代际流动性的趋势分析

对中国居民代际流动性的趋势进行深入分析十分重要，有利于我们对于“中国梦”能否实现、实现的难度做出科学判断。如果代际流动性呈现出下降的趋势，说明我国社会阶层固化日益加重，人们实现自身梦想的机会与途径不断减少，“中国梦”实现难度增加；反之，如果代际流动性呈现出上升的趋势，说明我国社会机会公平程度在不断提高，人们实现自身梦想的机会与途径不断增加，“中国梦”实现的可能性也更大。

本文基于 1989～2015 年的中国营养与健康调查数据，采用代际收入弹性与代际秩关联系数指标，对中国居民 1989～

2015 年的代际流动性趋势进行分析。

1. 1989～2015 年中国居民代际收入弹性的变化趋势

根据表 2 中的估计结果，发现采用 OLS 与平滑收入的方法得到的代际收入弹性估计结果较为近似，而采用父亲的教育水平作为工具变量的估计方法严重高估了代际收入弹性。根据 OLS 和平滑收入方法估计得到的 1989～2015 年的代际收入弹性变化趋势如图 4 所示。

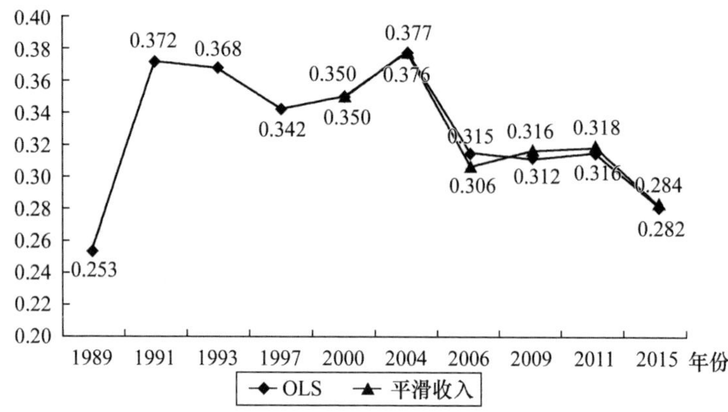

图 4　1989～2015 中国居民代际收入流动性的变化趋势

由于平滑收入估计方法中，父亲的收入水平采用的是历史年份父亲收入的平均值，因此本文基于该方法仅估计了 2000 年以后的代际收入弹性。图 4 的结论表明，OLS 估计方法和平滑收入估计方法得到的代际收入弹性大小十分近似。因此，我们基于 OLS 估计方法对 1989～2015 年的代际收入弹性的变动趋势进行进一步分析。1989～2015 年代际收入弹性整体呈现出先上升、后下降的趋势。其中，2004 年左右代际收入弹性最高，约为 0.377；1989 年、2015 年的代际收入弹性较小，分别为 0.253、0.282。1994 年的义务教育普及、1999 年的高校扩招政策带来的滞后效应，以及近年来的快速城镇化过程可能是导致 2000 年以后我国居民代际收入流动性不断提高的原因。具体政策的效应如何，还需要后续进行深入研究说明。

2. 2000～2015 年中国居民代际秩关联系数的变化趋势

已有研究发现，现实中的调查数据难以调查到永久收入水平，而且父辈与子辈的收入也可能呈现出非线性的关系。因此，达尔和德雷勒（Dahl and DeLeire，2008）提出采用代际关联（IRA）指标来刻画子辈与父辈的收入关系，即子辈收入排序对父辈收入排序的相关系数。

为了从更加多元的视角描述中国居民的代际收入流动性趋势，本文基于中国营养与健康调查数据对 1989～2015 年居民的代际秩相关系数进行了计算，并将其与 1989～2015 年的代际收入弹性进行比较，如图 5 所示。

从图 5 可知，子辈与父辈的代际秩关联系数的变动与代际收入弹性的变动趋势一致，呈现出先增后降的趋势。2004 年的代际秩关联系数最高，达到 0.49，2015 年的代际秩关联系数最低，约为 0.22。从代际秩关联系数来看，子辈在同辈人中收入排名的秩序，与父辈在同辈人中收入排名的秩序相关性在不断降低，说明子辈收入受到父辈收入的影响也呈现出不断下降的趋势，中国居民整体的代际收入流动性不断提高。

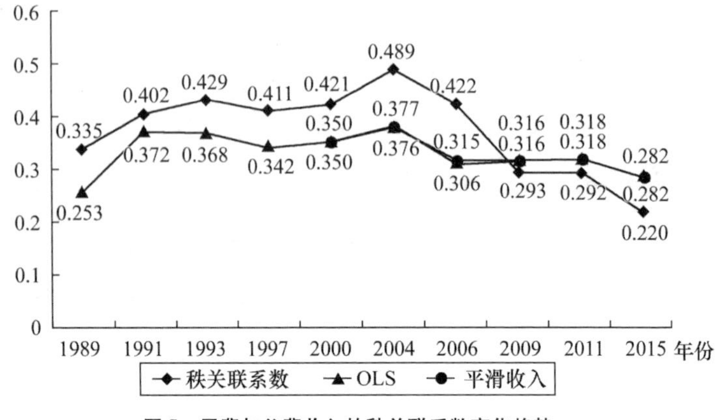

图 5　子辈与父辈收入的秩关联系数变化趋势

四、中国居民代际流动性的国际比较

较高的代际流动性是实现“中国梦”的必要条件，本文的研究发现中国居民的代际收入流动性不断提高，城乡家庭均呈现出向上的代际职业流动特点。那么，“中国梦”实现的难度到底有多大，与“美国梦”相比，是否更加难以实现？基于此考虑，我们将在某一具体的时间点上（历史或当前时间点），将中国居民的代际收入流动性进行国际比较，从更加客观的角度来评价中国居民的代际收入流动性。

（一）历史比较

布莱登（Blanden，2013）就以往学者对各国代际收入流动性的研究做了详细整理，为了代际收入弹性的可比性，他选择的对比研究资料中，子代限定在出生于20世纪50年代后期以及60年代初期。

同样，为了增加与国际研究的可比性，将子代出生的年代限定为20世纪50年代至60年代左右，本文选择1989年、1991年和1993年的中国营养与健康调查数据，限定子代的年龄为25~35岁进行分析，与其他国家的代际收入弹性比较结果如表6和图6所示。

表6　　代际收入弹性的比较

国家	资料来源	数据库	代际收入弹性
巴西	Dunn(2007)(scaled)	PNAD (Pesquisa Nacional por Amostra de Domicílios)	0.52 (0.011)
美国	Solon (1992)	NLSY (National Longitudinal Survey of Youth)	0.41 (0.09)
英国	Dearden, Machin and Ree (1997)(scaled), Nicoletti and Ermisch(2007)	NCDS (National Children Development Survey), BHPS (British Household Panel Survey)	0.37 (0.05)
挪威	Nilsen et al. (2008)	税收管理数据	0.25 (0.006)
澳大利亚	Björklund and Jantti(2008)	HILDA (Household Income and Labour Dynamics in Australia Survey)	0.25 (0.080)
瑞典	Björklund and Chadwick (2003)	1965、1970、1975、1980年的瑞典人口普查数据	0.24 (0.011)
加拿大	Corak and Heisz(1999)	税收管理数据	0.23 (0.01)

续表

国家	资料来源	数据库	代际收入弹性
芬兰	Pekkarinen et al.（2006），Osterbacka(2001)	1970～1995 年中每相隔五年的芬兰人口普查数据	0.20 (0.02)
丹麦	Mlunk et al.（2008）	人口普查数据	0.14 (0.004)
中国	OLS	1989 年、1991 年和 1993 年的中国营养与健康调查混合数据	0.38 (0.065)

资料来源：摘自布莱登（Blanden，2014），其中“scaled”表示文献中基于两阶段工具变量方法（TSIV）得到的代际收入弹性，布莱登向下调整了 0.75%，以便与其他基于 OLS 估计方法和平滑收入方法得到的结果进行比较。

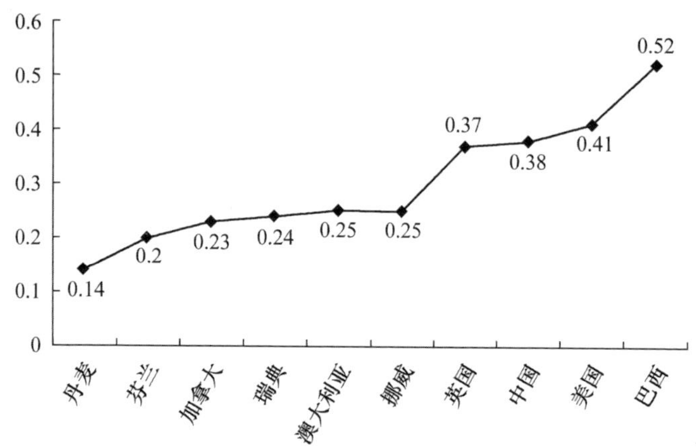

图 6　中国与对标国家的代际收入流动性比较

从表 6 和图 6 比较来看，中国 20 世纪 90 年代的代际收入弹性为 0.38，低于美国和巴西，高于澳大利亚、加拿大以及北欧的发达国家。说明 20 世纪 90 年代中国的代际收入流动性高于美国和巴西，介于美国和英国之间，但是低于澳大利亚、加拿大以及北欧国家。

（二）现状比较

2018 年 5 月 9 日，世界银行发布最新报告《公平的进步？世界各国代际经济流动》。基于代际收入弹性，世界银行估计中国的代际收入弹性处于 0.3 ~ 0.4 的区间段①中，和日本、韩国以及俄罗斯接近，但是高于加拿大、澳大利亚、北美等国家，低于印度、巴西、美国以及非洲的大部分国家。这说明，目前中国居民的代际收入流动性与日本、韩国、俄罗斯较为接近，低于加拿大、澳大利亚以及北欧诸国，高于印度、巴西、美国以及非洲的部分国家。

五、结论与政策建议

（一）结论

提高我国居民的代际流动性是“中国梦”实现的必不可少的条件。基于 1989 ~ 2015 的中国营养与健康调查数据以及 2012 年、2013 年、2015 年的中国综合社会调查数据，本文从

① 数据来源：Global database on intergenerational mobility（GDIM）。其中，中国数据来源于 2012 年中国家庭追踪调查数据 CFPS2012，采用的是 OLS 估计方法。

收入的代际流动、职业的代际流动以及社会经济地位的代际流动三个方面综合描述了中国居民代际流动的现状。在此基础上，通过代际收入弹性、代际秩关联系数的变动趋势对中国居民的代际收入流动性趋势进行了分析，同时基于已有研究以及世界银行报告，对中国居民的代际收入流动性进行了国际比较。本文的研究结论包括以下几点：

（1）2011 年和 2015 年我国居民的代际收入弹性在 0.3 左右，农村家庭的代际收入流动性高于城镇居民家庭，男性的代际收入流动性高于女性，东、中、西部地区的代际收入流动性没有显著差异。

（2）中国居民整体代际职业发生了向上流动，其中城镇居民发生代际向上流动的概率更大，但是农村家庭子辈与父辈的职业分布差异更大。

（3）农村家庭中父辈与子辈的社会经济地位关联程度比城镇居民家庭高，农村家庭的父辈更加容易把不利的社会地位传递给子辈。

（4）自 2000 年以来，中国居民整体的代际收入流动性呈现出上升的趋势。

（5）20 世纪 90 年代，中国居民的代际收入流动性高于美国和巴西，低于英国、澳大利亚、加拿大以及北欧的发达国家。

（6）目前，中国居民的代际收入流动性与日本、韩国、俄罗斯较为接近，低于加拿大、澳大利亚以及北欧诸国，高于印度、巴西、美国以及非洲的部分国家。

（二）政策建议

针对中国居民代际流动性的现状，本文提出如下提高居民代际流动性的政策建议。

1. 加大教育投入，促进教育均衡发展

教育是促进社会流动的动力，教育的公平是社会公平的基础。大力发展教育有利于促进社会流动，激发个体的创造性和积极性。一是加大教育经费的投入。为学前教育提供财政经费保障，加大对义务教育的经费投入，保障高等教育经费投入的较快增长；完善对于教育经费使用的监督管理，从而促进教育的多层次全方位的发展以及教育水平的整体提升。二是建立均衡发展教育体制机制。鉴于农村家庭的父辈更容易把不利的社会经济地位传递给子辈，教育的经费投入以及体制机制的改革，需要更加均衡。促进发达地区与欠发达地区教育资源的均衡，政府应该进一步完善义务教育经费投入机制，按照比例与实际情况分配各地区的义务教育经费，适当向贫困地区和农村的学校倾斜；推动欠发达地区教育经费的来源多元化，建立国家、企业、民间组织、个人等多元义务教育投入体系。

2. 进一步改革户籍制度，破除城乡二元体制

改革户籍制度，破城乡二元体制是促进城乡间、区域间人口自由流动、机会平等的重要举措，有利于促进中国居民的代际流动性。一是进一步放开城镇落户的门槛。特别是大城市积分落户门槛，或取消农业户籍与非农户籍之间的性质区分，解除劳动力自由流动的制度性障碍。二是着力解决户籍制度背后蕴藏的公共服务保障不平等问题。赋予城乡居民平等的义务教育机会、平等的劳动就业机会、同等的就业扶持、住房保障、养老服务、社会福利，帮助农村居民和欠发达地区的民众获得公平的起点和发展机会。

3. 完善促进创业就业的长效机制

就业是劳动者的收入和个人发展前景的重要影响因素，公平的就业环境能够为公民提供良好的发展条件，完善促进创业就业的长效机制有助于提高中国居民的代际流动性。一是转变政府职能，提供良好的创业环境。鼓励和支持高校毕业生、农民工群体自主创业，提供就业创业培训服务，完善创业金融服务支持，为创业就业提供良好的政策环境、融资环境、文化环境和服务环境。二是改革并消除就业方面的制度性障碍。规范招人用人制度，消除城乡、行业、身份、性别等一切影响平等就业的制度障碍和就业歧视。完善劳动力市场，逐步健全科学合理的用人制度，保障公平的就业机会，畅通职业代际流动渠道，更好满足人民群众的发展愿望。

参考文献

[1] Becker G. S., Tomes N. An equilibrium theory of the distribution of income and intergenerational mobility. *Journal of political Economy*, 1979, 87 (6): 1153 ~ 1189.

[2] Blanden J. Cross-country rankings in intergenerational mobility: a comparison of

approaches from economics and sociology. *Journal of Economic Surveys*, 2013, 27 (1): 38 ~ 73.

[3] Dahl M. W., DeLeire T. The association between children's earnings and fathers' lifetime earnings: estimates using administrative data. University of Wisconsin-Madison, Institute for Research on Poverty, 2008.

[4] Dunn C. E. The intergenerational transmission of lifetime earnings: Evidence from Brazil. *The BE Journal of Economic Analysis and Policy*, 2007, 7 (2).

[5] Gong H, Leigh A, Meng X. Intergenerational income mobility in urban China. *Review of Income and Wealth*, 2012, 58 (3): 481 ~ 503.

[6] Takenoshita H. Intergenerational Mobility in East Asian Countries: A Comparative Study of Japan, Korea and China. *International Journal of Japanese Sociology*, 2007, 16 (1): 64 ~ 79.

[7] Li Y., Zhang S., Kong J. Social mobility in China and Britain: A comparative study. *International Review of Social Research*, 2015, 5 (1): 20 ~ 34.

[8] Yuan W. The Sins of the Fathers: Intergenerational Income Mobility in China. *Review of Income and Wealth*, 2017, 63 (2): 219 ~ 233.

[9] Zhang Y., Eriksson T. Inequality of opportunity and income inequality in nine Chinese provinces, 1989 - 2006. *China Economic Review*, 2010, 21 (4): 607 ~ 616.

[10] 陈琳，袁志刚．中国代际收入流动性的趋势与内在传递机制．世界经济，2012，35（6）

[11] 吕光明，李莹．中国居民代际收入弹性的变异及影响研究．厦门大学学报（哲学社会科学版），2017（3）

[12] 何石军，黄桂田．中国社会的代际收入流动性趋势：2000 ~ 2009. 金融研究，2013（2）